Gast

# Gast

Love Lauters

Förlag: BoD – Books on Demand, Stockholm, Sverige
Tryck: BoD – Dooks on Demand, Norderstedt, Tyskland
ISBN: 978-91-7463-053-4

# S/Y Katinka, 15 september 1977

De låga stenöarna svartnar mot den sista strimman kvällsljus i väster. Skarv, skärvan i havet, ytterskärgårdens sista utpost. Österut har mörkret redan uppslukat horisonten och Malcolm hör de tunga andetagen från osynliga dyningar som rullar in från det öppna havet. Det är i grevens tid han når fram till skärgården för det håller på att blåsa upp; meterologerna har lovat 10-12 sekundmeter ost till syd under natten och kuling längre ut. Han drar igång utombordaren och lovar upp tills Katinka ligger i vindögat med vilt flaxande segel och lossar fallen. Stor och fock rutschar motvilligt ned medan han balanserar sig fram till fördäck och sätter sig på huk. Fingrarna arbetar metodiskt, automatiskt, knäpper loss karbinhakarna och viker det fuktiga seglet med snabba rörelser. In i säcken med dig, ner med säcken genom luckan. Han vill inte att båten ska hinna falla av och ta vågorna från sidan. Snabbt tillbaks till rodret. Han lägger i en växel och puttrar in mot det närmaste skäret vars siluett får honom att tänka på den taggiga ryggen på en drake. Det är ingen bra naturhamn men det borde gå att få lite skydd mellan skäret och raden av små holmar som håller stånd mot det öppna havet i öster. Ryggmusklerna molvärker efter timmar och åter timmar av ensam anspänning över ett ödsligt Ålands hav. Det är ingenting jämfört med Atlanten förstås - för att inte tala om Södra Oceanen, havens hav, elddopet för världsomseglare. Han börjar väl bli gammal, har inte många år kvar till fyrtio. Den fuktiga höstkylan biter rätt genom seglarjackan, ollen och understället. Han låter ankaret gå och slår av utombordaren. Han ställer sig upp i sittbrunnen medan Katinka glider mot stranden och försöker se hur det grundar upp föröver, men det är för mörkt i vattnet för att se något alls. Han är beredd på att kölen när som helst kan smälla i berget. Det vore just snyggt när han precis betalt och hämtat hem henne, den första båt han ägt som är helt och hållet byggd av trä. Hon seglar som ett fullblod, klyver vågorna som en nyslipad kniv. Ellen kommer att bli avundsjuk på hennes skönhet. Katinka från de sju haven.

Han känner ankarlinan löpa genom vänsterhanden - en meter till, en till, en till. Hugger tag och drar tills ankaret svarar bromsar upp. Tack för det. När han skyndar fram för att ta hand om förtamparna halkar han två gånger på det blöta däcket. Inte förrän han justerat och kontrollerat förtöjningarna en extra gång tillåter han sig att slappna av och släppa fram trötttheten. Allt som hörs är vinden som viner i riggen och fräsandet från vågorna som bryts. Det är salt och rutten tång i luften. Det finns inte en själ i ytterskärgården en kväll som denna. Jo, en, rättar han sig, en som längtar efter en rejäl whisky. Kroppen skakar av köld när han klättrar ned i ruffen och drar igen luckan. Han har varit ensam på havet hela dagen och nu är han ensam vid den här bistra klippan. Katinka kommer inte att ligga säkert i natt.

Något har ryckt honom ur halvdvalan. Det brukar bara behövas ett enda avvikande ljud för att han ska vakna när han sover ombord, det är en fråga om överlevnad. Den tända fotogenlampan gungar sakta i taket och skuggorna dansar över den blänkande mahognyinred-ningen. Det statiska bruset från båtradions kanal 16 bryts då och då av enstaka röster. Korta meddelanden utväxlas mellan fartyg i om-rådet. Högtalaren brummar fram en kort, samlad ordväxling mellan något som verkar vara ett holländskt lastfartyg och ett annat yrkes-fartyg. Efter någon minut hörs en avlägsen röst i yrkesmässigt,

uttråkat tonfall som verkar tillhöra radiotelegrafisten på ett lastfar-
tyg. De är ändå något slags sällskap i ensamheten. Bara han slipper
höra något nödanrop i natt, som för ett år när han befann sig utan-
för Orkneyöarna i dåligt väder. En motorkryssare hade sjunkit fem-
ton sjömil bort. Känslan av maktlöshet, att vara så nära utan att
kunna göra något. När radion tystnar lyssnar han intensivt: ett fall
slår mot masten fem gånger: ting-ting-ting-ting-ting. Riggen börjar
skaka och yla när en vindby drar in från sydost. Det här är inget bra
ställe att ligga på i natt, han längtar efter morgonen när kan segla
sista sträckan till Gålö och komma hem till Ellen och barnen. Han
letar efter tecken på att Katinka är på drift och har gått på sten. Fal-
let slår igen, sen ett plötsligt smattrande ljud. Nej, det var något
annat som väckte honom.

Han ligger kvar och försöker komma på vad det kan ha varit, för
trött för att lämna den varma ruffen och kolla förtöjningarna igen.
Sakta, sakta vaggas han till sömns igen.

Andra gången han väcks och slår upp ögonen är det mörkt och han
plirar mot ett glödande rött öga. Han måste ha glömt att vrida upp
fotogenlampans veke. Det är kallt och fuktigt och nu hör han det: ett
utdraget, mänskligt rop utifrån. Det dör ut och återvänder med fler
röster. Vinden tar tag i skrovet och häver det i sidled – den måste ha
vridit sig till västlig och fått ytterligare kraft, det här är inga tio tolv
sekundmeter. En stöt mot urberget nedanför fortplantar sig genom
köl, skrov och koj och vidare till hans ryggrad. Han far upp, drar
upp ruffluckan och nästan hoppar ut i sittbrunnen i bara kal-
songerna. Blodet rusar till i huvudet. Kylan slår emot honom. Det är
ju själva fan att det skulle bli storm just i natt. Han vrider sig kisande
genom alla väderstreck utan att se till någon människa eller nytill-
kommen båt.

Det är en mindre cirkusakt att klättra iland från Katinkas oroliga
stäv och lägga ett spring till en förkrympt, missbildad dvärgtall. Han

drar ut båten väl utom räckhåll för de vassa klipporna i lä. Han tycker sig känna en unken dunst i vinden, det är något bekant med den. Så stelnar han till: ropet hörs igen. Det kommer någonstans akterifrån och han gissar att ljudkällan måste befinna sig mellan femtio och hundra meter bort. Han märker att håret reser sig på armarna och obehaget stiger inom honom. Någon måste befinna sig på, eller i, vattnet. Eller på någon av de små kobbarna. Han kan inte urskilja någon mänsklig gestalt, varken i vattnet eller på någon av de två små kala kobbarna i ljudets riktning. Det låter som ord fast han inte kan urskilja dem. Det finns fruktansvärd skräck i den råmande, bedjande rösten som om det kommer från någon i sjönöd. De andra rösterna svarar, som för att försöka påkalla uppmärksamhet och varna. Med darrande händer rotar han fram den kraftiga ficklampan och lyser ut i mörkret, låter ljuskäglan dansa över grönt sjögräs kring kobbarna och sprickor i stenen.

"Hallå! Vem där!"

Varför i helvete syns ingen till, inte en skymt av en människa? De hörs ju. Kan det vara sjöfågel? En lom? Sälar?

Han barrikaderar sig i ruffen och fiskar upp VHF-radions mikrofon ur klykan. Trycker in sändknappen för att komma ut på den öppna frekvensen:

"Det här är Katinka, ost om Skarv, position nord 59 grader 32,3 minuter, ost 19 grader 33,2 minuter. Jag uppfattar rop, är det någon som har problem? Kom."

Han hör till sin lätta irritation sin röst brytas på slutet och släpper upp knappen.

Högtalaren brusar. Knäpper.

*Det är någon där som lyssnar på mig.*

Han trycker in sändknappen igen.

"Det här är Katinka. Min position…"

Han avbryts av en kraftig, ihålig röst som skorrar i radions högtalare över en vinande, raspig bärvåg: "Mayday, mayday!"

En paus med mer brus innan rösten återkommer:

"Mayday, mayday, mayday."

Helvete också. Bara att samla ihop sig och svara. För säkerhets skull byter han språk och flåsar på sin bästa skolengelska: "This is S/Y Katinka. Who is there?"

Brus. Han väntar fem sex sekunder innan han lägger till:

"Where are you?"

Vinandet kommer tillbaka, som ett svar.

"Mayday, mayday, mayday."

Brus. Och så, som ett andetag, glider det över i en väsande viskning, och nu reser sig håren på armarna igen: "Hjälp oss...vi sjunker. De har lämnat oss."

"Vem är du? Hör du mig?" Han låter nästan aggressiv.

"De har lämnat oss", väser radion. "De har lämnat oss."

Sen tystnar sändningen tvärt. Den återupptas inte trots hans försök att återfå kontakten och hans frågor blir hängande i etern, obesvarade. De sista orden i sändningen ekar i hans huvud, orden från den stackars vilsna själ som efter den här natten inte kommer att lämna honom någon ro så länge han lever.

# 1

Sam Molde stod bredvid och sade något till honom, munnen rörde sig och glasögonen immade lätt. Rickard tryckte mobilen allt hårdare mot örat för att stänga ute produktchefens röst och höra vad Logan Dunford sa, något som krävde full koncentration. Logan gick i vanlig ordning på som en kulspruta i andra änden med sin lätta engelska accent.

"Förutsättningarna har ändrats. Vi måste tänka om lite, Rickard. Bra om du kan rycka in imorgon bitti och dra igenom tidplanen, kostnader, *leverabler* – ja, du fattar. Och du: de kommer inte att gå med på betalningsvillkoren, så där måste du komma med något bättre."

Minotaur ändrade hela tiden förutsättningarna. Han hade förstås ett möte inbokat nästa morgon men det var bara att boka om det; Kjeld Wrete lät dem inte för en sekund glömma vilken viktig kund Minotaur var och hur avgörande det var för Rophigo att få klart ramavtalet med dem. Han måste förbereda sig ikväll men det fick gå, bara kaffet var starkt nog. Han lade lite extra tryck i rösten:

"Okej, det är lugnt, Logan. Absolut, jag fixar det."

Katrina stack ut huvudet ur det inglasade konferensrummet och tecknade åt honom att det snart var hans tur. Rickard log och höll upp ett pekfinger mot henne medan han avslutade samtalet. Innan hon försiktigt drog igen glasdörren såg han ett spänt drag kring hennes mun. Han brukade lyssna på sin magkänsla och nu sa den att något var i görningen. Han borde ha tagit den känslan på större allvar, kanske hade han kunnat förhindra det som nu skulle hända.

Sam Molde hade tystnat med lätt höjda ögonbryn, till synes tålmodigt betraktande honom genom sina silverbågade glasögon. Han hade sökt Rickard flera gånger och nu var han tvungen att ge honom något, han kunna ställa till ett helvete när han behövde hans hjälp att förbereda kundmötena imorgon.

"Nu, så! Du får ursäkta Sam, det var Minotaur..."

"Det är lugnt Rickard. Kund går först."

Produktchefens syrliga ton gick inte att ta miste på. Över hans axel såg Rickard hur Kjeld Wrete ställde sig upp i konferensrummet och vände ansiktet rakt mot honom. Han var bara en skuggestalt bland de sex andra men gick inte att ta miste på: en mager vinthund med kroppen i en fjädrande båge redo till språng vid bortre änden av bordet. Kunde han se Rickard genom de tunna, vita gardinerna?

Han har vittring på blod.

"Prioriteringslistan som Minotaur skulle fylla i. Jag måste ha den senast i övermorgon. Det står i protokollet från förra avstämningsmötet." Sam Molde sköt upp sina glasögon och spände sina lätt utstående ögon i Rickard. "Du vet att vi måste köra på nu, vi har Tollgate 2 imorgon. Annars..."

"Jag träffar dem imorgon, Sam. Ska försöka få dem att...prioritera det."

Hur nu det skulle gå till. Rickard försökte göra sitt leende så lugnt och förtroendeingivande som möjligt och innan Sam hann fortsätta satte han kurs mot konferensrummet.

"Du får ursäkta, de väntar på mig."

Han tvingade sig att gå lugnt och målmedvetet.

*Gå inte in i rummet.*

Klockan var 13.43 när Rickard föste upp dörren och försökte glida in obemärkt i möteslokalen med det exotiska namnet Eldslandet. En naiv förhoppning förstås: marknadschefen Kjeld Wrete gjorde en sirlig paus, nickade avmätt och fortsatte sen att prata. Outtalade

13

förebråelser lämnades hängande i luften. Blåtonade powerpointbilder med Rophigos logotyp i nedre högra hörnet avlöste varandra på den vita väggen. Dammpartiklarna dansade i projektorns ljuskägla och Rickard drog efter andan: syret var nästan förbrukat i kontorskuvösen. Skulle inte någon se över ventilationen?

"Rickard?"
Han såg tillbaka på de sju ögonparen som betraktade honom uppfordrande. Konstigt. Obehagligt. Det var som om han hade försvunnit en stund. Kallsvetten bröt ut i hårfästet. Lugn och säker nu. *Framgång är vår plikt.* En blick på klockan: 13.51. Det var lugnt, han skulle hinna.
"Ja. Javisst." Rickard harklade sig lätt och reste sig. Dags att dra affärsläget för sina kunder. Han skulle ha förberett bilderna vid elva igår kväll men hade vaknat på morgonen med ansiktet mot skrivbordet och alla lampor tända. Det måste gå ändå, han hade siffrorna i huvudet och kände ingen oro. En fisk i vattnet. Han ställde sig lätt bredbent framför vita tavlan. Rösten bar - kontrollerad, säker och lågmäld. De första kritiska frågorna började slungas ut redan efter någon minut, det var chefen för affärsutveckling Stefan Escher som precis som väntat försökte positionera sig själv hårt. Ett riktigt charmtroll, han kunde hålla på hur länge som helst. Bara att hålla ställningarna och vänta ut honom, förr eller senare föll han oftast på eget grepp.


14.21. Nästan halv tre redan. Han måste få iväg rapporten till Solvand före halv tre, det var absolut avgörande.
"Som jag sa, vi ska göra business caset klart med dem först, sen kan det vara läge att komma med nästa offert. Jag är ledsen," han kastade en blick på sin onödigt dyra Breitlingklocka som han hade fått av Elvira på sin födelsedag, "jag bara *måste* få iväg en sak..."
Kjeld såg obekymrat upp, hans blå ögon var oskyldigt vidöppna.

"Vi behöver se prognosen också, Rickard."

Marknadschefen lurade ingen i rummet med sin försåtligt trevliga, norska accent. Nu skulle han pressa Rickard till att justera upp sina mål ytterligare inför de andra, det var inte första gången han tog till det greppet. Men Rickard var beredd och kände sig lugn, säker och beslutsam. *Det här är mitt spel, Kjeld, fast du tror att du bestämmer reglerna.*

Klockan var exakt 14.30 när han påbörjade sitt fall ned i avgrunden. Han hade varit tvungen att stanna kvar i rummet för att gå igenom intäktsprognosen och precis insett att rapporten till Solvand skulle bli försenad.

Det var som om ett stort mörkt djup öppnade sig omkring honom och sög honom nedåt. Takljuset stack och sved i ögonen som vitglödgade lysrör som fick mörka skuggor att gröpa ur ledningsgruppens ögonhålor. Rummet hade sakta börjat rotera och han grep tag i bordskanten för att kunna stå upprätt.

Kjelds röst bröt in och försvann igen: "….prognosen. Jag vill inte se att…"

Adrian sa: "Hur är det Rickard? Ska du sätta dig?"

Det var som att befinna sig under vattenytan. Om han drog efter andan skulle han få i sig det kalla svarta sjövattnet, det skulle fylla hans mage och lungor tills allt var över. Någonstans bakom honom talade en oidentifierad, metallisk röst med monoton koncentration. Den lät som om den passerat genom en röstförvrängare, det var precis som när ett offer eller en förövare skulle vara anonym i en TV-intervju: "…andas…andas. Andas…an-das." Och så till sist, när lungorna höll på att sprängas, andades han in med ett långt, kraftigt andetag och fylldes av mörker.

# Blidö 1851

Läderremmen har snott sig flera varv runt Gustavs nästan obefintliga hals. Klara Ros lyfter honom ur vaggan och hör ett vilt, trasigt skrik som hon förstår måste komma ur hennes egen mun. Den lilla livlösa kroppen är ännu varm mot hennes nariga, spruckna handflator. När den bleka dagern från fönstergluggen träffar barnets ansikte ser hon att dess onaturliga, blålila ton. Hon förstår inte, han hade ju fått mat, de hade ju lyckats nära honom. Viskat i hans öra: *gud ska inte få dig Gustav, det lovar jag, käraste pojken min.* Förvirrad av hunger och matthet får hon för ett ögonblick för sig att deras yngsta barn har dött av svälten. Hon stryker honom varligt med fingrarna över hans fjuniga huvud. Gråter tyst tills tårarna börjar bränna på hennes frusna kinder. Lika tyst som det är kammaren, men hon sig iakttagen. Hon visste att hon aldrig skulle ha lämnat dem ensamma, men till sist hade hon varit tvungen att hämta vatten från brunnen. Alla de andra var ju ute på arbete.

Pojken har dragit sig in i det mörkaste hörnet i rummet där han står tryckt mot de fuktiga timmerväggarna, barfota i trasorna han ärvt av sin äldre bror. Det finns inget skrämt i blicken när den möter sin mors, snarare något nästan muntert och uppfodrande. Ansiktet är mörkbrunt av smuts och knappt synligt i dunklet, men ögonen blänker.
Lyser av upphetsning.
"Laurens!"

Klara balanserar fortfarande Gustavs lilla kropp på ena armen när hon tar två kliv över golvbrädorna och griper honom hårt i armen.

"Vad har du gjort pojke? Vad har du gjort?"

Hon sjunker ned på knä med det lealösa byltet tryckt mot sitt bröst och skakar pojken med den fria handen. Hårt, det ska göra ont, han måste reagera. Det här måste få ett slut nu.

Varför vill Gud göra oss detta?

"Laurens!"

Trots att hon skriker åt honom står han helt stilla och betraktar henne. Sen, från ingenstans, försvinner det saliga uttrycket och hans ansikte skrynklas ihop av ljudlös gråt. Känslorna och hungern som rasar i henne gör sirap av hennes tankar.

"Men säg någonting pojk!"

Hon slår honom hårt, hårt i ansiktet med sin fria hand, tar i med all sin förtvivlan.

Laurens är hennes och Henriks pojke men något i henne kan fortfarande inte tro det. I sex år har de kämpat med att fostra honom, få rätsida på honom. Leken med insekterna hade börjat när han kunde krypa. Och det där med kvigan i hagen med pinnen, han hade varit fem år. Han hade stulit Henriks täljkniv och vässat pinnen i ena änden. Ibland trodde hon att till och med Henrik var rädd för honom, stora karln. Hans egen son, ett småbarn! Han hade alltid varit sträng men trodde inte på att straffa barnen, men med Laurens hade det runnit över allt oftare för honom. Som igår när han hade fått smaka på bältet. Hade inte ens velat säga vad han hade gjort, inte kunnat förmå sig. Avsmaken i hans ögon när han såg på Laurens! Den hade blivit till en sten i hennes bröst, en sorg som lades till alla andra sorger.

Tårarna har börjat rita ljusa streck över Laurens magra kinder. Hans ögon söker hennes och nu är de bedjande. Förkrossade.

"Vad är det mor? Jag älskar dig, mor."

# 2

Medvetandet återvände obönhörligt och Richard konstatera-de utan glädje att han levde. *Bara dö istället.* Han var körd. Körd. Svaghet tolereras inte, prestation är det enda som respekteras.

Katrina betraktade honom med en bekymrad liten rynka mellan ögonbrynen. Vem kunde klandra henne? Han kände sina öron och kinder glöda, säkert lika röda som de var varma. Varma kinder, iskall karriär. *Framgång är vår plikt.* På Rophigo skulle man inte förvänta sig att få en varning, ett misstag och man var ute ur leken.

Han låg i det så kallade vilorummet, det rum lagen föreskrev att företaget måste ha, men som bara användes som förråd för gamla kasserade datorer, kontorsartiklar och pappkartonger med okänt innehåll. En fönsterlös skrubb. Var han den första att ligga på den här hårda britsen och glo upp mot lysrören? Katrina hade dragit fram en stol med stoppad dyna och lät sina mörkbruna ögon vila i Rickards, gissade han, likbleka ansikte. Själv var hon som vanligt lätt brun som om hon precis kommit hem från Thailand eller Västindien fast det var sent in i september.

Det är ju som det är sagt, att man aldrig kan lita på någon till hundra procent, men han och Katrina hade alltid kunnat prata med varandra. Hon hade helt enkelt fått utgöra undantaget, fast han inte kunde se henne i ögonen just nu. Han gömde ansiktet under ena handen och blundade.

"Jag är körd, Katrina."

"Vad då? Det är många som har gått in i väggen...och där ska väl inte du hamna, får vi hoppas."

Hennes röst var mörk och klar som vattnet i en skogsbäck.

Hon snuddade vid hans hår med ena handen och placerade den lätt mot hans panna i en kontrollerad rörelse.

"Du kan nog ha lite feber, faktiskt. Känns det som om du har influensa eller något?"

"Äsch, jag grejar det...det är bara det att...jag vet inte vad som hände. Det...har inte blivit så mycket sömn den sista veckan bara. Jäkligt mycket nu alltså."

"Om du inte saktar in kommer du att hamna i den där berömda väggen fortare än kvickt."

Han hörde ett kluckande ljud som påminde om ett skratt och insåg att det måste komma från honom själv.

"Du tror jag får en chans till?" stönade han men Katrina log inte. De bruna ögonen var bekymrade.

Dörren brakade upp på vid gavel och Rickard ryggade tillbaka som en strykhund, men samlade sen instinktivt ihop sig. Det var Minna från receptionen, vem annars. Hon klapprade in och försökte tyda vad hon hade själv skrivit på en rosa Post-it som hon höll upp framför sig.

Här låg han, utlämnad på sin brits och reagerade på plötsliga ljud. Det talade sitt tydliga språk. Vem kunde ha trott att Rickard Jolbrant som varit så lovande skulle sluta i vilorummet? End-of-the-line.

Det här är inte vad det ser ut att vara, det är inte jag. Jag menar, Rickard Jolbrant har inte tid med det här, skulle han ligga i vilorummet som någon loser? Kom igen.

Minna lade på sin teatraliska röst: "Jag har ett meddelande från Elvira. Hon vill att Rickard - det är väl du? Ja alltså, ursäkta men hon vill att du ringer henne *nu*. Hon har visst sökt dig i fem timmar, eller vad det var."

Katrina hade bara räckt över hans mobil, lämnat rummet och diskret dragit igen dörren. Elviras ljusa röst i andra änden var dämpad, ilskan och besvikelsen överskuggades av något annat. Något allvarligt.

"Jag har försökt få tag på dig sen tio i förmiddags."

"Jag hörde det, jag har haft fullt upp, har tänkt ringa tillbaka så fort jag får en sportslig..."

De lät tystnaden växa. Yrseln och förödmjukelsen blandades med ny, frisk oro. Var det igår eller i morse hon hade sagt att det bästa vore om de gick skilda vägar? Henne ord ringde fortfarande i hans huvud: "Ja, ja, jobbet är allt. Men familjen, Rickard. Din familj. Jag undrar vad vi egentligen betyder för dig."

Allt, hade han tänkt, men ingenting sagt. Till sist blev det han som bröt den plågsamma tystnaden: "Har det hänt något?"

"Ellen är på sjukhus. Jag har ringt dig säkert hundra gånger. Kom hit på en gång, annars kanske du inte får se henne mer. Fattar du?"

Först på slutet sprack hennes dämpade röst i något som lät som uppdämd vrede.

Efter samtalet låg han kvar en stund och väntade på att taket skulle sluta röra sig. Kroppen ville inte riktigt lyda men han hävde sig upp, kom på fötter och fiskade upp sin grå kavaj från stolsryggen där någon, antagligen Katrina, prydligt hade hängt den. Han kände sig underligt tom, men kände sina läppar mima ett tyst "mamma."

# 3

Rickards mor var mycket liten och tunn, minimal, där hon låg med huvudet vänt mot fönstret med dagens sista solljus i ansiktet.

"Besök, Ellen!" Den mörka sjuksköterkan som släppt in honom var klädd i vit bomullsblus, vita byxor och vita skor som såg ut som träskor, fast de var förstås inte gjorda av trä och hette något annat. Elvira stod lutad mot en vägg och såg demonstrativt ut genom fönstret, som om hon studerade det svarta grenverket som sträckte sig mot den bleka hösthimlen.

Han fick en impuls att fly, att bara springa ut ur sjukhuset och dess antiseptiska ångor samma väg som han kom. Men istället började han röra sig mot sängen, försiktigt som man närmar sig ett kyrkoaltare, rundade den och sjönk ned på knä på golvet med vänster arm vilande på bädden. Han lade sin hand på hennes arm utan att hon reagerade.

"Är du vaken mamma?"

Till hans lättnad rörde hon på huvudet efter några sekunder och fixerade blicken. Hon verkade känna igen honom. Hon var som vanligt, allt skulle bli bra.

"John?"

Den viktlösa, genomskinligt tunna armen gjorde en gest med mot det tomma bordet bredvid sängen.

"Jag ska försöka få tag på John, han kommer nog så fort han kan. Jag är ledsen att jag inte kunde komma tidigare, mamma. Skulle ha tagit med mig något, men jag hann inte."

21

Han kände Elviras anklagande blick i nacken.

Du är så duktig Rickard, arbetar och står i.

"Du skrämde mig rejält," lade han till.

Hon log inte, inte Rickard heller för den delen. Det syntes i hennes ögon att hon hade ont.

"Rickard, ja så jag ställer till det. Du förstår, jag skulle bära upp gungstolen till vindsförrådet när allt bara försvann." Han fick luta sig nära, nära. Rösten bar inte riktigt och orden kom i flämtningar, men visst verkade hon ändå redig efter omständigheterna?

"Hur är det på jobbet?"

"Det är bara fint mamma."

"Du tar väl hand om Ofelia." Ett leende skymtade i mungipan.

Hon var sextiosju, inte åttiosju. Vad var det frågan om? Han måste tala med en läkare.

"Och Elvira Madigan," lade hon till med ett ögonkast mot hans fru som nu ställt sig vid fotänden med ett varmt, medlidsamt uttryck i ansiktet.

"Hur känns det nu?" Hon nästan viskade.

Sjuksköterskan kom in igen med lätt frånvarande min och bad dem låta patienten vila.

Rickard rätade på sig och det var då det hände. Ellen högg tag i hans arm med överraskande styrka i sina tunna händer. Det var som om hon hela tiden bara legat och samlat kraft inför det här.

"Ni måste komma tillbaka imorgon. Du och John. Kom på morgonen, ja doktorn kan ju inte garantera något…det är något vi måste prata om."

Han hade sett det där i hennes ögon förut och letade i minnet. Ja, han kom ihåg. Den där morgonen.

# 9 september 1977

Det är tio dagar sen han fyllde sex. Rickard hör på mammas röst när hon ropar på dem att han inte ska låta henne säga till fler gånger. Han är dessutom hungrig eftersom det är hög tid för frukost. Han larvar in i sin pyjamas, fortfarande lycklig över en modell av ett flygplan från andra världskriget han fick igår. Det som kallades Stuka, en berömd tysk störtbombare. Han har suttit uppe och byggt alldeles för sent och har torkat Pelifixlim på fingrarna. Det luktar fortfarande av limmet och han tycker att det luktar jättegott.

Allvaret i rummet får honom att stanna på fläcken. Han hade bara väntat på det; det hade säkert gått en vecka sedan barnens känsliga radar registrerade en ny oro i luften. Han ser sin storebror John sitta på en furustol med armbågarna mot den storblommiga vaxduken. Det finns ett blänk i hans ögon och mamma har gråblå ringar under sina. Hon står där i sin mossgröna morgonrock och säger med konstig röst:

"Det är om pappa."

Exakt de orden. Han säger ingenting utan väntar tyst på vad som komma skall.

Han får inte vara död.

Mamma sätter sig på huk framför Rickard och John som söker sig närmare varandra med stora ögon.

"Vet ni vad efterlyst betyder? Det är när polisen hjälper till att hitta någon som...den som är försvunnen."

"Pappa har varit borta länge," säger John. "Hur länge då?"

23

Rickard ser att mammas ansikte är på väg att skrynklas ihop så där som det gör när hon är riktigt ledsen. Sen ler hon igen, men det är ett ledset leende.

"Han kommer tillrätta snart, John. I går anmälde jag till polisen att han inte kommit hem än, så nu är det många som letar."

John är vass på matte och har redan räknat ut att de inte har hört av pappa på elva dagar, men han säger inget.

"Är han död?" får Rickard ur sig till sist. De märker hur mamma stelnar till och håller andan båda två.

"Nej, gubben, vi ska hitta honom. Polisen ger inte upp. Han skulle nog bara ut och segla med nya båten. Det går ju inte att skicka brev eller ringa när man är på havet, vet ni."

Hon föser ihop dem i en familjekram, men det är ju ingen riktig familjekram utan pappa och Rickard sliter sig loss. Sen kommer de där orden han alltid skulle ångra, det arga som kom ut fast han egentligen bara var rädd och ledsen:

"Han har drunknat! Det är den dumma båtens fel. Det fattar väl alla!"

Varje natt sen han försvann har han haft samma dröm. Den börjar som ett minne: han befinner sig i hallen med pappa precis innan han ger sig av. Det är svårt att säga vilken tid på dagen det är. Malcolm böjer sig ned mot Rickard med utslagna armar för att få en kram och han omsluts av cigarettrök och doften av rakvatten.

"Vart ska du pappa? När kommer du?"

Hans frågor får aldrig något svar utan blir hängande i en stor tystnad. Drömmen slutar alltid med att pappa rätar på sig och sugs ut genom dörren, försvinner i ett stort, porlande mörker. Det luktar konstigt och när Rickard vaknar skakar han av köld, som om någon lämnat fönstret i hans rum öppet hela natten. Men när han öppnar ögonen så är det alltid stängt.

# 4

De stod utanför Ellens rum i den vita sjukhuskorridoren, badande i lysrörsbelysningen. Stressad personal i vitt prasslade förbi. Elvira tvekade men bestämde sig i alla fall till sist för att ge honom en kram med en arm. En kompromiss, inte mer än vad omständigheterna krävde. De bytte några ord om vem som skulle hämta Ofelia på fritis, "innan hon blev ensam kvar till sist." Ett kort "hej" och så försvann hon som en vessla. Hon skulle visst hämta några resultat på sitt laboratorium på Karolinska Institutet. Medan han väntade på läkaren utnyttjade han tiden till nödvändiga samtal, men var tvungen att uppamma mer självdisciplin än vanligt; han var inte van vid att vara så trött och mosig i huvudet.

Första prioritet: Kjeld Wrete. Visst knöt det sig i magen men han var tvungen. Han måste upp på banan igen. Kom igen nu.

"Jag är på Danderyds sjukhus."

"Nej men, hur är det med dig?"

"Det...är inte jag, det är min mamma. Hon hämtades med ambulans till intensiven."

De tysta fem sekunderna sade honom att det här inte var vad marknadschefen väntat sig att få höra.

"Det var...beklagar. Det förklarar ju...jag menar självklart ska du vara där med henne."

Rickard hade redan funnit sitt vanliga säkra tonläge: "Jag är snart färdig här. Jag träffar Minotaur imorgon bitti, så vi skulle behöva speca vilka villkor som jag skulle kunna erbjuda. Logan Dunford sa att de aldrig skulle acceptera vårt förra förslag."

"Jaså, ja absolut, Rickard. Jag bara undrar...hade du hört om din mor före mötet i eftermiddags?"

"Va? Nej, direkt efteråt."

En stunds tystnad medan marknadschefen bearbetade den oväntade informationen.

"Mycket på en gång", konstaterade han sen klumpigt. "Så kan du berätta vad som hände idag?"

Rickard gjorde en snabb analys av situationen: han stod under värdering. Hyfsat framgångsrik, hade nått sina senaste KPI:er men visat tecken på svaghet ett par gånger, bland annat blivit bortmanövrerad av Stefan Escher förra veckan. Men att kollapsa under ett ledningsgruppsmöte var något helt annat. Om incidenten berodde på dålig stresshantering skulle han snart få andra arbetsuppgifter, eller värre.

"Hur är det med dig Rickard?"

Kjelds röst hade förlorat en del av sitt empatiska uttryck, det var dags för tydliga besked. Rickard fattade ett beslut.

"Tack för att du frågar, men det känns faktiskt bra nu. Jag behöver tydligen kolla några värden...och väntar på en läkare just nu faktiskt. Det kan vara underskott på något ämne...vad det nu hette. Skulle tydligen förklara att jag tuppade av och är i så fall lätt att åtgärda. Man tar en medicin som gör att man hamnar på rätt sida av gränsvärdet." Rickards snabbdiagnos var inspirerad av Elviras mamma som led av en ovanlig sjukdom. Tack vare medicineringen levde hon som hon gjort innan den upptäcktes.

"Jaha." Wrete lät överrumplad igen, Rickard tyckte sig nästan ana en lätt besvikelse. "Så de ska kolla det där också?"

"Japp. Vad säger man, två flugor i en smäll."

Två flugor i en smäll? Vad är det jag sitter och säger?

26

"Du har väl mycket nu med Minotaur också...jag funderar på om Stefan skulle kunna...han har tid, hinner ju med en hel del privatresor, och..."

*Men ge dig nu.* Wrete sniffade runt som en gammal blodhund som fått vittring och aldrig skulle släppa spåret. Rickard kunde tänka sig att han sett många kollegor bränna ut sig och övat upp en enastående känslighet för alla vanliga tecken. Han gjorde sin röst låg men samtidigt kraftfullt kontrollerad:

"Kjeld. Det är ingen fara, jag har mycket att göra men inte mer än att jag grejar det. Jag mår fint, på riktigt. Du ska få se läkarutlåtandet om du vill." Han hoppades att bluffen hade gått hem.

"Jag tror dig, Rickard. Men se till att få det där kollat. Och ta hand om din mor. Du ville prata affärsvillkor för mötet imorgon? Ska vi ta det i kväll istället, jag skulle kunna ta det mellan halv nio och nio."

"Nej, det är lugnt, bra om vi kan ta det nu."

När Rickard ett par minuter senare tryckte av samtalet hade han en ny förhandlingsram och förhoppningsvis en karriär på väg upp ur diket.


Samtal nummer två: Solvand. Han lirkade med den person som väntade på rapporten han lovat tills de kom överens om att de skulle få den senast ikväll. Men han kunde nog räkna med att förseningen skulle dyka upp på progressmötet med dem om en vecka som en sur uppstötning.

Sista samtalet: John. Hans bror svarade på andra försöket, precis hemkommen från en båtmässa i Cannes. Han lät tagen av nyheten om Ellen. Ingen av dem hade märkt något, inte anat att hon befann sig i riskzonen; hon ville ju aldrig säga något när hon varit på läkarbesök. De kom överens om att ses på sjukhuset 10.30, besökstiden de fått av sjuksystern. Hur nu Rickard skulle hinna dit i tid efter sitt morgonmöte.

Efter fyrtiofem minuter dök läkaren upp med sin öppna rock fladd-
rande i fartvinden. Hon hade ont om tid och förklarade att det hade
varit väldig nära för Ellen – "close call" som hon uttryckte det – men
att hon trots allt var försiktigt positiv. Mer var svårt att säga just nu.
När hon lämnade honom kände han trots allt en våg av lättnad röra
sig upp genom magen och bröstet.

# 5

Ellens insjuknande gjorde det ännu tydligare att Rickard hade spårat
ur totalt. Det var ju uppenbart att han lät jobbet gå före till och med
nu. När de hade hjälpts åt att duka av efter middagen på överbliven
ugnsuppvärmd potatisgratäng med strimlad oxfilé gjorde Elvira ett
nytt fruktlöst försök att övertyga honom om att han höll på att bli
sjuk, att han måste börja sova ordentligt. Men den här gången hade
det känts halvhjärtat, som om hon redan hade gett upp.
"Alla tecknen är där. Du vill inte träffa någon längre, orkar inte göra
något. Det enda du gör är att jobba. Snart kommer du att börja
glömma bort saker. Till sist glömmer du bort vad din fru och ditt
barn heter."
"Var inte dum."
"Vem är det som är dum?"
Rickard hade kommit sent från jobbet som vanligt, trött och frånva-
rande och knappt sagt något alls innan han försvann in i arbets-
rummet. Hon läste saga för Ofelia. Sen kröp hon ned i dubbelsängen
och lyssnade på det svaga rasslet från tangentbordet han skrev på
därinne. En känsla av att något annat hade hänt, något som inte
hade med Ellen att göra, dröjde sig kvar. Hon ville inte tänka på hur

det skulle bli om Ellen inte klarade sig. Hur skulle han då ta emot det hon hade att säga men skjutit på vecka efter vecka. Hon försökte skaka av sig olusten och koncentrera sig på rapporten hon tagit med sig från labbet. Den kompakta texten och diagrammen skingrade de mörka tankarna en stund innan hon sträckte sig efter sänglampan och släckte ljuset. Träningsvärken från gårdagens pass hade redan kulminerat. Imorgon skulle den ha ersatts av efterverkningarna av intensivpasset i boxersize idag. Hon sträckte på sig och somnade snabbt. Någon gång under natten drömde hon om svarta hästar på en äng. Det var högresta vildhästar och till en början smekte hon deras kraftiga halsar, men sprang snart för livet framför dem. De sprängde fram över slätten i hundratal och tog hela tiden in på henne tills benen blev till gelé.

# 6

Han fick iväg rapporten till Solvand före midnatt och kröp ned bredvid Elvira förlamad av trötthet, oförmögen att tänka, utan några känslor alls och somnade. Han måste ha snott sig varv på varv för när han vaknade i vargtimmen, svettig och med stigande ångest, låg lakanet som en blöt rulle längst madrassens ena långsida. Han slungade av sig täcket och luftdraget som uppstod när det landade på mahognygolvet förde med sig den svaga, esoteriska doften från den senaste inoljningen. Han försökte lugna sig, lyssnade på Elviras jämna andetag. Hennes ryggtavla avtecknade sig i månljuset, det långa mörka håret mjukt böljande som sjögräs över det silkiga rosa nattlinnet han gett henne i julklapp. Hon hade sagt att hon tyckte om det, att det fick henne att se kvinnlig och sofistikerad ut, vad det nu spelade för roll. Hon låg så långt ut på sin sida av sängen som det var möjligt - en enda oförsiktig rörelse i sömnen skulle få henne att dråsa i golvet.

Vargtimmen. Han hade vant sig vid att vakna i den när det var mycket på jobbet, det vill säga varje natt. Men den här gången var det värre. Det hjälpte inte att han försökte fokusera på sin andning och efter en stund gav han upp. Allt som hade hänt dagen innan hade satt igång en kedja av tankar och minnen som länge hade slumrat i glömska.

Malcolm Jolbrant försvann i september 1977 och återfanns aldrig. Försvinnandet delade tiden i ett före och ett efter. När pappa levde – innan han försvann – hade de haft det bra, i alla fall vad han mindes. Känslan av att vara stolt över sin pappa, Malcolm världsomseglaren. En omskriven seglingsentusiast, en av dem som lett sjuttiotalets våg av fritidsbåtägande som startats av föregångare som Pelle Pettersson. För ett ögonblick svävade hans ljusa, leende ansikte framför honom i dunklet. En skäggig, solbränd figur med naken överkropp och långt blekt hippiehår som kisade mot solen. Det var som om allt badade i ett varmt, orange eftermiddagsljus i de där bilderna. Hans arm runt Rickards axlar när han lät honom stolt styra båten, förmodligen med en cigarett i andra handen. Under 1973 hade han krossat Atlanten för Västindien och Panama, och två år senare efter minutiös planering tagit det stora språnget: jorden runt. Det hade tagit trehundratre dagar. Besättningen hade bestått av pappa, en brittisk matematiklärare som brukade omnämndas Georgie och hans foxterrier Nixon. Pappa brukade berätta om att han hade träffat Georgie i Curacao och hur de frekventerat de lokala barerna tillsammans under en galen vecka och blivit vänner. Någon dag efter att de lämnat Kapstaden gick de in i hårt väder och Georgie, som struntat i att göra fast sig när han gick fram för att bärga ett skörat försegel, föll över bord. Georgie hade änglavakt, som pappa sa. Själv kunde han bara skicka ut ett Mayday över radion, men det räckte för att Georgie skulle hittas och plockas upp av en trålare på väg mot fastlandet. Sen hade han fått nog och ville inte fortsätta jorden runt. Han hade till och med varit på TV i Rapport, där han fick berätta om hur han besegrat den stormrivna och fruktade Södra Oceanen och tagit sig hela vägen hem med skeppshunden Nixon som enda sällskap.

Rickard hade saknat sin pappa under de långa seglatserna, men hade förstås aldrig varit tal om att familjen skulle följa med. Eller att pappa skulle ha stannat hemma för den delen – långseglingarna hade varit något han bara måste göra. Det hade talats om att han var oansvarig som lämnade sin fru med två barn. Inte hade de haft det särskilt fett precis men de hade klarat sig, vilket var en bedrift i sig, särskilt med tanke på hur pappa alltid hade sparat och gnetat för att kunna förverkliga nästa seglats.

Efter världsomseglingen inträdde det Magiska året. Pappa fick återgå till sin ganska välbetalda tjänst som konstruktör på Atlas Copco och var hemma mycket. Bröderna hade älskat det. Han hade tagit med dem på allt möjligt roligt, kanske för att han hade dåligt samvete, vem vet. Kappseglingar, Gröna Lund, Vasamuseet. På sommaren bilade de ned till Varberg där han hade växt upp. De stod på en oändlig sandstrand, ljuset var överväldigande och det blänkande havets brus öronbedövande. "Här har ni Havet, pojkar, det *riktiga* Havet!"

Det var när pappa inte längre bidrog till uppehället som mamma hade tvingats flytta med barnen till den där sunkiga lägenheten i betongförorten. Ett nedgånget, sjaskigt område där de snabbt lärde sig att vara på sin vakt på vägen hem från skolan. Mamma tog jobb på Konsum i deras förortscentrum, ensam i familjens kamp för att få ekonomin att gå ihop. Hon som var uppväxt på Blidös havssida och alltid brukade vara så energisk och glad. Vad var det pappa hade kallat henne ibland? "Min virvelvind." Han tänkte på det senaste decenniet, hon hade knappt velat gå ut på kvällarna utan hade bara suttit i sin nedsuttna soffa och sett på Bingolotto utan att ha köpt någon lott. När hon var ung hade hennes dröm varit att bli konstnär, men ingen sett henne röra en pensel efter dagen pappa försvann. På sin sextioårsmottagning såg alla hur sliten hon blivit, hon hade lika gärna kunnat ha fyllt sjuttio. Ibland undrade han om det hade hänt något mer när pappa försvann, det var som om hon bar på minnen som höll på att bryta ned henne.

Hon blev snart kallad på extrainsatta utvecklingssamtal. John som hade börjat visa "anpassningssvårigheter" hamnade ofta i bråk och slagsmål på rasterna. Snart började han skolka. En gång hade Rickard kommit på honom med en toppfylld flaska Explorer. Med hot om stryk fick han sin lillebror att hålla tyst – hot brukade alltid fungera på Rickard – men i ärlighetens namn hade han också räddat honom från att få stryk ett par gånger. Konstigt ändå att de vågade ge sig på Rickard, de flesta måste ju ha vetat vem som var hans bror.

Rickard hade växt snabbt på längden men inte ett dugg på bredden. Han blev snart "Stickan", menat som tillmäle och inte smeknamn. Malcolms öde blev snart vida känt och hans självutnämnda plågoandar försatt ingen chans att hitta på nya skämt om Stickans farsa. Det var mest olika varianter av hur han drunknade. De upptäckte också att mycket annat – ja, det mesta faktiskt - var fel med honom. Till att böra med hans gamla ärvda, töntiga kläder och löjliga musiksmak. Sen var han ju till deras förtjusning dålig på fotboll och, skulle det visa sig, förlorade alltid ett slagsmål.
"Stickan förlorar alltid. Jag ska bevisa det!"
Jublet. Den kollektiva triumfen. Uteslutandet. Förödmjukelsen som hettade i ansiktet gång på gång tills det som gjorde så ont nästan slutade kännas och blev till en obehaglig klump i magen. När han

grät sig till sömns hade han förbannat sin pappa säkert hundra gånger. Vreden som hade börjat byggas upp inom honom ville ut. Allt är ditt fel! Varför stack du, varför lämnade du oss?

# Svartlöga 1854

På lördag har Laurens har bott hos dem i tre hela år. Det borde de fira, tycker Björn, men det är han visst ensam om att tycka. Laurens är jämnårig med Björn men har växt om honom och nu är han nästan ett halvt huvud högre. Ellen brukar säga att det beror på att han får riktig mat hos dem. Ibland skämtar de om dagen mor och far hämtade honom på barnauktionen i Norrtälje, en kall novemberdag under den stora svälten. Frosten hade tagit hela skörden i augusti, det var något helt ofattbart att något sådant kunde ske. Laurens hade sagt att hans riktiga mor och far hette Klara och Henrik. Far hade förklarat att de med all säkerhet hade räddat livet på honom när de sålde honom. Henrik och Klara Ros hade bara haft sex barn kvar för två hade redan dött av undernäring. Björns familj hade haft det bättre ställt men far hade arbetat som en tätting, byggt hela ladan och samtidigt slitit på åkern. Det skulle snart behövas fler händer och mor hade inte kunnat få fler barn.

I början hade Björn varit så glad över att ha fått en bror i sin egen ålder, det hade inte varit samma sak med Evelina och Anna, de var ju flickor och Anna bara fem år dessutom. Laurens hade varit tyst och avvaktande men Björn hade väntat tålmodigt på att han skulle finna sig till rätta. Det första året hade Björn ofta vaknat av att Laurens låg och snyftade. Någon gång hade han ropat efter sin mor i sömnen och Björn hade varit säker på att det inte var Ellen, hans egen mor, han saknade. Björn hade försökt muntra upp honom, visat honom sina gömställen på ön och om sommaren hade de badat mycket. Med tiden hade det börjat bli lättare för Laurens och de hade börjat leka, fast Laurens hade mest velat leka konstiga saker Björn inte ville. Som fängelseleken och härskarleken.

Det är inte så roligt med Laurens som han hade velat och det gör Björn ledsen. En gång hörde han mor och far viska utanför fönstret till kammaren när de trodde att barnen sov.

"Men vad är det för fel på honom?"

"Jag vet inte."

"Du sa ju att Klara och Henrik är rediga båda två. Visst sa du det?"

"Inte frågade jag dem. De verkade rediga."

"Du vet tröjan jag virkade, fin ull och allt. Dagen efter han fick den var det ett stort hål där fram och han höll upp den och sa: mor, jag kan inte ha den längre. Titta mor, den har gått sönder."

Björn mindes hur hemskt det hade varit att höra moderns hopplösa gråt på andra sidan timmerväggen.

Men nu är det i alla fall en vacker augustimorgon och de hjälps åt att göra loss fars trogna spriseglare Lovisa, döpt efter hans mor. Björn ger bryggan en sista knuff så att de går klara från stranden och kan sätta storseglet. Sen far köpte sin andel ute på Skarv av ingen mindre än Johan Sjöblom är han ofta ute på fiske dagar i sträck. Nu ska äntligen bröderna få följa med och hjälpa till. Björn grips av äventyrskänslan igen: bortom horisonten börjar det stora havet, befolkat av sjörövare, djärva fångstmän och lockande, falska sjöjungfrur. Morgonbrisen för med sig sensommardofter från vildängarna och ger dem bra skjuts genom det solglittrande vattnet. Far vid rodret är på ovanligt gott humör, det hör man för han sjunger en engelsk sjömansvisa om och om igen. Shanty heter det. Björn undrar hur han kan har lärt sig den. Efter en stund vågar Laurens sig på att sjunga med och blir inte tillrättavisad en enda gång. Björn låter blicken prövande gå mellan dem och faller sen in själv.

# 7

Han sprang in i sjukhusentrén fem över halv elva. Morgonmötet med Minotaur hade frestat på men varit långt hade åtminstone inte varit en katastrof. Vid en avdelare med höga ormbunkar stod Elvira och knappade frustrerat på sin mobil. Ofelia var helt uppslukad av att försöka hypnotisera fiskar i ett akvarium med sin hand. Det lilla pekfingret hade lämnat ett psykedeliskt fettspår efter sig på glaset. John syntes inte till, precis som väntat.

"Hej! Vänta!"

Den lätt hesa, bullriga rösten fick dem att snurra runt där de väntade på hissen. Den gick inte att ta miste på. John kom släntrande mot dem i en mörkgrå kort höstjacka, svarta jeans, boots och en grå toppluva på huvudet. Håret och skäggstubben hade grånat, eller så hade han bara glömt att färga det. Han kramade om dem alla tre utan att be om ursäkt för att han varken hade kommit i tid eller gått att få tag i.

Hon låg med händerna prydligt knäppta över bröstet och ögonen halvslutna som om hon väntade på att befrias från jordelivet, men när hon fick syn på dem lät hon ana ett leende. Allihop var ju där: söner, sonhustrur, barnbarn. Så roligt att ni kom, och Ofelia också! Men redan efter en kvarts småprat blev hon hemlighetsfull och viskade i Rickards öra att hon gärna ville prata med sina söner i enrum.

"Pojkar, jag vill prata med er om pappa."

Hennes andning var ansträngd men blicken samlad.

"Vad har du för hemligheter, mamma?" frågade John och grinade upp sig men Rickard märkte att han hade blivit spänd och lite avvaktande. De fick vänta en stund innan hon fortsatte.

"Pappa var ju så snäll...den bästa man jag träffat. Men jag måste berätta något. Innan han försvann hände något. Ja, man kan väl säga att han förändrades."

John satte sig på sängkanten med jackan på och lutade sig fram mot sin mor. Det var inte varje dag han utstrålade allvar. Toppluvan hade han strukit av sig och tryckt ned i jackfickan.

"Vad menar du?"

"I sekretären, under högra lådan – man måste ta ut lådan helt för att komma åt. Det är en svart anteckningsbok. Pappa brukade skriva i den ibland, anteckningar, mest om båten och så där..."

"En loggbok?"

"Nej. Jo, det heter det väl."

"Vart man varit, vädret, vad som hänt på sjön..."

"Ja en del sånt hade han skrivit." Hon gjorde en paus och andades ansträngt. "Men den blev konstig mot slutet. Polisen hittade den i livbåten som drev omkring därute. Jag tittade i den när de lämnade tillbaks den. Jag var tvungen...jag brukar inte titta i andras dagböcker..." Hon fick hundögon som bad om deras överseende.

"Det vet jag...det vet vi allihop," svarade Rickard och försökte att låta lugnande. Hennes plågade, skuldtyngda blick gled iväg mot fönstret och trädkronorna, som om minnena fanns därute.

"Först var det inget konstigt alls. Men de sista sidorna. Det är någon annan som skrivit det där. Konstiga, otäcka saker. Men det var märkligt för att...jag kände ändå igen handstilen. Det *var* hans."

Konstiga. Otäcka. Saker.

Rickard höll andan som om han lutade sig ut över ett stup, med ens märkligt stilla och klar i sinnet. Kanske hade han inte nått botten igår i vilrummet när allt kom omkring.

"Ja, jag fick en chock förstår ni och gömde undan den. Jag tänkte att så här ska vi inte minnas Malcolm om...ifall de inte hittar honom."

Varken han eller John kom sig för med att säga något. Rickard visste inte vad han skulle tro - kanske var hon inte sig själv ändå, kanske hade hon börjat koka ihop sina egna sanningar? Till slut ställde John frågan som växte i rummet: "Men vad då mamma, vad skrev han...?"

Svaret var undvikande men gick honom ändå att rysa till.

"Hemska saker. Hemskt."

Nu var hennes röst som sprött tidningspapper, det sista ordet inte mer än en viskning. Hon knep ihop läpparna och såg inte ut att vilja fortsätta.

"Mamma. Vad menar du med det? Och varför berättar du nu...?"

Hon rättade till det nästan vita, axellånga silkeshåret. "Jag har tänkt länge på det. Tänkte först förstöra den där boken när jag blev dålig. Men ni har rätt att få veta sanningen. Jag vet inte...kanske kan ni förstå varför det hände. Jag har tänkt så mycket...haft en massa tokiga idéer, men de har inte lett till något, inte gett mig några svar."

Hon sjönk utmattad tillbaka djupt i kudden och slöt ögonen.

Hemska saker.

Efter besöket fick de några ord med den jäktade kvinnliga läkaren med den öppna rocken: nej, Ellen var inte igenom krisen än. Men rent statistiskt finns det gott hopp om att kommer att klara det här. De tog hissen ned under tystnad. Höstlöven virvlade över sjukhusparkeringen, lekte tafatt, formade gula och roströda ord i luften. Som genom telepati väntade de båda bröderna tills Elvira och Ofelia hade satt sig i den begagnade BMW:n så att de kunde tala ostört.

"Det var som fan, vad säger du..." Vinden friskade i och stal orden ur munnen på John. Ett löv fastnade i luggen medan han viftade med armarna i luften.

"Tja, de gör väl vad de kan. Läkaren verkar ju ha koll i alla fall."

"Kanske det. Men det kokar ju ned till kostnader till sist, jag menar hur mycket de lägger på den eller den behandlingen."

Suset tilltog i popplarna längs parkeringen när de bugade sig i en vindby och Rickard slog upp rockkragen som skydd.

"Ja, igår var hon ännu mer stressad, kan jag säga. Det är ju som det är med vården."

"Såg du vad blek mamma var? Jag är lite orolig för att hon…"

John kom av sig och trampade runt i sina ormskinnboots. Elvira kikade ut genom bilfönstret med en frågande min och Rickard förekom snabbt sin bror:

"Du som var några år äldre, ja det är du ju fortfarande. Kommer du ihåg hur pappa var innan han försvann? Gjorde han något speciellt?"

John rynkade pannan och drog lite på svaret.

"Nej. Om han gjorde något underligt eller så borde jag verkligen komma ihåg det i så fall. Barn reagerar väl starkt på vuxna som beter sig underligt, det är visst väldigt obehagligt för dem. Har jag läst."

Han log.

"Pappa hade väl precis varit ute på sjön, för en gångs skull…seglat hem Katinka…från Hanko i Finland, vad jag förstod?"

"Jo, det stämmer. Du Rick, jag måste tyvärr dra. Men vi ligger väl lågt med det där mamma sa…tills vidare?"

Rickard nickade.

"Vem pratar ni om? Vem hade seglat?" Ofelia hade tryckt ned sin fönsterruta och såg uppfordrande på honom och John kunde inte låta bli att le.

"Farfar, som du aldrig har träffat."

"Har jag väl visst gjort det."

"Nej gumman, honom har du aldrig träffat."

Ofelia såg konfunderad ut när han öppnade dörren till förarsidan och gled in på sätet.

"Men var är han då?"

# 8

Redan i bilen efter sjukhusbesöket hade Elvira undrat vad i hela friden som hade fått Ellen att vilja "köra ut" henne och Ofelia ur rummet. Rickard hade svarat undvikande och hon hade hållit upp händerna med handflatorna utåt: "Visst, visst, är det privat så är det."

"Jag ska berätta sen."

"Det är ingen fara, jag bara undrade."

Ännu en eftermiddag förflöt på kontoret under lågintensivt ställningskrig, fast nu var han inte längre säker på att höll på att vinna. Huvudet kändes stumt och han gick på autopilot när han hämtade Ofelia på fritids, på tok för sent förstås. Luften var förtätad av outtalade anklagelser och en dagisfröken han aldrig sett föreläste om stängningsreglerna och hur många gånger hans dotter hade frågat efter honom. Han stirrade på henne som en zombie i flera sekunder innan han ursäktade sig med något om sent möte och bilköer. Efter lite krångel lyckades han kränga de blå skoskydden över fyrtiofyrorna och började letade efter Ofelia. En intensiv doft av lim och blöta kläder hängde i luften. Hon satt i ett litet rum och ritade med huvudet nedböjt så att ansiktet nästan snuddade vid papperet. Rickard satte sig på huk och gav henne en puss på huvudet. Hon fortsatte att rita utan att se upp.

"Är du hungrig?"

Hon fortsatte att fylla en form som såg ut som en båt med en svart tuschpenna.

"Vad ritar du, gumman? Är det en båt?"

Hon såg upp ett kort ögonblick, en frånvarande blick, innan hon fortsatte, hon skulle inte gå här ifrån utan att ha fyllt i hela ytan innanför konturlinjerna.

"Ska vi åka hem och äta?"

Nu vände hon sig mot honom.

"Vad blir det för mat?"


Rickards kropp kändes som om den var gjord av bly när han släpade sig över till matbordet för att göra Ofelia sällskap, mer kroppsligen än andligen närvarande. Det var som om något hade gett vika inom honom. Hon ställde flera frågor om sin farmor med hakan fundersamt vilande i händerna och hans egna drönarlika svar gav honom dåligt samvete. Det var först när han skrapade resterna av tallrikarna i köket han insåg att han hade lagat biff stroganoff med ris och undrade hur det hade smakat. Ofelia verkade ha ätit en hyfsat barnportion i alla fall, även om grönsakerna låg orörda längst ena tallrikskanten. Det dunsade till och något svart for över golvet. Max lilla svans gick som en galen metronom och han kastade sig mot Rickard med optimistiska blickar upp mot stekpannan. De brukade kunna ligga en minut och brottas och kramas på golvet, Rickard med ett fast tag i den lilla bulldoggens varma nackveck. Som han såg det hade de skaffat honom för Elviras skull när han till sist lyckats övervinna sin motvilja mot att ta hand om husdjur större än fåglar och guldfiskar. Guldfiskar var de enda djur hans familj hade haft när han var barn och de hade dött efter några månader. Han mindes fortfarande hur Ellen hade hällt ut dem i toalettstolen och tvekat innan hon spolade. Rickard hade smugit fram bakom henne i dörröppningen utan att hon märkte något. Han kunde fortfarande se hennes min när hon vände sig om efter att ha spolat till sist. Det märkliga var att när de hade haft Max ett år hade det börjat kännas som att han och Max var de som förstod varandra bäst i familjen. Men ikväll blev det ingen brottningsmatch.

Elvira svepte in genom dörren och smällde igen samtidigt som hon sparkade av sig skorna. De nickade mot varandra innan hon hastigt, närmast maniskt, började fylla diskmaskinen, full av energi efter sitt pass på gymmet. Det fanns inte på kartan att hon skulle avstå från dagens träning, inte under några som helst omständigheter. *När det är som jobbigast behöver man träningen som allra mest.* Rickard hade flera gånger varit på väg att upplysa henne om att hon med största sannolikhet kvalificerade som träningsnarkoman. Jakten på endorfiner hade tagit sig allt mer extrema uttryck. Hon hade fått med sig ett gäng kollegor från Karolinska Institutet som utmanade varandra att ställa upp i olika Maraton, ja alla lopp de kom över. Hon måste vara en av deras mest vältränade laboratorieassistenter. De flesta var så imponerade när hon berättade om sina tider och personbästa och han förstod dem. Han var bara så van och om sanningen skulle fram lite trött på att höra om det hela tiden, varenda dag, vid varenda tillställning. Elvira hade alltid varit ett litet kraftpaket med nya utmaningar i sikte. Innan Ofelia kom hade hon släpat med honom på olika aktiviteter: klättring på Trollväggen i Norge, cykla Mälaren runt, paddla havskajak. Hon pratade mycket om att hon ville prova nya saker, testa sina gränser. Rickard hade löptränat rätt mycket och golfat för karriärens skull. Men egentligen var det bara seglingen han verkligen hade njutit av och den hade han lagt av med för länge sen. Under det senaste halvåret hade det nästan inte blivit någon golf eller löpning heller, jobbet krävde all hans vakna tid.

Han försökte samla ihop sig för att gå till arbetsrummet och dra igång datorn. Dagens arbete var aldrig slut när han kom hem.

Elvira rätade på ryggen och granskade honom.

"Läkaren verkade ju positiv idag," sa hon.

"Mmm."

"Visst såg hon lite bättre ut?"

"Jag tror det."

"Men själv ser du för jävlig ut Rick. Jag förstår att det är jobbigt med Ellen men…" hon lade tyngden på ena foten och armarna i kors över bröstet. Ett veck bildades i hennes vänstra mungipa.

"Det är något annat också, eller hur?"

"Bara lite roddigt med jobbet…."

"Jobbet!"

Fnysningen var tydligt hörbar.

"Idag får *du* läsa för Ofelia."

# Svartlöga 1854

Björn ligger bredvid Laurens på loftet i Josts fiskebod på Bodskär och lyssnar med spänning på mumlet från sin far och utskärsfiskarna som samlats på ljugarbänken på andra sidan brädväggen för att berätta historier för varandra. De verkar inte bekommas av kvällskylan. Efter någon timme är rösterna så starka att de kan höra allt de säger. Någon av dem är generös med brännvinet, far brukar säga att det hjälper mot kylan och bevisligen hjälper det mot tunghäfta också. Namnet Johan Sjöblom nämns flera gånger och de pratar om en eld som ibland har tänts på något som heter Vitkobben, en eld som lockar fartyg på grund. Fartyg som sen plundras av usla män. De lyssnar andlöst med ena örat pressat mot den kalla väggen. Björn ser allihop framför sig tydligt som om det hände här och nu och han känner håret resa sig i nacken. Efter en stund har turen kommit till den äldre fiskaren. Björn vet vad han heter för att de andra hela tiden använder hans efternamn: *Synnergren*. Pojkarna rullar av och an på det smutsiga, mörka brädgolvet av förväntan. Den knarriga rösten är svår att uppfatta i början och Laurens väser otåligt att gubben måste tala högre. Björn uppfattar något om dåligt rykte. Plötsligt höjer Synnergren sin röst som prästen i Blidö kyrka när han med darrande stämband läser gamla testamentet för församlingen:
"Hundratals sjömän har mött sin skapare där!"
Pojkarnas ögon är stora som tefat. Ett rungande skratt från männen avbryts av Synnergrens röst som nu har glidit upp i ett ljust, upprört tonläge som om han förargas av deras brist på respekt för de döda.

44

"Ja, jag har sett dem gå ur vattnet och klättra upp på drakryggen själv. Vet ni ingenting om vattnen ni drar er strömming ur, era slynglar? Märk mina ord, Järnholmen har ingen jord för de döda att vila i."

Nästa morgon vaknar både Björn och Laurens uppfyllda av äventyrslusta. Lovisa glider ut i en försiktig bris mellan Bodskärs bodar och garn. Laurens ska få lägga ut vakarna säger far och Björn blir besviken men far säger att det är hans tur nästa gång. Förresten kan han få ta in dem tidigt imorgon bitti när det är dags att vittja fångsten och det är ju ännu mer spännande. Det får Björn på lite bättre humör igen. Vattenytan ligger inte stilla och blank trots den tidiga timmen utan bjuder på ganska krabb sjö. De rundar yttre kobben och kommer ut där allt öppnar sig. När det ljusnar märker Björn att gårdagens blå himmel har avlösts av stränga grå skyar. Jost kastar en blick uppåt, men det syns att han redan bestämt sig. De går på slör norrut på Skarvs utsida. Snart pekade han på en svart formation någon distansminut om styrbord och skriker för att överrösta vinden:

"Järnholmen!"

Björn ryser och han ser på Laurens uppspärrade ögon att han också känner det. Äventyret har blivit verkligt. Far försöker återberätta vad han hörde Synnergren säga om platsen igår kväll. Han vill gärna skrämmas för sån är han, far. Säkert är det därför han avsiktligt håller så nära den dystra lilla klippön. Fast det är något konstigt med honom. När Laurens frågar om de ska gå i land svarar han inte utan ger honom en underligt stel blick. De passerar det som gubben Synnergren kallade drakryggen så nära att de kan se de fina strimmorna i hällarna och prästkragar i full blom. Det är spännande och otäckt med alla som drunknat precis här, men Laurens hänger långt över relingen utan minsta betänklighet och doppar ena handen i vattnet. Han ropar med tillgjort dramatisk röst:

"Sjömän kom upp! Sjömän kom upp om ni vågar!"

Björn sneglar på far och spänner sig inför det som komma skall. Det är inte ovanligt att Laurens säger saker han vet att man inte får säga, som om han bara ville göra far arg. Men den här gången får han bara en kort blick innan far beslutsamt ropar att nu ska de lägga nät.

"Här, far? Skulle vi inte fortsätta ett stycke till?"

"Du hörde rätt. Det är ett grund rakt under oss."

De lägger sig att dreja bi och sätter igång. Laurens kilar ned i båten, hämtar en vakare och lämpar den överbord med ett stycke av nätet. Så ned igen, hämtar nästa vakare och så fortsätter det medan vinden tilltar. Det tar tid och Björn börjar hjälpa till men får en rapp tillsägelse att låta bli. Den öppna lilla båten känns som ett snäckskal på det stora havet och kränger nu så pass att han börjar bli illamående. Upp, ned, upp, ned, och så rullar de djupt ned i sidled. Trots vindriktningen måste de ha hamnat i en ström från nordväst för de verkar driva tillbaka hela tiden och Järnholmen tornar upp sig allt högre. I ögonvrån ser han en labb lyfta från stranden med tunga vingslag. Han räknar de tre vakare som återstår innan nätet är ute. Rädslan gör att han inte kan låta bli att ropa:

"Far, går vi på grund?"

Björn ser sin bror hålla sig krampaktigt i relingen och kämpa för att hålla inne en spya. En röst inom honom säger honom att något håller på att hända.

"Undan pojk!" Jost släpper rodret, tar ett kliv och hugger tag i den del av nätet som ännu ringlar sig på durken för att få det i sjön. Förseglen börjar smattra och Lovisa faller av snabbare än han tycks ha räknat med och när vindbyn kommer kantrar de nästan. Först när båten rätat upp sig och Jost har vräkt resten av nätet över relingen ser de att Laurens inte längre är kvar ombord.

Det gick så fort att de först inte tro att det är sant. Jost hugger tag i rorkulten för att styra upp mot vinden igen. Vita gäss vandrar på vågtopparna runt dem, ovädret har kommit över dem utan förvarning från ingenstans. Järnholmens klippor är farligt nära och Jost tvingas slå och manövrera ut ett stycke medan hans grå ögon avsöker den gropiga, fradgande sjön efter ett guppande barnhuvud. Björn får inte ur sig ett ljud medan han letar efter Laurens med värkande ögon, men inom sig ropar han gång på gång: Larre! Larre! En gång tycker han sig se något komma upp till ytan men det försvinner strax bakom en lång våg och visar sig inte igen. Björn och Laurens hade simmat vid bryggan så han kunde nog hålla sig flytande en stund. Annat är det med sjömännen som anser att man alltid måste hålla sig kvar ombord, men om man ändå går i sjön är det bäst att slutet kommer så fort som möjligt. Far kan inte lämna båten, då skulle det vara slut med dem. Han ropar att de måste ut från grunden och snart har Järnholmen krympt till bladet på en lie bakom dem. Björn är iskall inombords: tänk om Laurens fastnade i nätet och följde med det ned i djupet. Han ropar åt far att vända om, säger att han kan ju sitta fast i nätet. Måste böna och be och gråter till sist. Varför vänder han inte om? Fars ansikte är outgrundligt.

"Snälla, skynda dig far."

Till sist lägger han om rodret och seglar tillbaka till nätet. Trots att det är mer än vad som kan förväntas av en skärgårdsbonde som Jost lyckas han styra upp båten precis längst de vilt guppande vakarna. De kisar ned i mörkret för att se om Laurens kan ha fastnat i nätet och dragits ned, avsöker hela nätet i båda riktningarna.

"Ska vi ta upp nätet, far?"

Jost svarar inte. De driver hela tiden iväg och måste segla tillbaka igen för att komma nära nog för att se något. Tills sist låter Jost segelökan falla av och vrider sen upp henne mot vinden tills de har Skarv föröver.

# 9

*Konstiga, otäcka saker.*
Rickard vaknade med ett ryck. Han måste somnat i Ofelias säng när han läste Prinsessan för henne. Allt kom tillbaka och ångesten sköt som en het pelare genom kroppen, en elektisk stöt, precis som den gjort vid varje uppvaknande sen igår. Han vred försiktigt på huvudet och kände sitt svettiga hår klibba mot kudden. Sänglampans sken föll på Ofelia som snusande på med öppen mun intill honom med den stora tunna boken som täcke. Utanför dess varma ljussfär tog mörkret vid och i detta stora mörker samlade sig just nu all skit, kurade ihop sig i hörnen för att när som helst gå till samtidig attack. En fallande känsla i bröstet fick honom att kippa efter andan. Han måste ut. Nu.

När han kört runt en stund utan någon som helst plan, slog det honom att ingen hade kollat Ellens lägenhet sen hon togs om hand. Hade hon låst dörren, stod spisen på? Tack och lov satt hennes dörrnyckel på hans knippa så att han slapp köra hem och hämta den.

Höghusen reste sig som grå murar kring de upplysta innergårdarna. Sju, lyste det på en vit boll ovanför porten. Det var märkligt tyst. Han hade inte mött en själ från parkeringen och när han böjde huvudet bakåt såg han bara några enstaka gulvita rektanglar som lyste i den stora, mörka huskroppen. Mobilens lysande display erbjöd en förklaring: klockan var halv tolv, så de flesta av husets innevånare hade antagligen gått till sängs och släckt för natten. Han märkte att handen darrade lätt när han stack nyckeln i låset.

Låst. Släckt. Avstängt.

Det luktade lätt unket, han måste kolla soppåsen innan han gick. Med en lätt overklig känsla gick han fram till den avlutade lilla sekretären från sent sjuttonhundratal, Ellens ögonsten. Han tvekade lite men drog sen ut den översta lådan på höger sida. Det var svårt att föreställa sig vad det kunde vara som mamma hade hållit för sig själv i alla år. Och hur hemlig kunde den där loggboken vara? Om polisen hade hittat den så måste de ju ha gått igenom den som en del av utredningen. Det tog honom kanske tio sekunder att hitta den. Den låg underst i pappershögen: en vanlig loggbok med ljusblå pärmar, prydd med ett ankare i guld under ordet Loggbok. Det var en vanlig, billig modell som måste ha haft en hyllplats hos nästan alla bokhandlare på sjuttio- och åttiotalet. Han vägde den i handen, slog upp en sida och började bläddra medan han sakta skred mot köket. Först otåligt, fingrarna for mellan de gulnade sidorna, men snart satte han sig tungt vid det tomma köksbordet och övergick till att läsa. Furuskivan och de linjerade sidorna blänkte i det lätt gulaktiga ljuset från kökslampan. Han ögnade genom anteckningar, distansminuter, positionsangivelser. Noggrann hade han varit, åtminstone när det gällde sjöresor. Vissa ord var svåra att uttyda trots att handstilen i grunden var prydlig, precis som man kunde förvänta sig av någon i Malcolms generation. Själv kunde Rickard knappt läsa sina egna anteckningar; allt han skrev, skrev han på tangentbord. Vart och ett av de korta införandena inleddes med årtal och datum. På första sidan läste han det första: 16 maj, 1975. Noteringar om sjösättning. Saker som skulle åtgärdas ombord inför sommarens seglatser. Sen vanliga loggboksanteckningar som vindstyrka, vindriktningar, kurser, klockslag, positioner, öar och hamnar han besökt. Han bläddrade framåt till det började brännas. 1977, maj...juni...juli... augusti.

Fortfarande ingenting. Hans mor kanske hade blivit knäpp ändå? Fast loggboken hade legat precis där hon sa att den skulle ligga. Och nu såg han: de sista sidorna var ihopsatta av ett par tunna tejpbitar.

Det tog honom hisnande fem minuter att pilla bort den sköra gamla plasten så försiktigt papperet inte revs loss. Han försökte peta bort det gamla klistret som fastnat under naglarna och vände upp det första uppslaget. Han föreställde sig att det såg dagens ljus för första gången på mycket lång tid, kanske inte på över trettio år. Handstilen såg både bekant och samtidigt annorlunda ut. Han slog upp ett par sidor på måfå, läste några rader här och där men slog sen igen de tunna pärmarna, som en ren reflex.

Vad fan?

Obehaget växte i mellangärdet och övergick i ett lätt, bultande illamående. *Fegis. Kom igen nu.* Han tog ett djupt andetag och slog upp den första sidan igen.

# 10

*19 september, 1977*
*Raseriutbrott, utlöst av någon småsak under ett parti monopol. Tillfällig minneslucka. Kändes som det varit någon annan i lägenheten efteråt. Allt sönderslaget, Ellen i tårar, Karl och Lena hade gått, Lina chockad och förbannad. Jag frågade: "Vem har gjort det här?" Men jag förstod ju, och ändå inte.*

50

*Sa ingenting om det främmande som nu finns inuti mig. Det som är*
*smutsigt, mörkt och kallt.*

Rickard slöt ögonen och tömde lungorna på luft. Bara att fortsätta.

*20 september, 1977*
*Vaknade, såg mannen utan ansikte i natt igen. Det borde ha varit en*
*dröm men det var efter att jag vaknade på soffan i vardagsrummet.*
*Den var utanför fönstret. Samma typ som på Järnskäret. Gömde mig.*
*Ellen hittade mig och ville ringa läkarn på morgonen. Den var där i*
*skallen på mig. Ellen fick springa ut och kom först efter en timme,*
*med Knut på Galärvägen, som varit ordningsvakt. Det ordnade sig*
*sen, alla blev lugna.*

Nästa dag: bläcket vindlade sig drucket över sidan i diagonaler ned
mot nedre högra hörnet. Men det här måste väl vara några slags
sjuka citat?

*21 september, 1977*
*De flesta av de krakar, som försökte ta sig upp på land, kunde jag lätt*
*spetsa i vattenbrynet, till dess att vattnet blev vackert rött. De munnar*
*som skrek fick stövelns hätta täppa.*

*22 september, 1977*
*Säger jag dig: Tag ned dem till sjön och dränk dem! Barnen sist.*

I gamla rysare brukar det heta att blodet isas i ådrorna. Det låg något
i det där uttrycket; det var just så det kändes nu. Han ville inte läsa
mer, nu räckte det: han började skumma igenom anteckningarna,
förbi fler besynnerliga utbrott, äckliga syner och minnesluckor fram
till den allra sista dagen i loggboken, 25 september. Där tvingade

han sig att sakta in och läsa Malcolms allra sista meddelande till omvärlden:

*Katinka från Gålö 05.30. Dieseln slut efter 10 distans, men då tillräcklig vind för 5 knop, halvvind.*

*Kurs SO har passerat Svenska Högarna, öppet vatten föröver. 18.35, skymningen på väg. Sötvattnet slut. Mycket trött nu, har inte fått en hel natts sömn sen natten vid Järnskäret. Har riggat vindrodret, försöker sova lite.*

Resten av sidorna i boken var tomma. Var kunde polisen ha hittat den? Katinka hade ju aldrig återfunnits, men han mindes att hennes jolle hade hittats övergiven för ankar vid Huvudskär. Rickard stirrade på de nätt och jämt urskiljbara orden, det var något som störde honom. Sen såg han vad det var: Järnskäret. Det hade funnits med tidigare. Han bläddrade tillbaka, förbi stället han börjat på och läste långsammare. Märkte att han omedvetet hade rest sig upp och satte sig tungt igen. Skarv...Järnskäret. Här, 15 september:

*God slör, medelfart 7-8 knop över Ålands hav. Gick in på Järnskäret ost Skarv för natten, prognosen 6-7 meter ost till syd under natten. Katinka har hållit måttet bra, kursstabil och tar vågorna mjukt.*

Nästa uppslag: 16 september. Här verkade något ha hänt. Håret på hans armar och axlar reste sig under skinnjackan. Skrivstilen var ojämnare...snårigare. Snabbt nedklottrat av den annars så metodiske, exakte Malcolm.

*Det blåste upp under natten, kuling 15. Liv i riggen, väcktes halv två av ljud. Någon ropade flera gånger, jag gick upp men såg ingenting från båten. Förstärkte förtöjningen men hon låg ändå osäkert. Fick in nödanrop på VHF 16. Något var galet. Talade med sjöräddningen som inte uppfattat något nödanrop.*

Rickard fortsatte bakåt tills han var tillbaks där han börjat läsa, den nittonde september. Någon rad konstaterade sakligt att Ellen hade frågat Malcolm vid hemkomsten varför han ringt hem på morgonen från Dalarö och "betett sig och sagt fula ord." Och att han, Malcolm, inte kunde komma ihåg att något sådant hade hänt.

Han slog igen boken för vilken gång i ordningen och drog sakta en hand genom håret. Försökte få styr på tankarna. Raseriutbrott? Mannen utan ansikte? De där citaten, eller vad det nu var för något. Tag ned dem till sjön och dränk dem? Det här var inte klokt. Farsgubben måste verkligen ha blivit sjuk innan han försvann som det hade pratats om. Men så här? Så vrickat. Ruttet. *Ont.*
Han tittade på klockan - halv ett - stoppade boken innanför jackan och släckte kökslampan. Utanför fönstret, sex våningar nedanför, såg han en mörk kvinnlig figur som skyndade fram längs husväggen på andra sidan gården som om hon hade en förföljare. Hon höll upp kragen och halsduken med händerna och håret fladdrade efter henne i vinden.

Den dova smällen när Rickard försiktigt drog igen ytterdörren ekade i trapphuset. I den nedsläckta lägenheten jäste den unkna lukten. Något rörde sig bland de kvarglömda matresterna i den dignande sophinken, enkla livsformer i mörkret under diskhon. Hissmotorn teg still men ljudet av Rickards allt snabbare steg ekade i trapphuset utanför.

# Skarv, 1572

Dagkarlar, drängar och arvlösa bondsöner har lämnat fastland och bondeöar, flytt orättvisor och överhet och funnit friheten på naturens hårda villkor. Kronan och frälset har börjat ta sig mark och vatten i skärgården och några av dem har flyttat ännu längre ut mot öppna havet för frihetens skull. Havsfolket, kallas de, de första människor som bosatt sig ute på Svartlöga, Rödlöga, Stora Nassa. De lever i den allsmäktiga naturen bortom samhället och tror både på gud och trolldom samtidigt.

Längst ute bland de allra yttersta skären där himmelskupolen svindlar ligger Skarv, skärvan i havet: några låga hällar som nästan sköljs över i sydostlig storm, det är allt. Här ligger sex fiskare från byarna kring Kudoxafjärden, helt klädda i sälskinn för att överleva höstkylan. Deras existens på jorden dokumenteras för framtida generationer genom fiskefogdens räkenskaper som noggrant redovisar hur många tunnor salt strömming var och en av dem fått lämna över till Kronan.

Gud har ordnat det så infernaliskt att den fruktade grundbarriären som sträcker sig från Svenska Högarna och norrut förbi Svenska Björn samtidigt är de rikaste av fiskevatten. Segelökornas fyrkantiga segel rör sig oförskräckt mellan grundflak och bränningar, man ser ständigt de små lapparna avteckna sig mot den avlägsna horisonten. För att hitta använder sig fiskarna av ramsor som gått i arv och som de lärt sig utantill. När deras kisande ögon upptäcker ramsans nästa riktmärke vet de var de är och vart de ska. Det är något annat med långväga skepp, kapten ombord gör bäst i att hålla ut ordentligt mot öppna havet när de passerar. En förlisning här ute i dåligt väder är nästan alltid en tragedi utan överlevande.

# 11

Ny morgon, nya äventyr. Nattens besök mammas lägenhet kändes overkligt och på något sätt främmande. Familjens smutsiga hemlighet låg insmugen i sitt nya gömställe under en hög gamla fotoalbum i gästrummet. Ellen hade tigit om den i decennier och nu var det Rickards tur. Han lät sig sugas in i jobbet igen och det låste alla andra tankar ute, han kände sig till och med effektiv och fokuserad. Det gick förvånansvärt bra nästan fram till lunch då stressfebern, som Katrina döpt den till, kom smygande tillbaka. Millioner saker att göra och han fick tappa en enda av dem. Ett misstag till skulle innebära slutet och han skulle falla handlöst, avlöst, karriärlös. Det fick bara inte hända. Han skulle till varje pris fortsätta att vara affärsutvecklaren Rickard Jolbrant, den skarpaste kniven i matlådan. Men vem var i så fall det här vraket vid hans skrivbord? Den hjälplösa, vimmelkantige tjänstemannen som satt här och förgäves försökte betvinga ett överväldigande excelblad som skulle avgöra dagens viktigaste offert? Siffrorna på skärmen började glida in i varandra. Illamåendet steg, det susade i öronen och hade han ställt sig upp skulle han ha dråsat ihop och blivit liggande på den ljudabsorberande, gråblå heltäckningsmattan: game over. Han sneglade sig omkring, tacksam för att ingen verkade ta notis om honom. Andas, han behövde bara andas lite. Samla sig och komma igen. Positiva tankar, små steg, fokus på andningen. Kom igen.

Efter lunchen gick det lite bättre igen. Han höll sig på banan och det började nästan kännas som om Rickard Jolbrant var tillbaka. Klockan närmade sig fyra och han började tro att kusten kanske var klar. Att ingen skulle märka något. Att det skulle gå bra och man skulle snart glömma bort det där som hände på ledningsgruppsmötet. Han trodde det mer och mer, ända tills det där med handen: en varm, vänlig hand på hans axel. Beröringen var början på slutet och fick hela kroppen att låsa sig och världen att sjunka.

"Rickard!"

Det fanns där igen, det tillgjort glättiga tonfallet i Kjeld Wretes röst.

"Det gick ju rätt okej med Minotaur igår. Men jag har inte sett det nya business caset? Hur går det?"

*Rätt okej.* Rätt okej var en varning. Rätt okej var inte nog på Rophigo.

"Det är...klart faktiskt. Lite trixigt men...de kommer att få det idag som vi sa." Det fanns inget att välja på, han måste spela högt. För säkerhets skull lade han till: "Hinner du kika på det i eftermiddag?"

Marknadschefens leende dröjde men blicken vek undan och nu visste Rickard att det var över. Ändå måste han fortsätta som om ingenting hade hänt, som om han var på topp.

Always radiate the image of success.

Det spelade ingen roll att han hade svart på vitt på att han nått bättre resultat än de flesta på firman. Spelet måste spelas och vinnas.

"Rickard, kan vi byta några ord på mitt kontor."

Han kände de andras blickar på vägen till Wretes inglasade kontorsrum. Hans chef drog igen dörren bakom dem med en djup suck. Rickard tänkte på Stefan Escher och Adrian. I samma ögonblick Rickard underrättades om det hade de formellt tagit över Minotaur och Solvand, hans två betydelsefullaste kunder. Så där bara, som att knäppa med fingrarna. Varför involvera Rickard?

Han tvingade sin röst att bli lugn men han började tala om de resultat han visat. Att han hade båda kunderna under kontroll och lyckats bygga upp bra relationer med nyckelpersonerna. Det var en akt av desperation och de visste det båda två. Argumenten rann dessutom av Kjeld Wrete som om han vore gjord av teflon.

"Att vi når prognosen för Minotaur och Solvand är...oerhört viktigt för de nya ägarna. Och det är rätt uppenbart för de flesta av oss att du har haft lite mer än du klarar av den senaste tiden, Rickard."

Tillit är som bensin, när den väl har förbrukats får man inte tillbaka den. Han såg Katrina gå förbi utanför Wretes kuvös med blicken i utskrifterna hon bar. Inte Katrina väl? Han vägrade tro det. Vad kunde hon ha sagt? Kjeld följde hans blick nästan roat.

"Rickard. Du har fortfarande new business, och Stefan kommer säkert att behöva din hjälp. Men just nu tror jag det vore bäst om du tog ledigt en vecka eller två."

Den sympatiska norska rösten verkade komma från insidan av en tom glasbutelj, det lät inte klokt. Rickard kunde inte hålla tillbaks ett leende och kände att han svajade till. Orden var inslagna i vänlighet men budskapet var klart som vatten i en fjällbäck: du är slut på Rophigo och förmodligen i den här branschen.

"Vi börjar så."

Handen var där igen, på armen den här gången. Kanske för hålla honom upprätt, kanske som tecken på att beslutet var beseglat.

*Ta bort handen innan jag bryter av den.*

# Svartlöga 1854

Livet måste gå vidare på gården. Havet tog någon de kände varje år. Men prästen på Blidö själv hade ändå beslutat att besöka dem i söndags och framföra sina kondoleanser. Laurens skolbänk står smyckad av sommarblomster: prästkragar, förgätmigej, blåklint. Magister Lundgren leder en tyst bön och det känns som en evighet där de sitter med böjda huvuden och tänker på sin kamrat. De är lättade, tänker Björn och sneglar sig försiktigt omkring bakom knäppta händer så det inte ska märkas. Laurens hade inte varit som dem: ofta helt orädd och med något i sitt sätt som kunde göra både barn och vuxna illa till mods. Olof får en tillsägelse av magistern och Björn ser att han kväver en fnissning. Olof, klassens självnämnde plågoande och ledare för de trogna undersåtar som han värvat. Han har gått på Laurens flera gånger och kallat honom oäkting, bortbyting och statarunge. Trots att han är mycket större har något hos Laurens fått honom att inte gå längre än till knuffar och glåpord. Men nu är de av med honom. Är det inte så de flesta tänker? Björn har redan hunnit fundera mycket på om hans bror går igen på Järnholmen, som de drunknade sjömännen. Han ber en extra bön i smyg, en bön om att Laurens ska återvända från sin kalla viloplats, hemsöka Olof och hans gäng och skrämma ihjäl dem.

# 12

Tystnaden härskade i den lilla brommavillan när Elvira kom hem vid sjutiden. Ingen fransk bulldog kom springande så det rasslade. Ett par kängor som tillhörde Rickard och tre par skor som var Ofelias trängdes på golvet, men de hade fler, så det var inget bevis för att de var hemma.

"Hallå! Ofelia?"

Hon drog av sig skorna och lyssnade inåt huset. Det hade varit full fart på labbet hela dagen och hon hade längtat efter att ge kroppen ett rejält stenhårt pass på gymmet. Rickard hade motvilligt gått med på att hämta på fritis, trots att han höll på att försäga sig. Han var inte längre sig själv; manin hade tagit över, besattheten för arbetet. De få initiativ till sociala aktiviteter han tog inkluderade alltid kollegor och potentiella kunder. Förut hade han seglat med John och Mange och verkligen älskat det. Han hade haft intressen. Och nu det här med Ellen. Nej då, han körde på, rätt in i kaklet. Låt inte din sjuka mor stoppa dig, Rickard. Ingenting av allt hon sagt om att få balans i livet och att sakta ned tycktes ha haft någon som helst inverkan på honom.

"Rick!"

Hon gick in i köket och irriterade sig på ett flingpaket som stod öppnat mitt på köksöns svarta marmor. Ställde in det på sin plats i sitt skåp.

"Max!"

Tystnaden tätnade omkring henne medan hon svepte med blicken över marmorns och de väloljade träluckornas ådring. Lät den glida över de spegelblanka stålytorna. Hon kunde inte låta bli att tänka att det hade blivit rätt bra till sist, köket. De infällda spottarna måste bytas ut, ljuset behövde bli några grader varmare. Helhet. Allt handlade om helhet och helheten bestod av detaljer som samspelade. En enda dissonant detalj kunde spoliera ett hela rummet, hela hemmet. Rickard var också mån om att ha ett fint hem men han tyckte att hon överdrev, att hon hade dyr smak och för höga krav. Men för henne handlade det om kärlek till bra design och saker som utstrålade kvalitet. Hon hade svårt för kompromisser och halvmesyrer.

Vardagsrummet: tomt.

"Ofelia!"

På golvet innanför dörröppningen till vuxensovrummet skymtade ett par ben. Oron högg klorna i henne och hon rusade in i sovrummet med accelererande puls.

"Rickard!"

Han låg på rygg bredvid sängen på det oljade mahognygolvet.

Elvira föll på knä och skakade hans lealösa axlar. Det var som att försöka få liv i en säck potatis. *Det här får inte vara sant.*

"Rick! Hör du mig?"

Han slog upp ögonen och blinkade mot henne, satte sig sen upp med ett ryck. Hans mörka kavaj låg kastad på sängen och skjortan hängde slarvigt över byxorna. Han var rödmosig och håret stod på ända.

"Var är Ofelia? Har du inte hämtat henne?"

Han blåste luggen från ögonen så där som han brukade göra. *Förut.*

"Har det hänt något, Rick? Varför ligger du här?"

"Vad är klockan?" Hans röst var hes.

"Vad…tio över sju."

"Ofelia är hos...vad heter tjejen som är längst i klassen...Kate. Hon skulle få mat där, hon kommer väl när som helst."

Elvira snyftade till av lättnad och höll nästan på att ge sin man en kyss. Rickard såg förvånad ut.

"Jag trodde det hade hänt något...", hon avbröt sig. "Är det skönt att sova så där?"

Han såg sig omkring som om han först nu insåg att han låg på golvet.

"Oslagbart."

"Och sist jag kollade hade vi en hund också. Var har du låst in honom?"

Rickard hasade bakåt ett stycke och drog sig upp med ryggen mot sängens fotände.

"Jag släppte ut honom i trädgården."

"Du gjorde vad?"

Rickard gned sig i ansiktet och såg inte ut som om han skämtade. Hela situationen fortsatte att göra henne konfunderad.

"Kolla i tvättstugan."

"Tvättstugan."

"Just det, tvättstugan. Jag var tvungen att få vara ifred."

"På golvet då eller?"

"Elvira, det har hänt saker på jobbet idag."

"Kors i taket. Säger du det. Jobbet, jobbet, jobbet. Jag trodde det handlade om Ellen, blev ju skitorolig. Din mamma, Rick."

"Jag blev av med mina kunder, okej? I alla fall de två som betydde något. Den förbannade Escher, och Adrian Stenlund får dem...kan du tänka dig..."

Elvira sjönk ned bredvid honom och smekte honom fort och förstulet över kinden, som om det var något förbjudet. Kanske var det här något bra. Hon hade bara väntat på att han skulle trilla ihop. Jenny Edlund, Felicia...de började bli rätt många nu. Vänner och kollegor som gått in i väggen, bränt ut sig. Några hade aldrig riktigt kommit tillbaka till arbetet, ett par av dem hade gått in i depressioner. När hon hade stött ihop med dem på stan hade de inte varit sitt gamla jag. Det satte sig ju både i kroppen och huvudet.

"Kanske är det här något bra."

Han såg på henne med ett ytterst överraskande leende; kinderna veckades snabbt och lockade fram smilgroparna.

"Spik i foten? Jajamensan!"

Det var som att hon plötsligt hade fått syn på den Rickard hon en gång hade träffat. Den galna snubben med den busiga glimten ögonen och de helsköna kommentarerna. Den gängliga typen som på något sätt varit oemotståndlig för henne. Alla hennes system hade aktiverats när han såg på henne. Magi.

Han förde pekfingret och blicken mot taket så att den uppknäppta skjortärmen föll ned mot armbågen.

"Nu finns det bara en väg. Det här är nollpunkten, Elvira. Rock bottom."

Hon lutade sig mot honom och sniffade. Drog in hans värme och doft av duschtvål, after shave och gammal rädsla. Ingen alkohol.

"Har du tagit något?"

Hon ville inte le men kunde inte värja sig.

"Det var den karriären det. Fattar du vad det här betyder?"

Han lät huvudet sjunka tungt mot bröstet medan pekfingret hängde kvar i luften. Elvira stirrade på det, som förtrollad av den barnsliga gesten. Något måste han gå på, fast hon hade svårt att tro det. Det hade inte funnits på kartan att något sådant skulle förekomma, inte så länge de känt varandra. Det skulle knappast bli lättare att lämna honom nu.

"Du höll på att jobba ihjäl dig, även om du inte verkar fatta det. Kanske är det här något bra. För dig."

"Du sa det."

Max vaggade yrvaket ut från tvättstugan när han äntligen blev utsläppt och gav Elvira en förebrående blick. Hon klappade om honom och gick mot köket med raska steg. Den enda vägen är uppåt. "Kaffe!" ropade hon över axeln. "Starkt kaffe!"

# 13

Ibland undrar man om en slump är en slump. Om ett märkligt sammanträffande i själva verket är något avsiktligt. Frågan är bara vems avsikten är.

Före lunchtid nästa dag var Rickard officiellt sjukskriven. Reglerna krävde ett läkarbesök och han kom ut ur mottagningsrummet efter tio minuter med det utlåtande som behövdes. Wrete kunde glömma att han skulle "ta ledigt" som han kanske hade inbillat sig, det fanns inte på kartan. Han översvämmades av trötthet och Elvira ledde honom praktiskt taget ut honom till bilen. Den sjukskrivne skulle besöka sin sjuka mor.

Den nye läkaren var lika stressad men den här gången kom han med goda nyheter: Ellen har klarat sig igenom krisen och borde kunna åka hem om några dagar. Lättnaden skingrade mörkret en stund och de förenades i en gruppkram. Mamma sa ingenting om att John var frånvarande. Ingen sa heller något om varken Malcolm eller loggboken.

De två följande dagarna låg han i sängen och sov eller soffan där han zappade mellan meningslösa underhållningsprogram och reklaminslag. Mobilen lät han vara avstängd, det hade den inte varit sen batteriet tog slut en gång för två år sen. Bara de få timmarna från det att Ofelia kom från fritis till att hon somnade försökte han sitta upp och se ut som om han gjorde något. Som om allt var bra, att han var som vanligt. Det lurade förstås ingen i längden, allra minst Ofelia: han såg på hennes stora ögon att hon förstod att något var fel.

"Ska du inte till jobbet, pappa?"

Den fjärde sjukskrivningsdagen satte han sig för första gången framför datorn och stirrade håglöst på skärmen. Stumheten och den stora tröttheten ville inte ge med sig. Men han borde göra något åt situationen, kanske söka jobb.

Halvt frånvarande började han surfa på måfå. Sen tänkte han att han borde kolla om konkurrerande företag sökte förstärkning, men måste ha råkat mata sökmotorn med något konstigt ord, för rätt som det var dök en oväntad rubrik upp i resultatlistan:

Polisens lista över försvunna personer längst svenska kusten.

I fem, sex sekunder stirrade han bara på den medan han övervägde att göra en ny sökning. Sen flyttade han sakta dit markören och klickade. En artikel på någon nättidskrift vars medlemmar såg ut att vara överdrivet intresserade av brott och straff tog plats på skärmen. Skribenten verkade ha kommit över ett digert material som inte skulle ha publicerats i av en mer renommerad tidskrift men på den här webbplatsen var det tydligen fritt fram. Artikelns upphovsman hade valt att själv göra ett eget urval av ouppklarade försvinnanden som sen helt sonika publicerats. Något fick honom att börja läsa.

*Varje år anmäls hundratals personer i försvunna längst den svenska kusten. De flesta av dem hittas, ofta efter bara några timmar. Men några förblir borta för evigt. I polisens arkiv finns uppgifter om alla människor som försvunnit sedan mitten av 1960-talet utan att deras kroppar hittats. Här publicerar vi ett utdrag från listan.*

Erik Johansson, Råå
53-årige Erik Johansson försvann den 13 juli 1966. Han hade semester och gav sig ut i Öresund med sin motorbåt. Båten hittades senare drivande utanför Råå vallar.


Manuel Lopez, Chile
Den 29-årige sjömannen var besättningsman på fartyget m/s Suder Elbe som den 18 juli 1976 var på väg från Malmö till Åbo. Manuel Lopez sågs falla överbord utanför Öland men dykarna som letade efter honom hittade aldrig hans kropp.


Malcolm Jolbrant
Den 36-årige svensken gav sig av i en segelbåt från Dalarö morgonen 25 september 1977. Båtens livflotte hittades senare drivande vid Huvudskär utan besättning. Hans trettiofots segelbåt förblev försvunnen. Jolbrant, som var känd för att ha ensamseglat över Atlanten och mycket sjövan, hittades aldrig.


Rickard höjde blicken och lät den vila på en trästaty som de fick av Elviras föräldrar när de kom hem från Zanzibar för flera år sen. Det kändes konstigt att se pappa i en artikel på nätet som några anonyma rader i statistiken. Listan fortsatte. Namn efter namn, som på ett minnesmonument över förlorade sjömän. Gäckande människoöden, olösta gåtor.


Dan From, Glumslöv
På eftermiddagen den 8 september 1977 gav sig 33-årige Dan From ut i en segelbåt på sundet för att fiska sill. Några timmar senare drev hans båt på en dansk fiskebåt nordväst om Ven. I den herrelösa båten

66

*låg ett par tofflor och en termos med varmt kaffe. Den 34-årige*
*glumslövsbon har aldrig hittats.*

*Peter Billner, Stockholm*
*23-årige Peter Billner gav sig den 8 maj 1983 tillsammans med en*
*kamrat ut i en jolle från södra Ingarö. Två dagar senare upptäckte en*
*tysk segelbåt jollen vid inseglingsrännan till hamnen på Landsort. I*
*jollen låg kamraten död. Peter Billner har emellertid aldrig hittats.*

*Lina Dermark*
*Försvann under en båtsemester med sin sambo 13 juli 1991. Den 28-*
*åriga kvinnan försvann på den lilla ön Tärnskäret i Skarvs skärgård i*
*Stockholms ytterskärgård. Sambon misstänktes för brott men släpptes*
*på grund av bristande bevis.*

*Nils Russ, Ljungskile*
*Fritidsfiskare som försvann under mystiska omständigheter den 11*
*april 1991. Den 17-årige pojken sågs tidigare samma dag vid piren i*
*Lysekil där han lämnade en del av sina tillhörigheter till en fiskare.*
*Därefter är hans öde höljt i dunkel.*

*Per och Ulf Gren, Dalarö*
*Den 29 april 1979 gick de två bröderna, 25 och 28 år gamla, ut med*
*en mindre båt från Dalarö. De planerade att segla till Åland men*
*båten påträffades drivande i utanför Skarv. I båten låg endast Ulf*
*Gren. Han uppges ha uppträtt märkligt och inte kunnat redogöra för*
*vad som hänt. Ulf Gren togs senare in för mentalvård utan att miss-*
*tänkas för brott.*

Läsningen måste ha gett honom lite skärpa tillbaka för han hejdade
sig och erinrade sig något annat han läst.

*God slör, medelfart 7-8 knop över Ålands hav. Gick in på Skarv (Järn-skäret) för natten, prognosen 6-7 sekundmeters ost till syd under natten.*

Säkert ett sammanträffande. Två personer, Lina Dermark och Per Gren, hade alltså försvunnit nära Skarv. Hans far hade upplevt något utöver det vanliga i närheten och därefter börjat bete sig annorlunda. Mindre än två veckor senare såg de honom för sista gången.

Han sträckte sig efter tidskriftsamlaren på golvet, rafsade runt bland tidningar och papper tills han fick tag på en bläckpenna och ett brev som försökte locka honom att teckna extra personförsäkringar. På baksidan krafsade han ned:

*Mamma ang. sista dagarna.*
*Polisen ang. fler försvinnanden vid Skarv.*
*Ulf Gren, 29 april 1979. Mentalsjukhus?*

Från och med nu var han en man med en uppgift.

# Järnskäret 1854

Arvid Synnergren är frusen och trött men visslar en melodi om och om igen, upplyft av fiskelycka. Trots att det skymmer passerar han frimodigt Järnskärets ödsliga hällar på ett mindre avstånd än vad han brukar. Han har bråttom tillbaks för att visa upp sin fångst för de andra på Bodskär. Synnergren tillhör de få bofasta på Skarv, ett segt släkte som överlever med hårt arbete, list och respekt för havet.

Han vet var nästan varenda grynna finns kring Skarv, förutom närmast Järnskäret förstås som alla Skarvbor vet att hålla sig på avstånd från. Just nu inser han att han inte längre är säker på vad han har föröver och förbereder sig för att lägga om kursen när en rörelse skymtar i ögonvrån. Han vrider på huvudet och ser en mänsklig gestalt på väg ned för klipporna rakt mot honom i hög fart. Hans örnnäbb till näsa fångar upp ett stråk av något ruttet i vinden och håret på armarna reser sig. Han lägger omedelbart om kursen mot sydost, samtidigt som han tycker sig höra en röst ljus som ett barns: djävulen kommer i många skepnader. Det får honom att trots allt vrida på huvudet: ett ensamt barn klättrar ned för Järnskärets klippor mot stranden. Hade han inte hört om Glaubers pojke hade han aldrig vänt om, så mycket var säkert. Han seglar så nära stranden han vågar och ropar åt pojken. Aldrig att han går iland, det har han svurit på.

"Är det du, Laurens? Laurens! Simma ut lite så ska jag hjälpa dig att komma ombord!"

Pojken tar ett par klumpiga kliv ut i vattnet på de hala stenarna men står sen stilla och följer honom med blicken. Han kan förstås inte simma. Nåja, nu finns det ingen återvändo; Arvid revar hastigt seglen medan han mumlar Fader vår. Det är tungt att ro mot vågarna med fångst ombord men tack och lov är de beskedliga. Han ropar för allt vad han är värd:

"Gå längre ut pojk!"

Hans böner varvas med svordomar och ängsliga blickar upp mot Järnholmens draksiluett. Det här ska han surt få ångra. Det smäller till i kölen: båten har ränt på en sten eller ett vrak. Han kämpar för att vrida skrovet rätt och lyckas till sist ta sig tillräckligt nära stranden för att kunna fiska upp Laurens som en dränkt kattunge ur en regntunna. Pojken ligger stilla kvar på durken medan sjövattnet rinner av honom men bröstkorgen häver sig som bevis på att han har livet i behåll. Har han gjort rätt? Arvid är inte säker på det, men börjar ror ut från stranden med kraftiga årtag. Håren i nacken och på ryggen reser sig och han fortsätter be med allt högre stämma:

"och förlåt oss våra skulder,

såsom ock vi förlåta dem oss skyldiga äro,

och inled oss icke i frestelse!"

# 14

Rickard såg på sitt armbandsur: halv tre, en timme kvar innan han skulle hämta Ofelia. Han fällde ihop datorn och försökte samla ihop sig. Reste sig sen tungt och gick sakta gick in till gästrummet där de förvarade familjens foton från tiden när de fortfarande framkallades eller skrevs ut på papper. Det översta albumet i lådan han drog ut var märkt med en påklistrad remsa med texten *Foton 1980-82*. Glömda familjebilder som han inte hade tittat på sen han blev vuxen, han hade till och med trott att de fanns hemma hos mamma. De måste ha tagit hand om dem när hon flyttade till sin lilla lägenhet och fick ännu mindre plats. Han lyfte upp albumen ett efter ett. Sist i högen låg en brun, sliten pärm. Malcolms handstil var inte svår att känna igen: *Familjen 1976-1977*. Ellens var mycket lättare och kurvigare och dessutom hade Malcolm skött det mesta av fotograferandet. Han tog upp pärmen och stirrade ett par sekunder med avsmak på det som låg i botten på lådan: den stulna loggboken.

Han lät loggboken ligga och slog upp några sidor på måfå i fotoalbumet. De framkallade bilderna hade bleknat och drog mot sepia och en del gick i turkosa, bleka toner. Det luktade gammalt. Här fanns mängder av bilder från världsomseglingen med obrutna horisonter, gryniga bilder på en skäggig mörk man i seglarställ och en långhårig hippie: pappa. Varje uppslag hade små förklarande anteckningar: Georgie. Anlöper Azorerna. The roaring fourties. Foton tagna över däck när de befann sig vid fyrtionde breddgraden i något

71

som åtminstone såg ut som styv kuling. På en bild hade Malcolm klättrat upp i masten med en tamp i bältet och vinkade glatt. Den hade fått titeln *Mastapa*. Efter några sidor började två pojkar han kände igen dyka upp. John med olika spelade miner, ögonen rätt in i kameran, siktande med en pilbåge mot fotografen eller i olika grimaser. Rickard, betydligt mindre, med en ollonpistol i handen och blicken på något utanför bilden. Han lät handen röra vid ett tummat foto där han höll i en rorkult med Malcolms arm om ryggen. Båda tittade rätt in i kameran, med största sannolikhet på Ellen som höll i kameran. Båda två log belåtet.

Det var ingen idé att skjuta upp det längre. Han tog upp loggboken ur lådan, satte sig vid Jugendskrivbordet som Elvira hade köpt på auktion och bläddrade illa till mods fram till den sista dagen.

*25 september. Katinka från Gålö 05.30. Dieseln slut efter 10 distans, men då tillräcklig vind för 5 knop, halvvind.*

Han hade alltså gått från hemmahamnen på Gålön redan 05.30 på morgonen. Så den sista anteckningen:

*Kurs SO har passerat Svenska Högarna, öppet vatten föröver. 18.35, skymningen på väg. Sötvattnet slut. Mycket trött nu, har inte fått en hel natts sömn sen natten vid Järnskäret. Har riggat vindrodret, försöker sova lite.*

Om han då befunnit sig söder om Svenska Högarna och hållit sydostlig kurs så verkade det om han kom från nordost eller nord. Vad fanns det där ute?

Han var tvungen att snoka runt en bra stund i på villans kaotiska hukvind innan han fann vad han sökte: några lätt mögliga, bort-

72

glömda sjökort i trasiga plastfickor. De hade en modernare utgåva men den låg i båten ute på Gålön. I år hade han seglat noll dagar med familjen och två med järngänget på jobbet: Wrete, Hans Nordö, Adrian och Stefan Escher. Det var allt. Och om två veckor, insåg han sorgset när han vinglade tillbaka nedför stegen med korten i ena handen, skulle de vara tvungna att ta upp henne igen. Vintern var på väg och isen skulle lägga sig i viken.

Han bredde ut det slitna sjökortet på köksbordet och bläddrade fram mot rätt sida. Möglet hade gjort en del sidor svartprickiga och andra var nästan upplösta av flera års kall fukt, regnstänk och slagvatten från sjön. Det var precis som han hade trott: Järnskäret fanns i östra ytterkanten av Skarvs skärgård och innanför den låg Lygna och Söderskärgården. Det var inte omöjligt att han hade hunnit segla ut dit från Gålö och sen gått ned till Svenska Högarna under samma dag, den 25 september.

Rickard försökte summera vad han visste. Pappa hade kommit hem efter sin övernattning vid Järnskäret med Katinka den 19 september. Bara sex dagar senare hade han gett sig av igen, kanske till och med seglat tillbaka ut till Järnskäret igen. Men varför? Så olikt honom att ge sig ut utan tillräckligt med bränsle, dessutom halv sex på morgonen. Vad visste mamma som hon inte hade sagt?

# 15

Morgonljuset föll in genom fönstret och lyste genom Ellens vita hår. Han makade undan en blombukett i en rostfri vas som stod på sängbordet och lade dit det senaste numret av Sköna Hem som han tagit med sig.

"Hur känner du dig?"

Ellen log trött. Hennes röst var svag och dämpad, som när man skruvar ned ljudet på radion så att man nätt och jämnt hör det som sägs.

"Hur är det med dig själv? Du ser så trött ut..."

"Bara fint mamma, bara fint."

"Man får inte ha blommor här egentligen, visste du det?"

"Jaså, är de så hårda här. Men tidningar är väl okej?"

"Det vet man aldrig." Hon skrockade till. Sen talade de en stund om prover hon trott sig ha genomgått, läkarnas frågor, måltiderna hon inte kunnat få i sig. Det sista gjorde detsamma eftersom de inte smakade något. När hon tystnade la han handen över hennes tejpade, slangförsedda arm.

"Mamma, jag undrar över pappas loggbok." Där var den igen, något som fladdrade till i ögonen. En oro.

"Åh...jag ångrar att jag sa något...men då var jag säker på att jag skulle...hittade du den?"

"Ja, det var inte så svårt. Och jag har läst också, jag vill ju veta som hände. Innan pappa försvann var han hemma i sex dagar, eller hur?"

Hennes ögon hade släppt hans och var på väg ut mot trädkronorna utanför, precis som han varit rädd för.

"Minns du om han sa någonting om vad som hände på hemvägen, när han seglade hem Katinka?"

Tystnad. Denna förbannade tystnad.

"Du har aldrig sagt vad som hände innan han gav sig av. Varför han stack, inte mer än att ´han gav sig iväg med båten´. Eller berättade du för John...?"

Hon drog undan sin arm men mötte hans blick igen, nappade på betet.

"Nej, nej. Men om du envisas så...jag frågade förstås om något hänt. Men han sa bara att båten seglade bra, hade ju klarat ovädret galant. Ja, jag fick ju en känsla av att han dolde något."

"Men det stod att han ringde från Dalarö och…vad var det…betedde sig och sa fula ord eller något sånt."

"Tja…det var på morgonen. Han hade precis kommit i land, och så låter han full! Pappa! Kan du tänka dig?"

"Minns du vad han sa?"

"Nej. Men han svor åt mig, Pappa svor väl aldrig åt mig. Men nu. Kallade mig saker. Men när han kom hem var han som vanligt, i början."

"Varför *svor* han?"

"Det vet jag inte. Jag minns inte."

De satt tyst en stund och samlade sig båda två.

"Det stod om att ni spelat något spel…pappa…"

"Han förlorade en omgång monopol och blev fullkomligt vansinnig. Det var som…han blev någon annan. Vi blev…rädda efter det. Kalle och Lena, du var väl för liten för att komma ihåg dem, de bröt bekantskapen med oss."

Hon log ett sorgset leende.

"Rädda, vad då?"

Ellen såg ut som om hon nått klarhet, kommit fram till ett beslut.

"Rädda att Malcolm hade blivit riktigt sjuk. Det fanns i släkten. Ja, ingenting skrämmer väl folk som sinnessjukdom."

Rickard kände hur blodet susade i öronen och rummet krympte. Det var ju logiskt när han tänkte efter: tigandet, skammen.

"Vad sa han innan han åkte? Sa han vad han skulle göra?"

"Han gav sig av mitt i natten. Inte ett ord. Men jag minns en sak…"

Det blänkte till i hennes trötta ögon.

"Jag fick en puss. Han trodde jag sov."

# Svartlöga 1854

Det är en märklig återuppståndelse, en underlig återkomst: den långe mannen där nere vid bryggan går bakom ett barn som han vallar framför sig som en hund vallar sina får. Snart ser Björn vem de är.

Den långe fiskaren han träffade på Bodskär kisar allvarligt upp mot dem. Ett lätt duggregn faller och fjärden ligger insvept i ett grått dis. Björn är på väg nedför backen med Evelina och sin mor men när de har några meter kvar saktar de ned på stegen som om något har skrämt dem. Björn undrar varför de inte springer fram och kramar honom. Varför ropar de inte hans namn? "Larre, Larre!"

Ingen av dem kan föreställa sig hur det skulle vara att nästan drunkna och sen, blöt och kall och utan hopp om räddning, tillbringa nästan en vecka på det ödsliga skäret. Hur han har kunnat överleva går inte att begripa. Hur har han hållit sig varm? Har han druckit regnvatten? Laurens ögon är tårlösa, skattlösa och tomma. Till sist tar mor ett par steg fram och omfamnar honom stelt medan hon ger fiskaren ett hastigt ögonkast.

"Hur är det med dig, pojken min?"

Fiskar Synnergren och far växlar ett högtidligt handslag. Tack, tack ska han ha. Stort tack skyldig. Ja, en stor skuld är det verkligen och Jost måste bära den tills den dag han kan återgälda den. Fiskaren fäller ned huvudet i dörröppningen och kliver på i skumrasket. Det bjuds på riktigt kaffe med kask, det bästa huset har att bjuda. Evelina sneglar under lugg på sin bror på andra sidan bordet och ser ut att vilja fråga honom något men avbryts av deras gäst. Han harklar sig och får det att låta som att det är hans plikt att upplysa dem om hur gick till när han hittade Laurens. Far talar om sin skuld men Björn ser också respekten i hans blick. Han tackar än en gång och sveper ut med armen.

"Ellen, här har vi en redig och rättskaffens man, som räddar en pojke på ett ställe dit ingen sjöman skulle sätta sin fot!"

Björn minns när Arvid Synnergren blev förargad när de andra fiskarna, däribland hans far, hade skrattat år hans berättelser om Järnskäret. Nu låter det minsann annorlunda: han smackar belåtet och svarar med att berömma Laurens: han hade varit utsvulten, kall och blöt, förstås, men inte alls gråtit eller verkat rädd. Ett guds mirakel är vad det är. Fast han verkade befinna sig i någon slags chock, det är väl inte ovanligt efter en sådan upplevelse. Fysiskt verkade han klarat sig väl, han hostar ju men det låter åtminstone inte som lunginflammation. Familjen kan skatta sig lycklig.

Ellen är på väg att hämta mer kaffe men stannar till där Laurens sitter vid det grovt tillyxade furubordet och det ser ut som om hennes hand är på väg mot en smekning men hejdar sig halvvägs.

"Ett guds mirakel, " säger hon bara tonlöst och Laurens ser rakt fram utan att möta hennes osäkra blick. Hans mörka hår sitter i testar mot huvudet som om det var fullt av torkat sjögräs. Han är en av dem fast han var köpt på auktion och räddad från fattigdom. En riktig Glauber.

"Jag var säker på att du hade drunknat, " säger far.

Laurens vänder blicken mot honom och det är svårt att föreställa sig hans vanliga konstiga miner, grimaser och retsamma skratt.

"Jag letade må du tro…inte satt du fast i nätet heller."

Björn tycker sig se en antydan till leende fara över Laurens uttryckslösa ansikte, men det är i så fall ett leende helt utan värme. Det är ett leende som förebådar något. Far vet inte var han ska göra av händerna eller vad han ska säga och inte ser han särskilt glad ut heller.

"Har du tackat Arvid för att han räddade ditt liv?" säger han till sist och stryker Laurens över håret, försiktigt som om han var rädd att han trots allt var en gengångare. Laurens entoniga svar är knappt hörbart:

"Tack herr Synnergren."

# 16

*Registret över försvunna personer omfattar personer som är anmälda som försvunna och som inte återkommit efter 60 dagar efter det att försvinnandet registrerats i registret för efterlysta. Registret uppdateras centralt. Tillgång till registret har rikspolisstyrelsen, ADB-spaningsenheten vid rikskriminalpolisen samt några större polismyndigheter.*

Han hade hämtat Ofelia tidigt, på vägen hem från sjukhuset. Ofelia som precis ätit lunch hade legat på mage och sett på Svamp-Bob Fyrkant. Han hade stulit en kram trots hennes protester: "Du sticks, luktar illa, och så stör du faktiskt."

Hon hade tagit det här med sin farmor hårt, fast hon aldrig hade fått veta hur illa det hade kunnat gå. Hon och hennes farmor hade alltid haft en *special connection*. Hennes farfar hade hon aldrig träffat, han fanns inte för henne och hade väl aldrig gjort det. När hon blev större skulle de gamla blekta fotona och hennes föräldrars ord forma en bild av en människa i hennes huvud. Hur skulle den bilden bli? Det vilade ett ansvar på honom och Elvira, ett ansvar för att Malcolms minne levde vidare.

Han tog sig en macka för att stilla hungern och satte sig sen på armstödet till den ena skinnfåtöljen i vardagsrummet med mobilen. Han började ringa till olika myndigheter för att begära ett utdrag ur registret. Det visade sig inte vara så lätt, han blev bollad mellan telefonköer, växlar och handläggare. Till sist lyckades han få fram namnet på den polistjänsteman som lett spaningsarbetet vid Malcolms försvinnande: Martin Alvin. Ellen hade sagt att hon inte kommit ihåg vem det varit, trots att han rimligen måste ha varit med och förhört de anhöriga. Han levde, var pensionerad och bodde i Nyköping. Frågan var ju om han över huvud taget skulle komma ihåg just det här fallet, det var ju minst trettio år sen. Han lyssnade till ringsignalerna som gick fram en stund innan han avslutade samtalet.

Rickard hade precis läst godnattsaga för Ofelia och gått ut i köket. Tystnaden var kompakt: Elvira hade kvällsträning och Max låg och mös under köksbordet. Just när han tog upp mobilen började den spela "Sweet child of mine" med Guns and Roses och hans brors namn dök upp på displayen. John hade fortfarande inte hört av sig och det var inget konstigt med det, det var bara så han fungerade när det blev besvärligt. Inte så att han var oberörd av vad som hänt med mamma men han hade en tendens att fly fältet när något blev jobbigt. Han ägnade sig gärna åt sånt som gav snabb gratifikation, som att göra sig en glad kväll på stan eller att bjuda sin senaste flirt på en intim middag. Hans första impuls var att inte svara, men det fortsatte att ringa och efter en stund tryckte han svara. Johns röst lät avlägsen och liten tills han mödosamt förde telefonen till örat. Han sluddrade lite och lät inte helt nykter när han bad om ursäkt för att han inte hört av sig på ett par dagar.

"Ingen fara för min skull...men du kan väl titta in till mamma."

Rickard stirrade ut i mörkret utanför. Det var som om allt höll på att lösas upp och mörkret därute var på väg att tränga in, överallt.

"Fick du mitt meddelande?"

"Jaa. Självklart. Jag visste att hon skulle greja det. Det är krut i tanten, vet du."

De lyssnade tillsammans till tystnaden på linjen, då och då avbruten av ett knäppande ljud han inte kunde minnas att han hört i en mobiltelefon

förut.

"Du...det där mamma sa. Loggboken."

"Ja."

"Har du läst i den?"

Klart han inte bara kunde släppa det där. Det var som att köra förbi en trafikolycka, man ville inte men bara *måste* titta. Lika bra att ta smällen direkt och köra med raka rör.

"Mamma hade rätt, det stod lite konstigheter på slutet. Lite jobbiga saker, faktiskt. Vill du läsa så har jag den här. Men jag har inte sagt något om den till Elvira."

"Bra. Jag kan titta förbi imorgon."

"Fint. Och du kommer ihåg mamma..."

Ett slirigt garv i andra änden gled över i en attack av mild rökhosta.

"Jag lovar, Bullen. Nattinatt."


Ensamheten slöt sig omkring honom igen och tankarna återvände till loggboken. Antagligen kände bara han och mamma till dess hemlighet, eller gåta kanske var ett bättre ord. Spåren efter Malcolm Jolbrant låg i öppen dager och ropade på honom. Han stod inte ut med tankarna som for runt, han måste göra något.

I arbetsrummet rådde mörkret. Han tände skrivbordslampan och slog numret till Martin Alvin igen. Den här gången svarade en äldre kvinna.

"Alvin?"

"Hoppas att jag inte ringer och stör. Jag heter Rickard Jolbrant och undrar om jag skulle kunna få byta några ord med Martin Alvin."

"Ett ögonblick."

Han hörde luren slamra högljutt när hon lade ned den. Rickard var på vippen att lägga när en förvrängd röst hördes på avstånd: "Martin! Någon som vill tala med dig!" Kvinnan lät på något sätt arg eller, om det var rädd. Gamla par som får okända telefonsamtal på kvällen kanske inte brukar förvänta sig goda nyheter.

Det dröjde nästan en minut till och otåligheten steg i Rickard. Till slut hördes en röst mansröst som lät om den vore hundra år gammal:

"Ja Martin."

"Förlåt om jag stör så här sent. Jag heter Rickard Jolbrant. Jag vet att du inte är i tjänst längre men det här är lite...speciellt. Min far försvann 1977 och du ska visst ha lett spaningarna?"

"Jaa...det var länge sen. Jag har haft många fall vet du."

Självklart. Hur skulle gamlingen kunna komma ihåg ett enstaka ärende trettio år senare? Det måste vara länge sen han ens var i tjänst.

"Vänta nu. Malcolm Jolbrant, seglaren? Jag minns det mycket väl."

Rickard ryckte nästan till. Nu fanns ett mått av kraft och myndighet i expolisens knarriga röst.

"Oj. Det var inte illa."

"Inte så konstigt. Minnet på gamlingar förstår du...frågar du mig vart jag åkte på semester i somras måste jag fråga frugan. Trettio år gamla saker är en annan sak, och snart minns jag bara saker från barndomen. Förresten var din far lite av en kändis, åtminstone bland seglingsentusiasterna. Jag kan väl säga att jag var en av dem, jag hade en nordisk folkbåt att putsa på."

"Jag är glad att du minns. Jag skulle vilja ställa några frågor, trots att du inte är i tjänst..."

Det lät som om någon blåste luft i mikrofonen, sen kom ett rosslande ljud. Det tog Rickard efter ett par sekunder innan han förstod att det kunde röra sig om ett skratt.

"Nej, inte är jag i tjänst, det har du rätt i. Men strunt samma, klart jag kan prata med en anhörig. Kan du komma hit?"

# Svartlöga 1855

Det är rast. Laurens kliver uppför skoltrappan på sitt lealösa sätt men stöter ihop med Olof som ställt sig i vägen. Tvärstopp. Det blir förstås Olof som kastar första stenen. Kanske är det han som har lagt märket till det först, han sniffar upp en människas svaghet som en blodhund får vittring på blod. Nu stirrar den storvuxne pojken ner i hans ansikte och Björn vet att det syns tydligt: det som ser ut som en lätt svullnad över högra ögat som trycker ned ögonlocket en aning.

"Vad är det med ögat Laurens, har du fått stryk?" Laurens svarade inte utan väntade tålmodigt på att få komma förbi. Olof vänder sig teatraliskt och ropar:

"Ser ni, vad har hänt med Laurens ansikte? Har han fått stryk eller är det spökena på Järnskäret som…?"

Precis då svänger dörren upp och magister Lundgren ser sig strängt omkring.

"Vad har jag sagt, Olof? In med er nu!"

Björn andas ut. Det har gått två veckor sen skolan började igen och det har nästan varit som vanligt i skolan, men Laurens är fortfarande inte som vanligt. Han skojar inte, skrattar aldrig, men kan räcka upp handen och svara på frågor. Oftast har han rätt svar, men rösten låter som ett mekaniskt urverk. Magistern har inte bett honom berätta om det som hände, kanske för att han inte ska behöva uppleva allt på nytt, eller kanske för att han är rädd för vad de skulle få höra. Istället höll han ett litet tal om hur tacksamma de är för att Gud räddade deras kamrat och förde honom säkert tillbaka till dem. Det som hänt måste förstås ha varit fruktansvärt och alla måste ha förståelse för att Laurens behövde tid att återhämta sig. Olof ger Laurens ett långt ögonkast och skickar en spottloska som ser ut att träffa hans fötter, fast han måste känna magisterns uppfordrande blick på sig. Innan han går in lutar han sig fram och väser:

"Sen."

## 17

Martin Alvin bodde i en välskött villa i vitt mexitegel och mörkbetsade träpaneler runt de kvadratiska fönstren. Han såg ut att vara närmare åttio år och tog emot Richard i djupblå slipover, välstruken skjorta och grå byxor. En allvarlig, mager och senig man, fågellik men ändå på något sätt respektingivande. Hans fru kom ut ur köket med en bricka och hälsade ohörbart. Allt som hördes var skramlet från porslinet när de under tystnad följde efter henne på rad som två ankungar. Rickard kände sig som om han var sex år igen: vardagsrummets tidstypiska sjuttiotalsmiljö var som hämtat från ett museum. Två bruna snurrfåtöljer i manchestertyg, ett rökfärgat glasbord med mässingsstomme, brunbetsade fönster. Till och med luften kändes original, den lätt unkna stuglukten som brukade stå i gamla inbodda hus. Rickard höll tillbaka en impuls att ställa upp fönstren på vid gavel och vädra. Deras diskret skramlande och klirrande gåsmarsch fortsatte förbi ett burspråk där en djungel av gröna växer helt hade tagit över och ut i ett litet rum där ena väggen täcktes av en bågnande bokhylla med böckerna i spänn mot varandra. Fru Alvin ställde ned brickan, nickade med ett outgrundligt leende och lämnade dem. Martin följde hans blick och slog ut med armen.

"Vi läser en del...tja, mest Anna, om jag ska vara ärlig."

Han dukade upp kaffet och kanelbullarna i ett tempo från en svunnen tid och Richard höll tillbaka impulsen att börja hjälpa till så att det skulle gå fortare. Han fick en känsla av att i Alvins hus var värden värd och gästen gäst.

"Jag tog mig friheten att prata lite med dem som var med när det begav sig. Friska upp detaljerna." Hans värd släppte till ett snabbt leende.

"Tack för att jag fick komma." Rickard kom inte på något bättre att svara.

Alvin viftade avvärjande:

"Vi har inte precis fullbokat nu för tiden. Men...får jag fråga varför du ringde mig igår, efter trettio år?"

Rickard hade inte varit beredd på hur det skulle kännas att prata om sin far med någon han aldrig träffat. Han mötte Alvins blå blick, drog på svaret men bestämde sig sen för att det bara var att gå rakt på sak.

"Min mor berättade nyligen om en loggbok som hittats ombord. Ingen av oss andra kände till den, men det stod lite märkliga saker i den. Saker som min mor inte velat prata om tidigare."

Alvin släppte försiktigt ytterligare en sockerbit i kaffet och rörde sakta om med en liten, fint ornamenterad silversked.

"Och nu nöjer du dig inte med att din far dödförklarats i sin frånvaro, befarad drunknad?"

Rickard såg ned i den bruna vätskan i koppen och undrade om det var kaffe eller te. Han knep hårt om örat – som verkligen gjorde skäl för namnet – och förde det delikata porslinet försiktigt till munnen. Klunken fick honom att längta intensivt efter en dubbel espresso.

"Det uppstod en del frågor när jag läste den kan jag ju säga. Jag tänkte fråga dig om du fortfarande kommer ihåg något om det här. Om det var något polisen fastnade vid?"

"Tja, jag ser ingen anledning till att inte vara helt öppen så här långt över preskriberingstiden - ja inte för att det var fråga om något brott. Hans fru – mor din förstår jag – slog larm ganska snabbt, efter några dygn. Men eftersom vi kunde konstatera att båten saknades och..." Han tystnade, harklade sig. "Ja, eftersom omständigheterna var sådana att vi bedömde att försvinnandet kunde innebära risker för personen ifråga..."

Rickard rynkade ögonbrynen och tvingade sig svälja den ljumma klunk han hade i munnen.

"Vilka omständigheter?"

Alvin slutade skruva på sig och fäste blicken någonstans ute i trädgården. Rickard undrade vad hans polisögon hade blivit vittne till genom åren.

"Okej, så här var det. Din mor berättade att han betett sig, ska vi säga, avvikande, och att han försvunnit utan någon förklaring alls. En vanlig arbetsdag dessutom. Hans segelbåt låg inte på sin plats i hamnen, så det är alla fall ett sannolikt alternativ att han hade gett sig iväg med den...eller hur?" Ett snett leende igen. Rickard höll in andningen, helt fokuserad.

"Så vi drog igång spaningarna och det dröjde inte länge innan vi fann gummibåten. Den flöt omkring herrelös ute vid Huvudskär. Det var inte precis mitt i semestern – särskilt på den tiden när alla hade alla semester i juli. Ingen ombord. Okej, vi finkammar öarna – de är inte stora. Självklart dyker vi, draggar praktiskt taget hela fladen - det är ju bara några meters djup innanför öarna som du säkert vet. Ingenting."

"Och ni hittade loggboken?"

"Det fanns flera loggböcker vill jag minnas. Ett helt litet bibliotek. Från alla de sju haven. Som en stackars aspirant fick gå igenom förstås."

"Men jag fattar inte – var hittade ni dem?"

"I jollen. Det var onekligen ett oväntat ställe...de låg i en ryggsäck med diverse förnödenheter. Tyder på att han hade lämnat segelbåten och fortsatt i jollen. Eller åtminstone hade för avsikt att göra det."

"Och segelbåten hittades aldrig? Har du någon teori om..."

"Det rådde inget hårt väder. Malcolm var ju, minst sagt, en van seglare. Jag tror inte på förlisning. Vill du absolut ha min åsikt lämnade han segelbåten drivande i fullgott skick."

"Men borde den inte upptäckts när spaningarna började?"

"Jo. Men det är klart, den kan mycket väl hunnit driva ut ur sökområdet. Vi var ju inte igång med operationen på en gång om man säger så. Någon på andra sidan Östersjön ha hittat segelbåten och lagt beslag på den. Den får ju anses ha varit värdefull på den tiden, särskilt i öst. Det var svårt att säkerställa, vi hade inte så livaktigt informationsutbyte med kommunistblocket på den tiden. Och som du säkert själv läst i polisregistret om försvunna: båtar försvinner också, inte bara människor."

"Så vilka slutsatser drog du själv av loggböckerna?"

Alvin såg med ens konfunderad ut.

"De sista anteckningarna. Det var något med det sista han skrev. Minns du det?"

Rickard väntade förgäves på ett svar och lade istället upp ett papper där han skrivit ned tider och platser på bordet. "Från Dalarö 05.30", läste han. "Sen var det en anteckning om hur han gick mot öppet hav söder om Svenska Högarna…"

Han lät själva loggboken ligga kvar i ryggsäcken på golvet; att låta Alvin läsa de där sakerna i den nu vore på något sätt att låta pappas dom slutgiltigt beseglas. Polismannen rynkade pannan.

"Just det, så kan det ha varit. Och då kan han ju ha hamnat på Huvudskär, men det stod det väl ingenting om? Inte mycket till ledtrådar till vad som hände precis."

"Så du kommer inte ihåg något underligt med loggboken?"

"Vad skulle det ha varit?"

Vad det inte märkligt hur Alvin kunde komma ihåg så mycket detaljer men inte Malcolms minst sagt udda anteckningar innan han försvann? Rickard började återhållet och motvilligt berätta vad han läst om Järnskäret, om hans pappas syner och utbrott i hopp om att det skulle hjälpa den gamles minne på traven. Fåran som klöv hans pannas nätverk av mindre rynkor djupnade medan han lyssnade.

"Ja. Rätt märkligt. Det var ju något hans fru sa också…"

Varför fick han känslan att något låg fördolt, att Martin Alvin höll något tillbaka? Det var som att få en mussla att öppna sig. Rickard lirkade vidare.

"Sa hon att hon misstänkte att han blivit galen…eller sjuk som man väl sa på den tiden. Att han blivit en fara för sig själv?"

Den gamle mannen såg trött ut nu.

"Om du visste hur många fall jag sett där människor i obalans tar sig för de mest olycksaliga saker…"

Rickard kände hur det hettade till i bröstet och han svalde.

"Det är bara att pappa var en av de mest balanserade människor jag – eller någon av oss i familjen – har känt. Jag menar, ensamsegling kräver väl en viss självdisciplin och stabilitet?"

"Min unge man…" Alvin log ett sorgset och vänligt leende. "Människor kan vara som tidsinställda bomber. Allt frid och fröjd och så plötsligt en dag: pang!"

Rickard ryckte till när Alvin slog ihop sina händer i en smäll.

"Så din teori är att han försvann för att han var sinnesförvirrad?"

Martin Alvin log urskuldande. Rickard tvekade men rotade sen otåligt fram sin utskrift med försvunna personer.

"Det är förmodligen inte relevant men….jag har hittat två andra försvinnande nära Skarv."

"När?"

"Per och Ulf Gren, Dalarö…den 29 april 1979. Lina Dermark… försvann under en båtsemester med sin sambo 13 juli 1991."

"Då kan jag mycket väl ha haft hand om dem också."

Rickard berömde de hembakade kanelbullarna innan han läste upp utdraget högt. Alvin avbröt honom innan han kom till slutet.

"OK, jag minns de där bröderna. En hemsk historia. Vi misstänkte dråp men kunde inte ta det vidare efter att psykologen sagt sitt. Den stackarn var bindgalen...men vad har det med din far att göra?"

"Ingenting kanske, det är nog långsökt. Jag tänkte så här. Ulf Gren och Lina Dermark försvann vid Skarv, och pappa övernattade där på vägen hem, precis innan han ska ha börjat uppföra sig märkligt. Loggboken ger mig känslan av att något hände honom där. Han ska ha hört röster omkring båten och mitt i natten ska han ha tagit emot ett oidentifierat nödanrop. Som kustbevakningen senare inte tycks ha känt till."

"Så vad ska vi dra för slutsats av det?"

"Jag vet inte...det är kanske bara ett märkligt sammanträffande med flera försvinnanden i samma områden."

"Ja, förmodligen. Men när du nämner nödanropet så minns jag faktiskt det. Jag ska vara ärlig mot dig Rickard. Vi satte vittnesmålet om det där nödanropet i samband med misstankarna om Malcolms otillräknelighet. Faktum är att det bara stärkte vår teori."

Rickard blundade. *Otillräknelighet.* Det lankiga kaffet hade lämnat en besk eftersmak.

"Skulle han bara ha hittat på allt han skrev?"

Alvins tunga ögonlock fladdrade till och hans ljusa blick späddes ut.

"Nej, det tror jag inte. Jolbrant var nog rätt säker på att han hade upplevt det han skrev om. Varför det blev just de där upplevelserna? Tja, det får jag överlämna till psykologerna."

Den gamle mannen trevade i en ficka på slipovern. Han fick fram en hopvikt vit näsduk som han slog ut och torkade sig diskret och sirligt kring munnen med. Den trötta blicken, skinntorra kroppen, den enkla bostaden. Ändå anade Rickard en skärpa under ytan, en stark medvetenhet. Han kunde inte skaka av sig känslan av att gubben i själva verket varit den som styrt hela samtalet. Rickard hade inte fått den förklaring han hade hoppats på. Försvinnandet hade berövats sin dramatik med polisiär saklighet och logik. Bara att tacka för sig.

När han drog på sig jackan i hallen slogs han av en tanke.

"Kan man få reda på vilket sjukhus den här Per Gren togs in på?"

"Det ska finnas i rapporten, jag kan jag kolla med Stockholm imorgon. Men han kanske inte är kvar där, det var ju länge sen."

Martin Alvin tog farväl av sin besökare och stod kvar med ytterdörren på glänt medan han gick ut till sin bil. Det skymde redan och östersjökylan spred sig i trädgården. Han började urskilja dem i minnet nu, två små bröder i bakgrunden medan han ställde sina frågor till den förmodade änkefrun. Två pojkar som förstod att något var fel, trots att de vuxna runt omkring ansträngde sig att övertyga dem om motsatsen, eller just därför. Den här mannen kommer aldrig hem till sin kvinna igen. Så hade hans magkänsla varit, även om han förstås höll den ifrån sig och följde protokollet. Han tänkte på alla försvinnanden och amputerade familjer. Alla oväntade brott, oväntade självmord, oväntade olyckor. Efter tio, elva års arbete med försvunna personer trodde han sig ha utvecklat en speciell förmåga att känna vad den försvunne känt och tänkt. Naturligtvis utan att nämna det för kollegorna, det skulle sett ut. Nu när livet närmade sig sin avrundning hade de flesta fall sjunkit undan i glömskans mörka hav. Men inte fallet Jolbrant, långseglaren vars son just nu accelererade utanför på den öde villagatan. Minnena kom tillbaka och ett styng av oro fortplantade sig genom nervsystemet. Sen kände han Annas mjuka hand på sin arm.

"Kom in och stäng dörren nu. Det var då för väl att han gick, vet du vad klockan är? Det är dags för medicinen, Martin…"

Hon stelnade när hon märkte att han skakade. Den fuktiga höstkylan dröjde sig kvar i hallen fast hon stängt dörren. "Men kära hjärtanes, är du så kall? Du håller väl inte på att bli sjuk?"

Anna, vad skulle han ta sig till utan Anna. Han vände sig mot henne med ett leende: "Äsch, jag behöver bara värma mig lite."

Han hörde Anna prata med sina gröna vänner i burspråket och vägde den tunga ljusgrå bakelitluren i ena handen. I den andra höll han den lilla anteckningsboken. Han undvek sin spegelbild i det svarta fönsterglaset, drog ned munnen mot hakan och försökte läsa numret genom läsglasögonen på nästippen. Slog det med ett ostyrigt pekfinger, siffra för siffra. Väntade.

"Ja, hej, ursäkta den sena timmen. Det Martin Alv---. Nej, det var inte igår. Du, gissa vem som precis har varit här."

# Svartlöga 1854

Hösten har smugit sig på och det blir allt värre. Idag bannade mor Laurens för att han varit i slagsmål i skolan igen, fast Evelina och Björn gick i god för att ingenting hänt. Mor kan ju själv se att det är något som inte stämmer: inga sår, inga blåmärken. Det ser ju mer ut som om ansiktsmusklerna dragit ihop sig på vissa ställen och förslappats på andra. Han vågar nästan inte möta sin halvbrors blick längre: ögonbrynen har svällt upp och för varje vecka dras munnen en aning mer uppåt, det börjar påminna om ett varggrin. Men det värsta är färgen: Laurens rosiga hy har börjat se allt gråare och mörkare ut. När Björn frågar far och mor vad det är för fel på honom viker de bara undan med blicken. Precis som de gör när Laurens kommer in i stugan. Ibland utväxlar de ett ögonkast och Björn ser att de tänker samma sak, men vad? Igår låg Björn vaken och hörde dem spekulera i om det kunde vara någon slags muskelsjukdom som far hade hört talas om, något med ett konstigt utländskt namn.

Men Björn vet något som de inte vet: att varenda dag ställer sig Olof i hans väg och ropar "missfoster!" Missfostret är Björns bror men blir alltmer främmande och svår att känna igen. Och igår hände något hemskt. Han hann inte fram innan det var för sent: när ringen av skolelever bakom syrenbuskarna skingrades hade han sett Laurens där på marken, med rufsigt hår och ansiktet fullt av jord, men han hade inte gråtit. Hans jacka och skor som låg utspridda på bland de fuktiga höstlöven. De hade varit fyra stycken, de flesta storväxta. Björn känner vreden flamma upp igen när han tänker på deras feghet, men kunde åtminstone glädjas över Olofs besvikna min när han såg att Laurens inte verkade ett dugg rädd. Han bara reste sig upp och samlade ihop sina kläder. Magistern märkte förstås ingenting. Blåmärken syns inte genom tyg.

Det är bara är en tidsfråga innan något hemskt kommer att ske, och när det sker kommer han inte att kunna skydda sin halvbror.

# 18

Han höll på att somna flera gånger på vägen upp från Nyköping. Nu bromsade han äntligen in BMW:n försiktigt framför garagedörren, slog av motorn och väckte sin avstängda mobil till liv. Skärmen lyste som en ficklampa i den mörka kupén: fem missade samtal, tre sms och tre röstsamtal. Två samtal och ett röstmeddelande från Solvand, oj vad han tänkte ignorera dem, lycka till Adrian. Konstigt nog ingenting från Logan på Minotaur. Det där hade de förstås styrt upp direkt. *Vi har gjort lite förändringar internt. Stefan Escher tar hand om Solvusprojektet och avtalet. I allt som rör oss är det bäst att kontakta honom.*

Han öppnade röstmeddelandet från Katrina, de andra kunde skicka meddelanden på stentavlor utan att det angick honom.

"Hej, Rickard. Katrina här. Jag hörde vad som hände. Nu har du vet vem gått för långt om du frågar mig. Du kan väl ringa om du känner för att prata."

Kände han för att prata med Katrina? Han mindes hur hon hade passerat tätt förbi Wretes kontorskuvös med blicken i luntan med utskrifter i famnen. Blicken som viker undan. *Lita inte på någon.*

"Ofelia frågade efter pappa."

Han nickade kort mot Elvira och smög in i det mörka rummet. Innan ögonen vant sig var han blind men hans trevande hand hittade Ofelias varma lilla kropp. Hon sov redan i räkställning som hon brukade med fötterna i huvudänden. Han sjönk ned på sängkanten och strök henne varligt över den lena, doftande pannan. Hon höll sin kanin, i ett kreativt ögonblick döpt till Kaninis, tryckt mot bröstet.

Dammsugaren drog igång med ett vinande på övervåningen trots att klockan var över tio på kvällen. Han smög försiktigt ut ur Ofelias rum och in i köket, där han mekaniskt började plocka ur diskmaskinen och ställa in glas, bestick, tallrikar i sina skåp. Tankarna började vandra. Jaha. Det var bara att konstatera att pappa blev tokig på slutet och det skulle inte förvåna honom om han själv stod på tur. Han började förstå Ellens förtegenhet. Han ville skydda Elvira och Ofelia från sanningen, samtidigt som han visste hur ohållbart det var i längden.

Han kom att tänka på att John skulle ha kommit förbi på kvällen och läsa i loggboken, men han hade inte ens hört av sig. Vad var det som gjorde att Rickard hade letat upp och läst den trots att det varit obehagligt, medan John inte ens hade sett den än? Han fick en impuls att ringa honom men ändrade sig när han såg hur sent det hade hunnit bli.


När han vände sig mot sovrumstapetens exotiska växtlighet för att somna märkte han att han inte kände någon oro, bara en slags saknad. En sista urblekt bild flimrade på ögonlockens baksida: en skäggig, halvnaken figur med långt solblekt hår och cigarett i munnen som utan ansträngning eller brådska sätter ett försegel och tar hem på skotet. Han hade glömt bort hur hans röst lät, bara orden fanns kvar: "Vill du styra, Rickard?"

# April 1979

Det måste vara en kilometer till entrén på andra sidan skolgården: skolhuset krymper till ett modellhus, som på Legoland. Det drar en snål vind över den väldiga asfaltsytan med hoppa-hage-streck, gungor och rötangripna fotbollsmål i trä. Han vet att de väntar på honom, att de inte kommer att låta honom komma undan. Varför skulle de låta honom komma undan?

Rasten är slut snart slut och Rickards plan är att hinna slinka in i klassrummet innan det ringer in och de andra kommer. Han börjar vaksamt gå, ett steg, två steg. Ropen och sorlet tilltar. John börjar inte förrän om en timme och har inte kommit än. Inte för att han bryr sig, han går ju i nian och brukar låtsas att han inte känner honom när de möts. Som om de inte var brorsor alls. För att slippa skämmas för sin lillebror.

Skolväskan skaver in i axeln, knökfull med en full gymnastikpåse, svenskaböcker och matteböcker. Nu kommer blickarna, men han är glad att ingen säger något än. Han skäms över att han inte kan ha tuffa kläder som de andra utan är tvungen att bära Johns flera år gamla jeans och töntiga jacka. Skäms över att han är dålig på fotboll, som de tjatar om hela tiden, och idag är det gympa igen. Han kommer att stå där igen, ensam på ena sidan av salen och lagen på den andra, det kommer att kännas varmt om kinderna och majen kommer till sist dirigera honom till ett av lagen. De kommer att protestera högljutt, särskilt Jens och Tomas om de är i det utvalda laget.

Majen kommer trött säga åt dem. Rickard börjar gå med blicken stint i marken.

Han tar stentrappan i några språng, slinker in mellan de tunga trädörrarna och börjar tro att han ska klara sig ända till klassrummet när han hör den gnälliga rösten. Jens.

"Stickan! Jag pratar med dig Stickan!"

Han stannar i steget, det blev alltid värre om man sprang.

"Har du lärt dig simma, stickan?"

Han tänker i alla fall inte springa in och gömma sig på toaletten igen. Det var två veckor sen nu. Han hade upplevt alltihopa så många gånger sen dess och nu kom det igen, som en film som inte gick att stänga av. De hade fått upp dörren. Tomas och Niklas och några till hade hållit vakt. Det där flinandet. Vad skrattade de åt? Han kunde ha dött. Lukten spelade ingen roll men värst var det när Jens höll kvar sin seniga hand i nacken när han måste upp för att få luft. Hur kunde den spinkiga skitungen vara så stark? Det hade flimrat för ögonen, små ljuspunkter som rörde sig, allt blev tyst men då fick han upp huvudet ur sörjan. Någon sa: "Det räcker Jensa." Tomas röst som sa: "Ska du säga till pappa nu, Stickan? Nej, visst nej."

"Nej, för han kunde inte simma."

"Har du lärt dig simma, sa jag. Svara."

Nu är det Tomas som trycker upp honom mot väggen i ett strypgrepp men det är nog mest på skämt. För många som går förbi och det kan komma en lärare.

"Ja…jag…"

"Vad säger du Stickan, jag hör inte?"

Rickard känner lättnaden när hallen ekar av den skrällande signalen.

"Nu hade du tur. Vi tar dig nästa rast!"

Först när de släppt honom och han försöker få ordning på sin jack-krage märker han att väskan är borta. Den fula, töntiga väskan i ljus mocka som mamma tvingat honom att ha. Vad ska han göra nu? De har redan försvunnit, springande mot klassrummet.

Sorlet tystnar när han öppnar klassrumsdörren.

"Rickard, skynda dig nu. Du är sen igen."

Jens sitter längst bak på sista raden och väger på stolen. Flinar och utbyter menande blickar med Tomas. De kommer att säga att de bara skojar igen. Nu finns inget annat val än att gå genom klass-rummet, ensam, steg för steg. Han passerar bänk efter bänk med sänkt huvud, i ögonvrån ser han klasskamrater titta upp, grimase-rande, likgiltiga eller blängande. Den molande rädslan i magen till-tar. Emelie synar honom nedifrån och upp som hon brukar, räcker ut tungan. Han sjunker ned på sin stol utan böcker, utan gym-nastikpåse.

"Så, bra. Kan vi äntligen börja?"

# Svenska Högarna 1855

*Emot Svenska Högarna är botten så belamrad med grund och klippor*
*att hela fältet i svåra stormar synes övferallt bryta och blifver äfven-*
*tyrligt att komma nära.*

Mästerlots Carl August stramar upp sig och tänker på de som ligger
där nere, inbäddade i sand och dy eller direkt på berget. Hundratals,
tusentals vrak efter fartyg som mött sitt öde här ute i storm eller
dimma. De delar en kall, okristlig kyrkogård som sträcker sig från
Gillöga i sydost, förbi Svenska Högarna och upp till Skarv. Han har
själv dykt här på sommaren som ung och trots det grumliga, mörka
vattnet har han sett dem ligga tätt ihop som älskande par: skeppen
som förlist mot Svenska Vallen. Grundbarriären har uppmätts till en
längd på inte mindre än två landmil, och Carl August brukar säga
att den måste skapats av djävulen själv. Han och Henning Aronsson
från Kudoxa arbetar på en av de farligaste platserna på jorden för en
sjöman och behöver knappast vara oroliga för att inte ha nog med
arbete. Segelfartygen kommer längs kusten och överraskas av vind
och hög sjö som börjar pressa dem längre och längre mot de försåt-
liga klipporna. Eller så förlorade de sig i den drypande dimman och
en del av dem kommer inte levande ur den grå älvdansen. Carl Au-
gust och Henning har räddat många liv, enligt lotsboken har de
lotsat nittiosex fartyg ur storm – ja, det är förstås fler om man räk-
nar hela hans tjänstetid, innan Johan Ludvig föll över bord, Gud
signe hans minne. Henning har med åren visat sig ha det mod som

krävs och har aldrig tvekat att rida ut på det skummande havet och möta segelfartygen vid Högarna. Inget skulle få lotsarna att överge dem innan de sett dem angöra Tryggheten, segelleden vid uppe vid Upplandskusten.

Det är en stor dag, och dagen till ära är det lugnt väder och himlen rodnar när augustisolen sjunker i väst. Öns ägare själv är med, kommen hela vägen från Toftesta gård, representerad av sin son Herr Algot Oscarsson. Han ser blek och ostadig ut i vinden, utan tvekan en riktig landkrabba. När de väntat minst en timme på skymningen räcks han till sist den brinnande facklan. Han tar emot den och svingar den över bränslet och bålet flammar omedelbart upp. Unge herr Oscarsson skrattar lättat och ser sig omkring med byxmyndig blick.

"Jag förklarar härmed Svenska Högarnas båk invigd, till välsignelse för sjöfarten."

Han nickar mot Henning som höjer trumpeten, trycker den mot läpparna och stöter fram en högtidlig fanfar. När han sakta och dramatiskt har sänkt den möter han Carl Augusts blick och ler stolt. De vet bättre än någon annan att den här elden kommer att bli den fasta punkt sjöfararna behöver. De kommer att sätta kurs mot dess ljus i vetskapen om att de har goda chanser att ta sig helskinnade fram till lotsarna. Fram till idag har en besättning ingenting haft att navigera efter när kobbar och skär försänks i mörker omkring dem. De vet ju att många ber sina böner på däck i skymningen, fulla av oro inför de osynliga grynnor och grund som väntar föröver. Om de hamnar för långt norrut i mörkret är de förlorade. När Carl August var liten på Rödlöga hade far, som varit bonde och helst inte satte sin fot i en segelöka, berättat förmanande historier om farorna med att gå till sjöss. Värst av allt var det längst ut på Vallen, brukade han säga, där har hundra tusen sjömän mött sitt öde. Carl August hade ryst av spänning och tanken hade fötts: dit ville han.

Det berättas mycket historier. På kvällen tänder de fotogenlampan och intar en stilla måltid i stugan och lotsmästaren börjar snart tala om spöken och gastar. Henning har varit glad och övermodig efter invigningen, smickrad av berömmet: "de tappraste lotsarna på ostkusten." Vinden spelar upp de där märkliga flöjttonerna som kan uppstå i stugans yttertak när vinden ligger på från sydsydväst med precis den rätta styrkan. Kanske är det de drunknade sjömännen som spelar för dem, föreslår Henning. Kanske är de glada för den nya båken? Carl August ger den morske ynglingen ett långt ögonkast och säger att det kan vara farligt att reta upp de döda. De kan komma tillbaka som gengångare och andar.

Henning skrattar så hans tänder lyser vita i dunklet och höjer sitt smutsiga brännvinsglas till en skål. En vindby drar förbi med väsning utanför.

"För tappra lotsar som inte är rädda för sjömän som går igen!"

Det ungdomliga övermodet både glädjer och retar Carl August en aning. Ett litet glas brännvin och sen tror Henning att han äger världen. Han lutar sig närmare och berättar historien om fiskebonden från Rödlöga. Mannen var ute och fiskade en sommardag och såg något glimma i vattnet. När han simmade ner såg han ett skeppsvrak och en skatt med guldmynt och smycken som han tog med sig hem och gömde under en golvbräda i stugan. Mannen bodde ensam i stugan när han skulle fånga gråsäl och sent på kvällen knackade det på dörren. Han var på sin vakt och öppnade med en laddad bössa i ena handen: ingen där. Han fick dörrens reglar på plats för natten och då: knack, knack, knack! Carl August knackar hårt tre gånger i bordet. Henning rycker till men pressar fram ett leende.

"Han ropade: vem där? Inget svar. Då fick han nog. Han öppnade snabbt dörren utan att tänka på att bössan stod lutad mot brädväggen i kammaren. Framför honom stod en man i resterna av sina sjömanskläder. Ansiktet var svart och ögonhålorna, ja de var tomma. Trots att han darrade av skräck lyckades bonden få upp ett fönster, klättra ut och springa ner till sin öka vid stranden. Han rodde runt bland kobbarna i timmar, men tog till sist mod till sig och återvände till stugan. När han närmade sig såg han att ytterdörren stod på glänt. Han petade upp den med rak arm, så här." Han håller ut armen med ett styvt pekfinger.

"Alla lådor var utdragna, alla skåp öppna och alla saker utrivna på golvet. Nästa natt knackade det på igen men då öppnade inte bonden. Nästa natt, samma sak. Då lyfte han upp skatten under golvbrädan, rodde ut med kistan och sänkte den där han hittade den. Sen fick han vara ifred om kvällarna."

Henning tömmer snabbt sitt glas och fyller på igen utan att säga något. Mästerlotsen låter tystnaden verka ytterligare en stund medan virket i den gamla stugan knirrar och viskar omkring dem.

"Det finns ställen man ska veta att akta sig för. Du vet väl, Henning, att en plats kan bli dålig om det har hänt onda ting där. Skärkarlar som haft oturen att besöka ett av de dåliga skären för att samla ägg eller jaga ejder har fått se och höra saker ingen människa kan begripa."

"Vad då för ställen, Carl?" Hennings röst har blivit skrovlig.

Carl August pekar med gaffeln över axeln medan han tuggar ur munnen:

"Utanför Vitkobben, där har du ett."

Han lutar sig fram och beskriver en cirkelrörelse med gaffeln framför sig, som om det skulle få tuggan att gå ned fortare.

"Det sägs att för hundra år sen kölhalade de en matros på ett linjeskepp där, han hade inte gett akt på båtsmans order. Han ska ha brutit nacken när han passerade kölen - det var inte alls ovanligt vid kölhalning. Den som halade släppte repet av förskräckelse när han fick se den stackaren komma upp ur vattnet på andra sidan. Sen måste han ha lossnat för de fick upp repet men ingen matros. Den stackars saten fick aldrig någon kristlig begravning. Året därpå förbjöds kölhalningarna."

"Vitkobben. Tror du på det där?" Det syns på Henning att han försöker se skeptisk ut, men han är bara tjugo år. Carl August låter bli att svara och sveper sitt glas medan han håller kvar sin blick i Hennings tills han är han tvungen att fråga: "Så vad var det skärkarlarna såg?"

"Nja...det var väl svårt att få en begriplig beskrivning ur dem. Men det sägs att de aldrig mer var sig själva efteråt."

Lågan började flämta innanför glaset och Carl August tog nöjt tid på sig att vrida upp veken tills skenet blev stadigt igen.

"Jag säger bara vad jag hört. Gammalt folk brukar säga att det onda som händer på en sådan plats stannar kvar där. För att leva vidare letar de ständigt efter levande, svaga själar som de kan få fäste i. De brukar säga att ingen går säker. Lättlurade skärkarlar och dumdristiga sjömän får ta sig i akt."

Ynglingen ser inte särskilt stursk ut längre och kommer inte på något mer lättsamt att säga. Hans vidöppna ögon är blanka och handen vitnar runt flaskan på bordet.

"Tror du att det gäller lotsar också, Henning?"

Carl August briserar i ett dånande skratt och Henning rodnar och ser först förtretad ut, men sen faller han in det och de skrattar tillsammans tills skrattsalvan fyller stugan och stänger för en stund ute stormen, skingrar ensamheten och värmer i den kyliga natten.

# 19

Rickard städade upp efter Elvira och Ofelias hastiga morgonbestyr. Ställde mjölkpaketet in i kylen, lade brödet i brödpåsen och tog upp en fuktig blå handduk från golvet. För sitt inre såg han Ofelia hoppa ut ur en gammal husvagn med strimmor av smuts i ansiktet. Han ville inte att hon skulle ha det som han och John hade haft det. Inte ha sämre förutsättningar än sina kompisar. Inte bli retad för att hennes föräldrar inte har råd att låta henne följa med på klassresan. Att tillhöra rätt socialt nätverk var grunden till framgång och han hade kämpat för att kunna bo i ett bra område och träffa rätt människor. Sett till att odla rätt intressen, intressen som skulle hjälpa honom i karriären: om inte golf så åtminstone tennis eller segling. Han hade inte fått ett skit från början utan börjat på noll eller snarare minus. Gjort allt för att lyckas, för att tillhöra dem som överlevde konkurrenssamhället. Han hade träffat Elvira när han var lärare på en seglingskurs. Hon hade varit så enkel och rättfram och funnit sig i alla trista, krävande moment: vikt tunga segel på ett regnblött däck och tränat halvslag, råbandskop och pålstek tills hon kunde slå dem i sömnen. Men han hade snart märkt att hon delade hans strävan efter något bättre, inte minst genom hennes allt dyrare smak och aptit på vissa designmärken. De hade njutit av att vara eleganta. Rickards minnen från sin uppväxt hade bleknat mer för varje år. Till skillnad från Rickard hade Elvira en typisk borgerlig bakgrund. Hennes far - svärfar Sven - var något fint inom bankvärlden och bodde representativt på Lidingö, men det hade inte gjort någon skillnad för dem: herr Sven var så snål att han förmodligen grät när sket. På sätt och vis hade Elvira också börjat på noll när hon flyttade hemifrån. Det goda livet hade krävt ekonomisk framgång, nu mer än någonsin. Elviras lön skulle inte räcka långt och de skulle snart vara tvungna att sälja huset om han inte snabbt kom upp på banan igen. Men för vems skull? Något hade gått förlorat på vägen, som om det goda livet hade visat sig vara en hägring.

Han tittade på mobilen och vägde den i handen. Han tänkte inte ringa Kjeld, det var kanske långsamt självmord men han gjorde det bara inte. I samma ögonblick började den spela introt till Guns and Roses "Sweet Child of Mine."

"Brorsan! Vad händer?"

Han lät åtminstone nykter.

"Hej. Du, det kom lite emellan igår kväll, jag var i Nyköping och kom hem lite senare än beräknat."

"Det är lugnt. Du måste ju ta det lugnare, annars bränner du ut dig på nolltid. Elvira sa att du jobbar skiten ur dig. Hon lät lite uppgiven häromdagen."

"Ja, det där...John?"

"Va?"

"Lyssnar du?"

"Absolut. Prata på."

"Det har blivit lite strul med jobbet. Jag är sjukskriven. En vecka till att börja med."

"Rickard Jolbrant? Den vassaste kniven i den strategiska affärslådan? Sjukskriven?"

Rickard lät bli att svara.

"Men Rick, hur är det egentligen? Du har väl inte gått in i väggen?"

"Nej...nej. Men det kanske var nära."

"Då hade hon rätt."

"När pratade du med Elvira?"

"Jag svängde faktiskt förbi hos er igår som jag lovade. Hämtade stolar, Minna ska ju ha fest – inte klokt nu med mamma och allt. Du hade inte kommit hem, tror klockan var halv åtta. Var höll du hus sa du?"

"Nyköping."

"Nyköping, ja just det. I alla fall, sitter du ned?"

"Japp."

"Ramla inte av stolen nu. Jag fick låna den där loggboken."

Rickard stirrade på en vit orkidé i en svart japansk lervas.

*Vad, hur i helvete?*

"Äh, Elvira hittade den ju, det var jag som frågade. Du har ju gått och tryckt på den som en mussla, din filur."

Hur kunde hon hitta den?

"Nej då, jag…det blev lite jobbigt. Det var väl dumt men…jag ville inte dra upp något mer djävulskap nu när mamma…"

"Men du har väl läst i den?"

"Ja, det är det jag menar. Har du?"

Tystnad i andra änden.

Sen: "Brorsan. Du har helt rätt. Vi gräver inte mer i det här nu. Man vet aldrig vad som kommer upp."

"Du har läst den, försök inte…vad får du ut av den?"

"Det här handlar om pappa. Hur vi minns honom, att vi kommer ihåg honom som den han var. Det fattar du väl?"

John kunde fortfarande överraska honom, det måste han ge honom.

"Det är för allas bästa."

"OK, jag antar det. Tror du att jag skulle gräva i det?"

"Jag känner dig. Förresten är det väl naturligt, att vilja veta."

"Vill inte du det."

"Nej."

"Men har du läst eller inte?"

"Kanske det. Men det spelar ingen roll. Fattar du? Ska vi inte bara lägga ned och låta pappa vara."

Rickard nöp fast näsroten mellan tummen och pekfingeret och blundade. *Vad är det egentligen som händer i det här samtalet?* "Jo, visst. Det kanske är bäst," fick han ur sig till sist. "Hälsa Minna." "Minna hälsar tillbaks."

Rickard hann bara lägga på och stirra på mobiltelefonen i några sekunder innan Guns and Roses drog igång igen. Okänt nummer.

"Hej Rickard, det är Martin Alvin här. Ja, du var inte lätt att få tag på."

Tystnaden böljade en stund på ledningarna.

"Jag har kollat upp Ulf Gren. Han togs in på Rålambshovs sjukhus i april 1979, även kallat Konradsberg. Men det är visst lärarhögskola där nu. Jag vet förstås inte om han lever än, och jag tvivlar på att han skulle kunna hjälpa dig om du skulle få tag i honom. Ja, det var bara det."

# Svartlöga 1856

Far har seglat ända till Norrtälje där doktor Petersén har undersökt Laurens. Han sa att han skulle konsultera en expert på neurologiska sjukdomar men kunde i alla fall utesluta spetälska. Efter en vecka kom ett brev från doktorn där han skriver att det kan vara något som heter Recklinghausen, en sjukdom som kan vanställa den drabbades ansikte. Det var han hade hört mor och far prata. För den finns ingen bot, men doktorn har ordinerat en ansiktsmask. Magistern och flera föräldrar har pratat med Jost om att Laurens skrämmer de andra barnen med sitt säregna utseende. Kanske vore det bäst för honom själv att han börjar bära mask i skolan.

En dag kommer ett paket inslaget i brunt papper och många snören. Björn smyger nyfiket runt far när han packar upp det så att han blir irriterad och schasar ut honom i köket. När han kikar i dörrspringan ser han Jost stå stilla med blicken fäst vid något på bordet. Han står länge där med en bekymrad rynka mellan ögonen. Laurens provar masken efter bordsbönen och då förstår Björn. Det är som om den nästan härmar det grinande ansiktet under den. Dessutom är den målad i en ljust askgrå färg som påminner om huden den ska dölja. Något måste ha gått fel vid tillverkningen, förklarar far vid kvällsvarden. Men han kom över den billigt och dessutom är det svårt att få tag i sådana här masker. De ska visst ha tillverkat dem i Tyskland och Frankrike för spetälska förr. Laurens säger ingenting, inte ens när Evelina försöker skämta med honom.

"Den är så faslig," viskar Björn till sin syster medan de hjälper till att duka av.

"Vad tycker du ser otäckast ut, med masken eller utan, " viskar hon tillbaka.

"Jag vet inte. Jo förresten, masken är nog hemskare. Ansiktet är man ju van vid."

Evelinas fnissade tystnar och hon rodnar. Han vet att hon också tycker synd om Laurens, fast han inte alltid är så snäll och det händer att de blir rädda för honom. På natten vaknar Björn av ett ljud i mörkret. Sen hör han vad det är han hör: dämpade snyftningar, som om gråtaren håller kudden pressad mot ansiktet för att inte höras.

# 20

"Förlåt, jag trodde…"

Rickard hejdade sig i dörren, han måste ha tagit fel rum. Sängen var nästan helt dold bakom en ryggtavla klädd i något som såg ut som en gammal brun oljerock. Där fanns en svag doft av tjära som inte hörde hemma i sjukhussalens desinficerade vithet. Han stod där som en liten pojke som inte ville störa de vuxna. Sen gick han fram och såg en bukett vita och röda blomster i ett par kraftiga, mörkfläckiga händer. Besökaren vred på huvudet. Den gamle mannen var bekant: glest vitt skägg, vit kalufs, ett fårat grovt ansikte, sträng blick. Ögon av bräckt blekblå vatten. Gubben rörde inte en min.

"Rickard! Kommer du ihåg Espen? Du var väl inte så gammal sist…"

Hans mors röst bar på ett helt annat sätt än förra gången han besökte henne.

"Elva år tror jag. Hej, Rickard."

Han skyndade sig fram och sträckte tafatt fram handen mot mannen som ännu satt hopsjunken på vad som måste vara en stol vid sängkanten. Espen var säkert åttio och det var som att skaka hand med en björn.

"Vad stor du har blivit." Den gamle lotsen blängde på honom med sitt allvarliga stenansikte och både mor och son fick en skrattimpuls. För en stund kändes det bra. Minnena virvlade upp.

"Ja det var inte igår."

Farbror Espen. En annan tid, ett annat liv. Han hade varit som en mentor för Malcolm på somrarna på Blidö när de bodde hos Ellens föräldrar. Espen och hans familj hade bott i det närmaste huset under några år, och lotsen hade lärt Rickard en massa om sjön och ibland andra livsnödvändigheter. De hade blivit vänner, pojken och den redan då rätt gamle mannen. Flera gånger hade han följt med honom ut och lagt ut nät i kvällningen och dagen efter vittjat dem medan de andra i familjen fortarande sov. Små platta, bruna fiskar, det var mumma det sa farbror Espen. Två tredjedelar hade de kastat tillbaks i sjön för att de varit för unga. De andra hade rensats på betongkajen och Rickard mindes stoltheten när de sen togs ur ugnen täckta av flingsalt för att avnjutas med citron och nykokt potatis. När Malcolm kom hem från sin atlantsegling hade de två sjöbusarna ibland suttit hela kvällar med en whiskyflaska mellan sig och berättat historier. Espen Sjögren hade alltid varit egensinnig men Rickard hade hört någonstans att åren gjort honom alltmer excentrisk. Han bodde antagligen kvar ute på Blidö och höll sig för sig mest själv.

"Jag kommer ihåg att du brukade skrämma oss med spökhistorier från de sju haven."

"Va?" Espen lutade sig framåt med en grimas som för att vinkla sitt bästa öra mot ljudkällan.

"Du brukade skrämma upp mig med spökhistorier."

Om Espen hade hört så tog han ingen notis om det: "Det var ju tråkigt med mor din."

Hans mor viftade med sin fria hand.

"Det är ingen fara med mig."

"Hur är det mamma?" Han satte sig på andra sidan med sin hand på hennes bräckliga.

"Vilket tjat. Snällt att ni kom, båda två. Och Espen, ända från Blidö."

De satt en stund och lyssnade på pipandet från en EKG-maskin som registrerade någons hjärtslag någonstans i byggnaden. Ellen bröt tystnaden: "Jag vill att du berättar för Rickard."

Rickard märkte att han automatiskt slöt ögonen. *Inget mer nu.*

Espen vände sig mot honom och bligade surt. Först när Ellen upprepade sin förfrågan öppnade han motvilligt munnen: "Jag tror jag kan ha varit den siste att tala med Malcolm."

Pappa igen, han var ju här för mammas skull, det var hon som borde få uppmärksamheten.

"Jaså?" Han beredde sig på att ta emot en ny bekännelse - var det något med det här rummet? Han kunde inte låta bli att snabbt fara med blicken över tak och väggar.

"Jag pratade med honom över radion sista dagen, samma dag han gick ut från Gålö."

Katinka från Gålö 05.30. Dieseln slut efter 10 distans, men då tillräcklig vind för 5 knop, halvvind.

Rickard tog ett djupt andetag. Vad var det gubben satt och sa?

"Han stack ut väldigt tidigt den där dagen," fick han fram.

"Det här var mitt på dagen, jag hade ätit lunch."

Ellen lyssnade lugnt med halvslutna ögon och han kände sina axlar sjunka ett par centimeter.

"Vi pratade som vanligt. I efterhand, när polisen frågade, kom jag ihåg att Malcolm kan ha låtit lite…konstig på något sätt. Svårt att höra perfekt över VHF:n förstås."

Hans nyfikenhet höll på att vinna.

"Kommer du ihåg vad ni pratade om?"

"Han var ute vid Skarv, sa att han tagit ledigt. Inget konstigt i och för sig, han stack ofta ut själv och seglade, tålde inte stan mer än i små doser. Var väl lite grann som jag."

"Så han sa inte varför han seglat ut dit…"

"Varför ger man sig ut på sjön? Själv har jag alltid en anledning, en last ska från A till B, ett fartyg har angjort Högarna och behöver lots. Malcolm, han kunde vara ute på sjön ändå. Inte visste jag alltid vad han gjorde."

"Han seglade."

"Jo, helt rätt. Nå, det var en sak som jag tänkt på."

En underlig glimt hade tänts i den gamle lotsens blå ögon.

"Det var någon annan på radion. En otäck röst."

Rickard kände hur han svalde och försökte koppla: "Vad då *någon annan?*"

"En annan röst. Under samtalet."

"Så ni använde inte kanal 16? Den är ju öppen, man kan ju höra röster från olika båtar i närheten samtidigt?"

"Nej, nej, vi hade bytt till en simplexkanal, det vara bara min och Malcolms mottagare som kunde höra."

Rickard kom inte på något att säga så Espen fortsatte. "Så vem det än var så talade han till Malcolm samtidigt som han sände. Den här rösten måste ha varit inom hörhåll för mikrofonen när han höll sändknappen intryckt. Dessutom var det samma bakgrundsljud, samma eko."

Hans mor låg där fridfullt och lyssnade, Rickard anade nästan ett leende i mungipan.

"Okej, vad sa den där andra rösten då? Och vad menar du med otäck?"

Espen vek undan med blicken och började kämpa sig upp från stolen så att dunster av rök och spillolja slog upp. Blombuketten stack han försiktigt ned i en redan halvfull vas på sängbordet så att lite vatten rann över kanten. När han till sist svarade såg han ut genom fönstret.

"Det var så den lät bara. Jag minns inte riktigt, men jag är säker på en sak som jag borde ha berättat för någon, särskilt för polisen. Far din var inte ensam ombord dagen han försvann."

# Svartlöga 1858

Skolgården ligger på skolhusets framsida och på baksidan ruvar den halvt igenvuxna gamla trädgården som övergår i en äng med förunderlig växtkraft. Bonden nästgårds brukar slå den två gånger varje sommar och ändå vadar de för det mesta fram med gräs till midjan. Nu vilar lien i det lilla skeva förrådshuset med sin flagnande rödfärg, dolt bakom högväxta syrenbuskar. Mot väggen står en annan, kasserad lie med rostigt blad lutad. Det händer att barnen drar sig ned hit där den ymniga grönskan gömmer slagsmål, kyssar och förbjudna lekar. Björn sitter kvar i förstun och övar räkning, de har haft hemläxa och han har inte hunnit klart för att de har alla varit tvungna att hugga i på åkern. Han föredrar räkning framför att lära sig katekesen och är riktigt flink, säger magistern. Han tycker om att lösa uppgifter och se att det blir rätt. Det finns bara ett rätt svar, och man kan inte bråka om vem som har rätt. Dessutom är det viktigt att kunna räkna bra när man är upptäcksresande, som Björn ska bli när han blir stor.

Nu klampar Evelina upp på bron med andan i halsen, röd om kinderna för det har börjat bli kyligt ute och han vet att dagen har kommit.

"Skynda dig! Du måste komma! Det är Larre!"

Nere på ängen ser han Olof och Arvid och slutar springa. Arvid är fiskarson och bra att ha att göra med på tu man hand. Men även om han nog är startkast i klassen gör han för det mesta som Olof säger.

Nu håller han Laurens skjortrygg i ett stadigt grepp. Axel och Per lufsar efter, osäkert flinande. Han kan redan höra deras uppspelta röster där nerifrån.

"Missfoster!"

"Missfoster!"

Arvid släpper taget och knuffar honom sista biten in mellan syrenernas mur mot skolhuset.

"Om du springer hinner vi ändå i kapp dig. Axel är snabbast i klassen."

De fyra pojkarna går framåt mot den ensamma, klena gestalten. Snart kommer de att vara utom synhåll bakom syrenbuskaget. Björn är inte stor och skulle inte ha någon chans mot vargflocken på ängen, men han rädd att komma för sent om han skulle springa upp till skolan för att hämta hjälp. De har inte fått syn på honom där han står, förstenad av vanmakt och rädsla.

Den här gången kommer de att ha ihjäl honom.

Något hade hänt första dagen när han dök upp i skolan med ansiktsmasken, han var inte längre en av dem. Björn hade märkte det i samma stund: för hans klasskamrater hade Laurens blivit något annat, något som inte hörde dit. *Som om han inte längre var en människa.* Masken hade varit beviset. Olofs röst, flankerad av Arvids, bar inte längre på förakt utan raseri.

"Berätta om Järnskäret, ditt missfoster."

"Ta av inte av dig masken, vi blir så rädda då."

"Jätterädda."

"Vad gjorde du på Järnskäret. Såg du sjömännen? Såg du gengångarna?"

"Svara, sa jag!"

Han ser Laurens titta på dem genom maskens svarta hål innan de försvinner in bakom syrenerna och Björns förlamning släpper och han rusar förtvivlat genom det gräset som inte har slagits på flera månader.

"Sluta! Släpp honom!" skriker han och tänker att han låter som ett småbarn.

Olof get ett tecken åt Arvid som låser Laurens armar bakifrån medan Axel och Per flinande ställer sig i vägen för Björn. Det måste vara en dröm. Olof tar ett kliv mot Laurens, griper tag i maskens hårda underkant och rycker till. Det grå träansiktet vänds upp mot honom som i spelad beundran. Hela platsen vibrerar av ett kallt raseri som väller upp som svart vatten ur en brunn:
"Vad flinar du åt, utböling!"

Sorgen är omätlig. Fäder och mödrar har förlorat sina kära pojkar. Vi samlas här idag för att dela deras sorg. En tragedi har utspelat sig ibland oss på Svartlöga. Jag vet att somliga talar om onda andar och det är visst och sant: djävulen har som alltid ett finger med i spelet. Men tillsammans står vi starka mot de mörka krafter som drabbat oss, och våra barn, så hårt. Rättvisa ska skipas, Gud ske pris.

## 21

Lördag förmiddag. Rickard hade vinkat av Elvira och Ofelia innan de åkte till mormor. Till Ofelias förtjusning skulle de övernatta där, Rickard hade velat få uppleva mer av den. Men han hade något annat att göra. Elvira hade sett på honom med en blandad min av förakt och ointresse.

"Jag fattar bara inte varför du ska åka till Blidö nu också. Varför är det så bråttom med det? Du är ju sjukskriven. Men åk du bara." Det dåliga samvetet blandades med tankar på hur han skulle kunna rädda sin karriär och på vad som höll på att hända med honom och Elvira. Men den förlamande tröttheten började lösas upp i vinden på färjan över till Yxlan. Han gick ur bilen och vände ansiktet mot solen. Luften kändes nästan ljummen och måsarna cirklande kring det gula, rostiga stålskeppet. LINEA stod det småvitsigt med svarta blockbokstäver på stäven. Motor mullrade igång och bara efter några sekunder var hon uppe i marschfart – av någon avledning kom Richard ihåg att färjan gjorde max 8 knop. Det var som om sommaren hade återvänt en sista gång och sportjackan fick ligga kvar på passagerarsätet. Ljuset kändes hoppfullt. Han kisade mot vattenblänket och kände en för länge sen bortglömd saknad efter seglingen, att hänga sig ut på de förnissade, solvarma friborden med relingen i knävecken. Att hålla mot i vindbyarna och höra vattnet forsa förbi under sig.

Innan han och farbror Espen hade skilts åt på sjukhuset två dagar tidigare hade han frågat honom om Ellen hade nämnt något om loggboken. Det hade hon tydligen inte gjort och den gamle lotsen hade förstås inte rört en min eller yttrat sig om saken. Men till Rickards förvåning hade han liksom motvilligt bjudit hem honom: "Om du skulle ha tid att titta in hos mig så kan jag ha ett och annat att säga. Ja, sånt som inte lämpar sig här."

Enskild väg. Småstenen smattrade mot underredet när det gulmålade trähuset dök upp i en kurva. Träkåken låg på Blidös ostsida vänt ut mot havet. Under fruktträden låg högar av ruttnande äpplen, päron och plommon. Susanna hade varit den som tog vara på frukten när hon levde men nu var Espen ensam kvar. Mamma hade berättat att han ska ha deklarerat att han tänkte följa sin hustru till andra sidan och innan han blev tvungen att flytta till "ålderdomshemmet" i Norrtälje. Nu kom han ut ur huset för att ta emot honom. Som man gjorde förr i tiden, tänkte Rickard. Han krånglade sig ur bilen och sträckte ut armar och ben. Han borde träna mer.

Espen verkade fylla hela förstubron, kisande i sin blekta en gång blåa skjorta och lappade grå byxor med hängslen. Nickade kort och gick före in genom ytterdörren där färgflagorna hängde på trekvart. Det gula huset på udden såg inte lika idylliskt ut på nära håll. Innan han gick upp på bron böjde Rickard huvudet bakåt och lät blicken svepa över buntarna av fuktiga höstlöv som trängde upp över kanten på hängrännan och vidare över det mossbelupna taket med sina spräckta lerpannor. Den ännu gula fasaden full av blekta färgflagor. Det var kanske inte så konstigt att Farbror Espen inte orkade hålla efter den gamla trävillan längre. När kan han ha varit här sista gången? Hade han varit tio år? John hade inte velat följa med den sista sommaren. Susanna hade i alla fall levat, hon hade brukat komma ut med en bricka med små glas och en karaff rabarbersaft som klirrande av isbitar. Det hade funnits en berså att söka lä i. Han

119

mindes hennes fladdriga klänning med blommor på. De hade viftat efter getingarna, som alltid var många, och skämtat om att de ville sätta sig på hennes blommor. De hade skrattat åt dem där i bersån och sen hade han inte varit rädd för dem längre, men mamma hade legat inne i huset med en hand över ögonen med handflatan uppåt. *Ellen får inte störas.*

När Rickard tittade ned från taket igen och klev upp på förstubron var lotsen försvunnen. *Minst sagt udda.* Dörren stod öppen och han klev in i den mörka hallen, hängde av sig jackan och drog av sig bootsen. Höll andan, fortsatte försiktigt över trasmattorna och vidare in i köket där varje redskap hängde på sin plats. Här rådde en minutiös ordning, även om han fick en känsla av att det var ett bra tag sen någon hade skurat golven. En kompakt tystnad kröp sig på honom och allt som hördes var det tickande ljudet från en klocka någonstans.

"Farbror…Espen?"

Golvbrädorna protesterade ljudligt när han fortsatte till vardagsrummet där han såg att lunchen redan var uppdukad i den inglasade verandan högt ovanför den glittrande Svartlögafjärden. Solen stod på från söder och gav den lilla glaskupan till ett behagligt klimat. På bordet stod smör, ost, sill - flera sorter - potatis, öl och Aalborgs jubileumsakvavit. Men var hade gubben tagit vägen? Han hann bara tänka tanken när han fick en cementsäck på sin axel.

"Hoppas du gillar sill. Det var väl inte precis en favorit när du var liten, vad jag minns."

Det där är hans hand, var han verkligen så här stor när jag var barn?

"Är det midsommar?" försökte Rickard med en gest mot bordet men skämtet fick ingen utdelning.

Espens stol knakade när de satte sig. Farbror Espen bar något tungt inombords, det gick inte att ta miste på. Allvaret i de blekblå ögonen, en sorg. Rickard avböjde motvilligt snapsen med bilen som ursäkt och fick en förebrående blick, men det borde väl Espen begripa att han inte hade lust att åka fast för rattfylla.

De åt under klumpigt småprat. Rickard berättade vad han gjorde nu när han blivit vuxen, han var visst gift i alla fall. Jo, Espen hade en båt kvar, så gammal han var, följ stigen ned till vattnet och du finner på båthuset. Det här smakade inte dumt. Nej, han hade lärt sig klara sig själv sen Susanna...man får klara sig ändå, vet du. Rödlöga och Svartlöga pekades ut, mörka ränder invid horisontlinjen.

Rickard insisterade på att duka av så att Espen kunde koncentrera sig på att ordna med kaffe i det trånga köket. Huset var konserverat sen den dag hans Susanna åkte till lasarettet för att aldrig mer återvända. Espen skopade upp kaffe i filtret och muttrade något om sina två döttrar som kom ibland men för det mesta lät honom vara. De borde nästan kunna vara i Ellens ålder. Rickard gick fram och åter med tallrikar och bestick medan han vande sig vid den mustiga doften av inboddhet och något som kändes som övermogen frukt och smörjolja. Golven knarrade och brakade.

Kaffet var tunt och lankigt som väntat, det där var väl en generationsfråga antog han. Han tänkte på Martin Alvin, att här åkte han runt och drack blaskigt kaffe med gamla gubbar.

Hans mamma brukade säga att farbror Espen inte tyckte om att man pratade på utan att ha något att säga, men nu väntade något på att bli sagt. Det enda han kunde göra var att vänta in berättelsen och mycket riktigt kom den till slut.

"Skarv förstår du", började Espen men verkade komma av sig och rörde i koppen en stund istället så det pinglade i porslinet. Rickard kunde inte släppa hans obevekliga stenansikte med blicken. En golvklocka tickade svagt inne i huset.

"Det är nedräkning för mig, förstår du", återupptog Espen. "När jag är borta vet jag inte om det kommer att finnas någon som kan berätta om de här dumheterna. Kanske skulle jag ta det med mig i graven, ja det kanske vore det bästa. Men jag ska göra det för din mors skull. Du kommer att undra vad det har med Malcolm att göra, men det går nog snart upp för dig. Du är ju en intelligent grabb."

Rickard flinade. Det var som att den gamle försökte få ut ett hårstrå på tungan. Kampen varade några sekunder innan han liksom spottade ut orden.

"Skarv är egentligen inte kruxet. Det är det här eländiga stället intill, det som du sa fanns med i Malcolms loggbok. *Järnskäret*."

# Svartlöga 1858

Arvid Synnergren reser sig med ett ryck på högra armbågen i kökssoffan. Han är ingen ungdom längre och när han är hemma på gården i Svartlöga brukar han ta sig en tupplur efter maten. Astrid kommer in från kammaren och ser undrande på sin make.

"Du förstår, jag hade en sådan där dröm...," knarrar han och stryker sömnen ur ögonen med sin fria hand.

"Igen? Om barnet?"

"Barnet. Ja. Men vad var det för barn egentligen, Astrid?"

"Vad talar du om nu?" Hon blir matt i knäna och sjunker ned på huk bredvid soffan och tar Arvids hand i sin.

"Astrid, det är pojken. Jag tror jag har gjort något jag inte skulle ha gjort. Det var jag som hämtade honom. Det kommer att hända något dåligt."

"Tror du det är Gud som vill säga dig något?"

"Jag skulle hållit mig därifrån, Astrid."

"De gick ju aldrig i land, sa du ju?"

"Du begriper inte det här, kvinna. Det är en okristlig kyrkogård där ute, det är vad det är. När jag såg den där...komma nedför Järnskärsrygg..."

Arvid skakar på huvudet och blundar.

"Arvid, det är ju bara ett barn. Vad är det med dig? Lita på vår fader. Skulle han låta något ont hända oss?"

Olof har skjutit upp masken i pannan efter att han provat den med utstuderad vämjelse. Laurens blöta skjortrygg pressar mot redskapsbodens stickiga brädor där han står med knäna i gräset. Han känner på sin läpp och ser ut att svälja något, kanske är det blod: det rinner ner från pannan och ner över hakan, kanske blev det ett sår när masken rycktes av.

"Fy!"

"Vi säljer honom till cirkusen i Norrtälje!"

"Säg nånting då, annars slår vi ihjäl dig."

Laurens vrider huvudet mot den mindre pojken, mörklockige Axel. Björn minns att de har lekt en del tillsammans men det var länge sen nu: sjörövare och sjöslag på ökorna som låg uppdragna på stranden.

"Rasten är snart slut", varnar Per.

"Du säger ingenting, hör du det!" Olof håller sitt ansikte tätt intill och pressar Laurens hårt mot skjulet med armbågen mot hans hals. Det är då det händer. Ett grovt, hest lätet bryter fram ur Laurens bröst. Det växer tills överkroppen börjar skaka. Björn som hålls fast av Per och Axel tror först att det är snyftningar men skrattet växer. Det är något groteskt outhärdligt med ljudet och Olof rycker sig loss, tar ett kliv bakåt och skriker:

"Sluta! Sluta!"

Laurens är plötsligt på fötterna och står helt stilla med sitt gråa, stela ansikte riktat mot Olof.

Det där är inte Laurens.

Det är som att det tänker den besynnerliga tanken allihop, samtidigt.

"Vad i helvete skrattar du för…? Har du inte fått nog?"

Björn känner greppet om hans armar lossna och bakom hans rygg hör han hur Per och Axel börja dra sig bakåt mot syrenbuskarna. *De är rädda.* Nu är skrattet som ett skärande skrik av smärta och när det är över rör sig Laurens mun: den formar tysta ord ingen förstår med teatralisk, överdriven mimik. Ögonen i sina mörka hålor vänds mot Arvid och nu hinner ingen reagera.

124

Laurens tar tre snabba steg åt sidan, griper liens rostiga blad med båda händerna och bryter av den med en knyck. Blodet börjar genast tränga ut ur handflatorna där bladet måste ha skurit in men han rör inte en min. Istället tar han tre snabba kliv fram till Arvid. Olof ser sin storväxte vapendragare falla ned på knä och knyter nävarna framför sig, men verkar förlamad av det han ser: en röd triangel sticker ut genom Arvids blåvitrutiga skjortrygg. Laurens håller båda händerna om bladet ett ögonblick, fortfarande med blicken stint på Arvids ansikte, och släpper det sen med ett ryck. Arvid står kvar på knä med hängande huvud, dränkt i eget blod. Laurens vrider sitt huvud sakta mot Olof.

"Vad fan, vad gör du, missfoster," skriker han men rösten sviker honom på slutet.

Arvid faller framstupa i brännässlorna som en halmdocka och luften mättas av den varma lukten av urin. En mörk fläck växer på Olofs byxor. Björn hör de andra pojkarna gny och halka i gräset bakom när de försöker ta till benen, men Olof står fortfarande orörlig som i björnfrossa.

"Ol-of."

Han ser ut att känna igen sitt namn men verkar inte förstå att det kommit ur Laurens grinande lilla gap. Den spensliga kroppen rör sig runt den större pojken på ett ryckigt men balanserat sätt.

"Ol-of."

Björn hinner knappt se rörelsen: Laurens arm far ut mot Olofs hals och sen kommer ett varmt regn av ljusröda blodkaskader. Laurens böjer huvudet bakåt och blundar mot stänken, som om han just stoppat en karamell i munnen. Ler med öppen mun, liksom uppfylld av hängivelse. Något mörkt faller ur hans hand och försvinner i gräset. Björns kropp har frusit till is. Han bara se på när Olof vacklar fram och tillbaka med ett hemskt gurglande ljud för att till sist falla baklänges som en potatissäck och försvinna i ängsgräset. Uppifrån skolan ringer magisterns klocka in till lektion. Björn står ensam kvar

125

med sin halvbror men det bloddränkta ansiktet framför honom tillhör en främling. Han tänker att det här inte kan hända på riktigt, att det måste vara en mardröm. Och han vill inte vara kvar i den längre.

## 22

Espen hade hämtat ett översiktskort som han brett ut på bordet sen de tömt det på koppar och fat. Ansträngningen hade ökat blodgenomströmningen och tänt en rosa ton i hans fårade ansikte. Rickard följde det bruna, knotiga pekfingret med blicken. "Järnskäret. Utanför Skarv, utanför det finns fan i mig *ingenting* mer." Handen vispade över den öppna, vitfärgade vattenvidden utanför de yttersta skärgårdsöarna där djupsiffrorna gick från ensiffrigt till tvåsiffrigt, till och med tresiffrigt.

"Ingen vill dit, Skarvborna höll sig därifrån i hundratals år. En mörk och obehaglig klippö."

"Har du varit där, Espen?"

"Är du galen pojk? Jag skulle inte gå i land där ens om en sjöjungfru kallade på mig. Till och med säl och ejder håller sig därifrån. Det räckte med de gånger jag har gått förbi inom en halv distansminut. Man blir svart inombords och ryser, fast det beror väl kanske på det man hört."

"Vad har du hört då?"

Rickard kunde inte hålla tillbaka ett leende och fick en bister blick som signalerade sitt tyst och lyssna. Precis som när han och John var små och andäktigt lyssnade på farbror Espens spökhistorier i skenet från ett stearinljus. Någonstans hade Espen ett säreget sinne för humor men det var inte alltid lätt att skilja skämt från allvar.

127

"Förr i tiden var det fler som kände till Järnholmens historia. Nu är nog alla döda – ja inte jag förstås. En av alla förlisningar här ute ska ha ägt rum före jul kring 1870. Hermione, en engelsk brigg lastad med bomull och tyger, råkade ut för en otäck vinterstorm mitt i natten. Det fanns passagerare ombord också, tre förnäma damer som hade med sig flera små barn och en massa smycken och pengar. Det sades att en av dem hade med sig en bröllopsgåva och därför eskorterades de av fem engelska krigsmän. Hermione kom ur kurs och kunde till sist inte hålla undan för en av grynnorna söder om Järnskäret. Skeppet slogs sönder mot urberget, riggen fälldes som en tumstock och hon sjönk i de rasande vågorna. Vinterkylan gjorde att de flesta som kastade sig i vattnet inte klarade sig fram till Järnskäret. En del klamrade sig fast för glatta livet vid delar av riggen som brutits loss medan livet rann ur dem. Det var en mänsklig tragedi av stora mått och det skulle snart bli värre. Fartygsbefälet kämpade för att få en livbåt i sjön. Då såg de till sin förvåning män komma från ingenstans nedför stenhällarna. Det tände förstås ett hopp om räddning. Främlingarna vadade ut i vattnet för att möta dem som närmade sig stranden. Då hade det gått upp för styrman att elden på kobben inte var båken på Svenska Högarna som han trott, men då var det för sent. Många fick halsen avskurna när de kom in på grunt vatten där de flöt eller stod på alla fyra, utmattade och hjälplösa. Andra stacks ihjäl eller dränktes. Havet måste ha varit rött av blod. Styrman hade gjort det värsta man kunde göra som sjöbefäl: han hade satt kursen med hjälp av en villoeld - en sådan som användes av vrakplundrare för att lura skepp på grund. Han visste att vrakplundrare inte lämnar några vittnen efter sig."

"Kapten, styrman, båtsman, passagerarna och deras vaktstyrka tog sig med nöd och näppe i livbåten och drev iland. De engelska vakterna var förstås ett streck i räkningen för plundrarna. Fem män beväpnade med gevär borde ju ha kunnat freda dem, tycker man.

Men piraterna var rusade på dem ut mörkret och hade ihjäl dem, utom en som hann fly. Kvinnorna och barnen var skyddslösa.

Det här piratgängets ledare hette Simen Schur. Simen var ett blodtörstigt råskinn med flera besinningslösa mord på sitt samvete. Han hade tjänstgjort i flottan och sen på Vaxholms cellfängelse i många år där han ska ha misshandlat och mördat ett stort antal fångar. Personalen ska ha varit så rädd för honom att ingen vågade rapportera det som många förstod försiggick. Till sist ska han ha kommit på kant med fängelsets ledning, och det hela eskalerade till en tragedi där Simen Schur flydde efter att ha tagit fängelsedirektören, hans närmaste män och en vakt av daga på ett, som det hette, groteskt sätt. Under ett par år höll han skärgårdsbefolkningen i skräck utom räckhåll för lagens långa arm. Schur ska ha spridit skräck hos alla omkring sig och det blev sist slutet för honom. Det sägs att han kunde få vanvettiga raserianfall då ingen kunde få honom att lugna ned sig. Det sägs att han hade en sjuklig fixering av kroppsskador, smärta och död. Men när han själv hade dödat kvinnorna och barnen på de mest vedervärdiga sätt, ska han ha träffats i ryggen av en gevärskula och föll ihop. Vem det än var som avlossade den så såg Schurs kumpaner sin chans att bli kvitt honom. De överföll honom med sina bajonetter där han låg, men han lyckades ändå resa sig och rycka geväret ur händerna på en av dem. Men snart var han medvetslös av sina skador och de släpade ned honom till stranden och dränkte honom."

Espen tystnade och trummade med händerna mot bordet.

"Hur kan man veta vad som hände?" frågade Rickard och ångrade sig direkt. Han kom ihåg att farbror Espen kunde bli riktigt sur om någon ifrågasatte sanningshalten i det han berättade. Men Espen betraktade honom bara lugnt och allvarligt.

"Det fanns ett vittne förutom de fyra gärningsmännen, som väl inte var mycket att lita på. En svensk navigatör. Många undrade hur han hade kunnat överleva, hade han kanske samarbetat med plundrarna? Men det var hans vittnesmål som till sist gjorde att de fyra gärningsmännen kunde gripas. Förutom det faktum att de adliga engelska damernas försvinnande fick mäktiga män att kräva att rättvisan fick sin gång."

Espen tog en paus och svepte resten av kaffet. Rickards hopp om att få höra något nytt om pappas försvinnande började falna. När gubben fortsatte var det som om han talade med sig själv med blicken riktad mot den ljusgrå bordsduken där tre bruna kaffefläckar uppenbarat sig.

"Folk pratar ju en massa, vill göra sig märkvärdiga. En del säger att om en plats drabbas av riktigt onda händelser så kan platsen bli dålig. Något av händelsen blir liksom kvar. Man trodde på onda andar förr, vet du. Bland annat. "

Rickard vågade sig på ett leende: "Inte visste jag att du var så vidskeplig, Espen."

"Jag har inte sagt något om vad jag själv tror på." Espen hade plockat fram en cigarett som han stack mellan läpparna men verkade ångra sig och lade den på sjökortet framför sig. "Men den här historien har gått i arv mellan flera generationer före oss. Och den är styrkt av ett dokumenterat vittnesmål."

Havet hade tagit sig en mörkare ton. En vindby hade letat sig fram till skärgårdshuset och fick plötsligt verandaglasen att knaka till. Om Rickard inte skulle bli tvungen att köra i mörkret på småvägarna från Espens hus måste han komma iväg inom en timme. Berättelse släppte sitt grepp om honom och otåligheten tog vid blandad av en lätt besvikelse.

"Det var mig en ruggig historia, men vad är det du vill säga, egentligen? Har det här något med pappa att göra menar du?"

Vinden brusade runt dem. Espens tystnad gjorde honom ännu mer irriterad. Men han tänkte att han ändå hade ansträngt sig för sin gäst och försökte på nytt:

"På sjukhuset sa du att du hörde en röst på radion dagen han försvann. När du pratade med pappa. Vem skulle det kunna vara?"

Espen tog upp cigaretten igen, den stora handen skälvde lätt när han fick eld på den och sög till så att glöden fick liv. Hans stenblick vändes mot Rickard igen, trängde igenom den tunna rökslingan. Det fanns ett bottenlöst allvar i den. Ögonlocken satt som limmade, gubben tycktes aldrig blinka.

"Jag vet inte. Men jag kände Malcolm och förstod att något höll på att hända honom. Att han låg illa till."

"Vad sa den? Den andra rösten."

Lotsen fixerade honom några sekunder till. Kanske var det cigarettröken för sen blinkade han faktiskt till några gånger och blicken vändes snett nedåt.

"Jag skulle ha hållit käft hos Ellen, det jag sa skulle ha stannat mellan henne och mig. Men hon ville att hennes barn skulle få höra…och jag vet att du vill veta sanningen, du är hans son. Men några gånger i livet måste man ta ett råd. Tro vad du vill om folktro och gamla historier, men vad du än gör så håll dig därifrån."

Samma känsla igen, den han haft när han skildes från mötet med Alvin. Känslan av att allt var overkligt och att folk omkring honom undanhöll något viktigt för honom. Satt inte Espen här och gjorde samma sak? Han tvekade men bestämde sig sen för att tala klarspråk. Det fanns inget att förlora.

"Okej. Espen, jag tycker att det verkar som du vet något mer och inte riktigt vill berätta allt. Men svara åtminstone på en sak: tror du att pappa tog livet av sig?"

Lotsen rörde inte en min som om frågan var väntad.

"Det vet jag förstås inte…men jag är rätt säker på att någon annan hade sitt finger med i spelet. Han var inte ensam på slutet."


De bröt upp och Rickard hjälpte Espen med disken. Han såg sitt eget, bleka ansikte börja framträda i köksfönstret i takt med att skymningen föll utanför. Dröjde med händerna i det varma disk-vattnet innan han lyfte upp en tallrik och torkade den med köks-handduken. Lade den på traven på hyllan. Det hade tagit en stund att hitta rätt plats för bestick, glas och tallrikar men han ville inte rubba den strikta ordningen. Ingen hade tänt lamporna och det började bli mörkt i huset.

Gubben har försvunnit igen.

"Helt otroligt," mumlade han och ropade otåligt inåt huset: "Espen!" Inget svar.

När han var klar med disken gick han från rum till rum och tände en lampa här och där för att inte snubbla över möblerna. Den gistna trappan knakade öronbedövande. På övervåningen gapade tre sov-rum tomma. Hitta på kunde han, Espen. När han var barn hade alla sagor han berättat varit sanna. Men nu slog det honom: den gamle mannen som levt ensam här ute på ön så länge kanske inte var helt tillräknelig. Men var fick han i så fall allt ifrån? Var hade han egent-ligen hört den där bisarra historien om förlisningen? Kunde han ha hittat på alltihop själv?

Han stod i den halvmörka hallen och tänkte på att han behövde få tillbaka loggboken från John. Han hade kunnat visa den för Espen men nu kändes det inte särskilt aktuellt ändå. John kanske hade rätt, de kanske skulle gömma den, låta hemligheten fortsätta vila. Han tog på sig jackan och hann precis börja bli orolig för Espen när det nöp till om hans överarm så det gjorde ont. Han snurrade runt i en slags försvarsställning, en rest från judoträningen i slutet av tonåren. Han skulle ha börjat tränat judo tidigare, då kanske mycket hade blivit annorlunda. Espens kroppshydda tornade upp sig på en arm-båges avstånd. Hans ansikte veckades i ett flin och höll fram något som såg ut som ett häfte eller en tunn bok i A4-storlek. Rickard kunde inte låta bli att le tillbaka - vilken udda figur han var, hans farbror.

"Vart tog du vägen?"

Ingenting sa han heller. Rickard tog pappershäftet och läste högt: "Briggen Hermiones förlisning. Tragedin som kunde ha slutat med krig med England. Av PA Sundblad, 1967."

"Det tog ett tag att hitta. Han var doktorand i historia i Uppsala...universitetet alltså. Någon slags avhandling. Forskning, tunga grejer. Läs om du vill, så du inte tror jag hittar på."

Rickards hand försvann i den stadiga näven, härdad av ett liv till sjöss. Han föreställde sig lotsen på sjuttiotalet, en man som måste ha väckt respekt. Så lite han visste om honom egentligen. Hade han verkligen varit hemma på Blidö den där dagen, när han sa att han pratade med pappa? Kanske – förmodligen - den sista han pratade med i livet. Vad hade de egentligen haft för saker ihop?

20 september 1977

Malcolm har somnat av utmattning till sist och mycket riktigt väntar drömmarna på honom. Vad den första handlade om får han inte riktigt fatt i, men den var behaglig. Men sen. Det mörknar och nattvinden drar rakt igenom honom. Han borde vara ensam med havet men uppfattar en rörelse i ögonvrån. *Där! På fördäcket. Ser du inte? Kanske fem meter från dig. Ja men titta då. Den är här nu.*

Och han ser den. Den rör sig gungande i hans riktning med de långa armarna slängande, uppfordrande. En mardrömsvarelse skapad i ett mardrömssinne. Ansiktet saknas och i dess ställe finns en grå suddig fläck: för ett ögonblick ser det ut som en stel mask men sen ser han att det som en gång varit ett ansikte är nu bara en upplöst, sjuk gråhet. Den lyfter sakta och omständligt armen och sträcker sig efter honom. Armen är lång, flera meter, den blir längre och så känner han handen. Ett fragment från något han en gång måste ha läst passerar förbi.

Den som snuddar eller blir fasthållen av gasten blir sjuk.

Det är mer än en dröm, det är förskjutna minnen som träder fram och han hör någon bröla rätt ut. Det tar flera sekunder innan han inser att det är han själv. Han rister i frossa och när han får ljus i sänglampan ser han sina händer darra som i ett epileptiskt anfall. Någon snyftar ömkligt:

"Vad vill den mig? Vart tog den vägen?"

Är det verkligen hans egen röst? Han känner inte igen sig själv.

Det är som om den när som helst kunde komma tillbaka, inom sig vet han att den kommer att göra det. En gång när han var sju, åtta år och lekte på en äng på Gålö såg han en råtta försvinna in i det höga gräset, alldeles intill honom. Han kan fortfarande känna det krypande obehaget av att den nyss varit så nära och att han inte visste vart den tagit vägen.

"Helvete. Helvete."

Ellens mjuka halvvakna röst: "Vad är det?"

"Helvete!"

"Malcolm. Är du vaken? Malcolm!"

Han häver sig ur sängen och blinkar mot väckaruret. Färgerna i de orangeblommiga lakanen och jakarandagavlarna träder fram när Ellen knäpper på sänglampan. Hon ser sin makes rygg och nacke och sen hur han vänder sig om mot ljuset och drar häftigt efter andan. Det hon ser ska hon inte tala med någon om under resten av sitt liv. Inte ens med honom, och aldrig mer kommer hon att kunna se på honom som hon brukar.

# Svartlöga 1858

Kronolänsman Anderberg vet med sig att han inte anses vara en sällskaplig figur: kortväxt och bred, kärv och måttfull med spriten liksom med andra laster. Det bekommer honom inte det minsta: han är ur båten innan den förtöjts vid bryggan och slösar ingen tid på kallprat. Misshandel, otukt, stöld och ibland mord är han van vid, men det här är något alldeles extra. Hjärtat slår lite extra men här gäller det att hålla huvudet klart. Det han har att göra med är alltså påstådda barnamord utförda av barn. Situationen är extraordinär och kräver att han visar beslutsamhet och ingjuter lugn i byborna. Här måste man stå över vidskeplighet och sakligt bedöma vittnesmål och fakta. Ryktet skulle sprida sig snabbt på ön; en del skulle antagligen inte tro på det de hörde, en del skulle lamslås av chocken och en del skulle försöka ta lagen i egna händer. Det sista var förstås något som en länsman inte kunde tillåta.

Länsman Anderberg kommenderar genast magistern att hålla kvar alla vittnen och elever i skolhuset och låsa ordentligt. De ska förhöras en och en i lärarrummet. Ingen får lämna huset förrän Anderberg ger sin tillåtelse.

Så mycket blod.

Länsman hade böjt undan syrenerna för att tränga sig förbi och fått syn på pojkarna på marken. Det kan inte ha funnits någon räddning för dem. Nu vänder han sig till magister Lundgren. Läraren stammar påtagligt men får ur sig att han hade mött Per och Axel när han

135

var på väg ut. Anderberg betraktar hur den strikte, beläste mannen vrider sina händer men samtidigt försöker visa lugn inför barnen. Han får tunghäfta men lyckas till berätta att Laurens kommit gående mot honom med masken över ansiktet precis som vanligt, ren förutom några små röda prickar. Skjortan hade varit sönderriven och mörk av blod precis som hans små tomma händer. Han hade nästan låtit förvånad när han sa: "Magistern. Något har hänt med Björn och Olof." Magistern återgav repliken som om han aldrig skulle glömma ett ord.

Länsman vill veta mer om det där med masken, det är ju en udda detalj. Lundgren förklarar att pojken lider av en ovanlig sjukdom som får ansiktsmusklerna att förtvina och att han bär mask för att skona båda sig själv och sina kamrater. Länsman ser för ett ögonblick brydd ut men börjar sen sammanfatta händelseförloppet inför de församlade, bredbent vaggande från sida till sida så att det knakar i skolsalens brädgolv. Det ser nysåpat ut som efter årets storrengöring. Det är ynglingar och unga flickor och så magistern förstås. Anderberg har även låtit konstapel Oscar Frid hämta fadern till den misstänkte, Jost Glauber. Den långe skärgårdsbonden sitter tungt hopsjunken på en stol i arbetskläderna, men hans blå blick lämnar inte länsman en sekund. Två av ynglingarna gråter tyst. Anderberg ber om uppmärksamhet utan att det hade behövts: "Hör upp gott folk. "

Han konstaterar att pojkarna råkat i slagsmål. Att de har tre vittnen som samfällt hävdar att Laurens Glauber, tretton år, bryter bladet av en rostig lie och sticker det genom kroppen på elvaårige Arvid Vik. De har ett vittne som säger att han sen "med bara handen" sliter upp strupen på fjortonårige Olof Magnusson, ja fast med andra ord. Pojkens halspulsåder är förvisso vidöppen, men eftersom det inte är rimligt att ett barn sliter upp strupen på en annan människa, framför allt inte utan tillhygge, avsöker just nu länsmans konstapel, herr Oscar Frid, marken efter ett vapen förutom det lieblad som satt i

Arvid Vik. Båda pojkarna måste ha mött döden inom högst en minut. Man ska betänka att vittnena undantagslöst är mycket unga – länsman tvekar ett ögonblick - ja till och med barn. Men de har förhörts i enrum och deras vittnesmål utesluter närapå helt att de skulle ha diktat ihop historien för att skydda någon annan. Att ett tioårigt barn skulle förmå sig till dessa gärningar, och sen klara av att utföra dem, är förstås osannolikt. Inte desto mindre talar flera indicier – inte minst att pojken påträffats med blodiga händer utan att kunna redogöra för händelseförloppet - för att det trots allt är så det ligger till. Offrens familjer kommer att varskos så snabbt som möjligt. Den misstänkte gärningsmannen sitter just nu i säkert förvar.

Länsman samtalar en stund med dämpad röst med pojkens styvfar innan han lyfter regeln på den enkla bräddörren till fiskeboden. Pojkens styvfar, Jost Glauber, stannar kvar utanför. Han hade tagit nyheten med ett lugn som länsman av erfarenhet visste kunde slå över i förtvivlan när som helst. Solen börjar sjunka genom horisonten och det tar Anderberg fem, tio sekunder innan han utskiljer Laurens i dunklet sittande på en stor packlår. Hans små händer är bundna och han hänger bedrövat med huvudet. Skjortan ser nästan svart ut, en styv kaka av kamraternas blod. Länsman Anderberg tänker på sin egen yngste son och han överraskas av ett stort medlidande som strömmar igenom honom. Han stålsätter sig och börjar förhöret.

"Nå, minns du något mer nu, pojk?"

Han ryggar tillbaka när det masklädda ansiktet vänds upp mot honom. Han kan svära på att han för ett kort ögonblick såg blänket från en flinande dödskalle. Men så svarar den lilla ömkliga pojkrösten: "Jag vet inte, jag tror det var någon annan där."

"Vad menar du, Laurens? Dina klasskamrater?"

"Nej, någon annan. Någon stor. Det kändes som ..."

"Såg du vem det var? En man, en kvinna?"

137

"Jag såg inte…"

"Hur vet du då att det var någon annan? Laurens, det är viktigt för dig att tala sanning nu."

"Det gör jag…det var en främling men jag såg honom inte."

"Honom. En man alltså?"

"Ja."

"Hur märkte du att han var där?"

Pojken höll upp händerna mot ansiktet, det lät som en snyftning där bakom masken. Anderberg suckade tungt.

"Laurens?"

"Jag vet inte. Det luktade…det var konstigt…"

"När kände du det?"

"Innan…jag kommer inte ihåg sen."

"Laurens. Tog du lien? Gjorde du något med lien?"

Pojken svarar inte. Länsman blir alltmer illa till mods. Vad är det som inte stämmer? Han ser de blodiga barnen på gräset framför sig. Ett svagt ljud – pojken mumlar något och han är tvungen att luta sig fram helt nära masken för att höra. Det sticker i näsan av en främmande lukt som tång som ruttnat och antar att det är masken. Pojken viskar i hans öra tills länsman tar ett ostadigt kliv bakåt och pressar ena handen mot bröstet.


När länsman Anderberg stänger dörren och reglar utifrån är han blek och sammanbiten. Han ropar Jost Glauber, pojkens far, till sig och ber honom vara försiktig och inte släppa ut pojken, oavsett vad han säger.

"Pojken talar om att någon annan skulle ha varit där men jag tror han ljuger."

Länsman ställer sig framför Jost. Den breda kroppshyddan i sin svarta uniform utstrålar allvar.

"Du berättade att Laurens ibland har beter sig besynnerligt. Och att du och din hustru varit orolig för era egna barns säkerhet och djuren på gården."

"Ja herr länsman, vi tror att det kan ha varit han som gjorde illa Nanny, en av våra kvigor."

"Jag beklagar. Det kan ju inte ha varit lätt att veta vad han var kapabel till, han är ju mycket ung. Men om ingen annan misstänkt gärningsman uppdagas är jag rädd att pojkens enda hopp står till hospitalet. Inte mycket till hopp kanske, svåra fall ges ju en faslig behandling så länge de lever. Men man skulle i alla fall låta honom leva. Annars..."

Pojkens far som såg ut att ha varit på väg att öppna den gistna bräddörren och gå in och prata med pojken, hejdar sig med handen på regeln och besvarar länsmans blick. Det finns något där som Andersberg lägger märket till. Vad är det? Lättnad.

"Far!"

En pojkes ljusa röst. Josts pojke.

"Far? Jag vill inte vara här inne längre."

Jost Glauber lutar pannan mot bräderna och sluter ögonen.


En tragedi har utspelat sig ibland oss på Svartlöga. Jag vet att somliga talar om onda andar och det är visst och sant: djävulen har som alltid ett finger med i spelet. Men tillsammans står vi starka mot de mörka krafter som drabbat oss, och våra barn, så hårt. Rättvisa ska skipas, Gud ske pris.

## 23

Först när däcken tjöt som om de höll på att krängas av fälgarna i kurvan vid avfarten till Dalarö blev Rickard medveten om bilens hastighet och lättade på gaspedalen. Vägbelysningen upphörde och den kurviga landsvägen rusade emot honom i det nakna strålkastarljuset, en blek remsa som rullade ut ur kompakt mörker. I svackorna låg dimstråk och väntade. Hon hade en underbar timing, det var nästan komiskt. Det värsta att hon måste ha planerat allt långt i förväg, ägnat massor med tid på att förbereda det här medan han varit upptagen med att lägga all sin energi i arbetet. Gjort det som krävts för att lyckas, för familjens skull.

Hon hade bett honom sätta sig i soffan direkt när hon och Ofelia kom hem från hennes mor på söndagen. Han undrade om svärmor hade haft något med saken att göra. Eller hans besök hos farbror Espen på Blidö. Hon hade strukit håret ur pannan och skridit till verket, beslutsamt till att börja med.

"Jag är ledsen Rick, men det här kan inte vänta längre."

Sen hade hon förklarat att hon känt sig försummad, oviktig, i åratal. Att han bara brydde sig om karriären, sin framgång, sina mål. Att hon fått dra tyngsta lasset hemma och att Ofelia förtjänade ett bättre liv. *Ett bättre liv.*

"Så jag har tänkt att det vore kanske bäst att ta en time-out."

Och så kom den: planen. Han skulle få ha Ofelia varannan helg. I veckorna behövde hon bo hos sin mamma, det kunde det väl vara överens om. Det var bara ett förslag än så länge. Än så länge, vad betydde det? Allt var överraskande genomtänkt och förberett. När han ifrågasatte förslaget hade hon sagt att en utomstående kanske skulle undra om han verkligen skulle kunna ta hand om sitt barn själv. Ja, med tanke på allt som varit. Han kunde inte skaka av sig misstanken att hon faktiskt hade samlat bevis som kunde tas fram vid behov. Vid en eventuell tvist. Hade hon dokumenterat hans arbetstider, tjänsteresor, hans kollaps som hon kallade det? Och sömntabletterna som *hon* hade övertalat honom att ta? Det var som att vara med i en film. Men han tänkte inte bli ett av hennes försöksdjur. Han sjönk djupare och djupare i en bottenlös brunn när tankarna avbröts av ett glädjelöst läte som han inte kände igen. Sen insåg han att det var hans eget skratt. Han såg Ofelia framför sig, hörde hennes röst, kände hennes kram och fick svårt att andas igen. Koncentrerade sig på det han gjorde. Försökte stänga av sina känslor, göra sig onåbar. Stäng av. Kör bara.

Han parkerade BMW:n på grusparkeringen med en sladdbroms och lät dörren glida upp. Lyfte ur sin gröna vildmarksryggsäck där han kastat ned lite kläder, en tandborste och annat huller om buller. Blodet pulserade hårt i tinningar och hals. Han hade inte haft en tanke på att ta med proviant men hoppades på det lilla förrådet av konservburkar och torrvaror ombord. Den fuktiga nattluften som drog upp från sjön gjorde honom lite lugnare. Flytbryggans belysning lämnade de flesta båtar i mörker men han kände snart igen stäven som stack fram. Båtplats 23. Han hade låtit marinan både vårrusta och sjösätta båten men bara varit här ute en enda gång sen dess. Planen hade varit att John skulle sälja henne på våren, men sen verkade han ha ändrat sig och ville köpa ut Rickards andel. Lika bra det, hon skulle duga fint som bostad så länge.
Katinka II var en ganska modern segelbåt på trettiotre fot. Skrovet var mer strykjärnsformat än tidigare modeller, seglen var av kevlar och ännu inte utseglade, GPS:en state-of-the-art, praktiskt infälld i

sitt podium framför rorkulten. Bröderna hade köpt henne tillsammans för sju år sen och fått ett bra pris, John hade varit i marinbranschen redan då. De första åren hade Rickard varit ute på flera kappseglingar och seglat till Åland och Gotland. Sen hade det blivit allt glesare mellan seglatserna och de enstaka gånger han varit ute hade snarast varit representation med företagets kunder och partners.

Ruffen tog emot honom med iskall, fuktig luft när han klättrade ned för trappan, svärande över den dåliga bryggbelysningen. Han fumlade efter lysknappen i mörkret, handen stötte emot en handdukskrok, barometern i och kapsylöppnaren innan den kom rätt. Varde ljus.

Allt var i oväntat god ordning, kojerna tomma och teaken glänste. Han slog på värmaren som omedelbart satte igång att ticka. Ljudet var en slags tröst, något tryggt och pålitligt från förr. Efter en stund började varm luft strömma ut ur ventilerna nere vid golvet och snart skulle den ha jagat ut det mesta av den instängda rufflukten. Det sög till i magen och han blev medveten om att han inte hade ätit sedan sillunchen ute hos Espen kväll innan. Bakom skjutluckan till ett köksskåp hittade han en burk gulaschsoppa som han värmde och sörplade i sig utan att vara medveten om hur den smakade. Han brände sig på överläppen men hade inget att dricka för att kyla ned den. Trevade runt och lyfte på luckor tills han hittade en flaska fyllt till en tredjedel med whiskey som brukade få ligga kvar i båten över vintern och antagligen började uppnå en aktningsvärd ålder. Ibland hade den glömts bort under ett par år tills någon hittade den i sitt gömställe igen. Det var en tyst överenskommelse att den aldrig fick lämna båten. "Nödwhiskey" hade de kallat den. Han drog ur korken och slog upp i ett glas. Han tänkte i alla fall inte dricka direkt ur flaskan, han skulle behålla ett uns värdighet. Han skulle sitta här ensam denna lördagkväll, dricka sin nödwhiskey och försöka förstå vad som hänt. Det hade sjunkit in att mamma hade klarat sig bra, men allt annat verkade kollapsa: familjen, jobbet. Konsekvenserna fladdrade förbi: hur de sålde huset de lagt ned sin själ i. Hur han desperat skickade dyra presenter han inte hade råd med till Ofelia, för att försöka kompensera henne för att hennes pappa bara fick träffa henne ibland. För att han hade fuckat upp, misslyckats. Trampat igenom.

Han visste att han måste styra upp det här, men från den där eftermiddagen på kontoret hade han varit urblåst och tömd på kraft och energi. Något hade hänt i huvudet på honom som han inte fick grepp om. Han svepte glaset och fyllde på det igen, den här gången till bredden. Spriten hettade i strupen och värmen spred sig ned i bröstet medan hans hand rotade runt i ryggsäcken efter sin mobil. Kände de hårda papperskanterna på avhandlingen om den där förlisningen som han fått av farbror Espen. Fick äntligen upp mobilen: ett nytt sms.

"Long time no see. Stötte på din bror på båtmässan igår som tyckte du behövde komma ut på sjön. Behöver du en gast så hör av dig! "

Magnus Odalby, en av alla gamla vänner han förlorade kontakten med för flera år sen. Det var ju märkligt att meddelandet skulle komma just när han satte sin fot på Katinka II för första gången på evigheter. Han sög i sig ett par klunkar av den bärnstensskimrande vätskan och övervägde sina alternativ. Han stod inte ut med tanken på att sitta här ensam imorgon och trycka. Han var fortfarande på beordrad sjukskrivning och att ringa Kjeld Wrete och be om att få komma dit och göra något rookiejobb var uteslutet. Att åka hem med svansen mellan benen efter det som sagts ikväll gick också bort. Så vad skulle han ta sig till? Han bestämde sig snabbt. Struntade i att det var lördagkväll och att klockan var halv tolv och ringde upp. En vagt bekant röst i örat: "Ja, det var Mange här." I bakgrunden pumpade en danslåt fram sina beats under ett sorl av röster.

"Rickard här. Du ville segla?"

Så skönt okomplicerad Mange kunde vara, särskilt när han hade druckit öl och det verkade han ha gjort nu. Det gick mindre än en minut innan de hade kommit överens om att Mange skulle komma ut till Katinka II redan imorgon vid lunchtid. Han var inte bara sugen på sjön utan visade sig dessutom vara ledig på måndag och tisdag. Han var fortfarande ofta ute och dök på vrak med sina "dykarpolare" men just nu var det visst inget på gång.

"Låter fenomenalt, Rickard. Jag ska bara cleara med regeringen," Mange skrattade sitt skratt i andra änden, det smälte in väl i party-ljudmattan.

"Och om inte Sofie godkänner så kommer jag ändå."

"Är det okej om jag tar med torrdräkten och dykargrejorna förresten? Måste bara fixa ett litet problem med regulatorn."

Där var det, uppdraget de hade framför sig. Kanske en idiotisk idé men det spelade ingen roll. Espen kunde ta sig i röven.

"Absolut, ta med dig grejorna. Jo, förresten, du har säkert hört talas om något de brukade kalla Svenska Vallen förr i tiden?"

"Hallå, du pratar med en vraknörd. Det ska visst vara värsta kyrko-gården men jag har aldrig dykt där, konstigt nog. Vi håller mest till nere vid Landsort och så."

Rickard tömde de sista dropparna i glaset och kikade ned i den tomma flaskans mynning som om det var ett mikroskop. Båtens interiör roterade diskret runt honom, upplöst i konturerna. Rejäla grejer.

"Jaha ja. Men då kanske du vill lägga till den där skeppskyrkogården till din dyk-cv? Det finns ett ställe där ute som vi ska ta oss en titt på. Jag förklarar mer imorgon."

## 24

Kurs SO, har passerat Svenska Högarna, öppet vatten föröver. 18.35, skymningen på väg. Sötvattnet slut. Mycket trött nu, har inte fått en hel natts sömn sen natten vid Järnskäret. Har riggat vindrodret, försöker sova lite.

Rickard vaknade vid niotiden med gnagande värk kring vänster öga som strålade bak till nacken. Strofer ur Malcolms loggbok kom och gick inom honom, pulserade under ögonlocken, märkligt precisa som om varje ord hade etsat sig fast i minnet. Efter en kort, orolig sömn hade han vaknat vid fyratiden och omedelbart behövt avleda tankarna med något - vad som helst var bättre än det som låg och lurade i skuggorna. Då hade han kommit ihåg den där avhandingen om Hermiones förlisning och börjat läsa, mest för att kunna somna om. Redan efter några sidor stod det klart att något inte stämde riktigt. PA Sundblad, doktoranden som skrev den, vem hade han varit? Den verkade ofullständig på något sätt. Oavslutad.

När affärerna öppnade åkte han och provianterade. Han hade precis kommit tillbaka och höll på att parkera när en vit skåpbil med texten "Redmond Konstruktion och Bygg" körde upp oförskämt tätt intill bredvid hans BMW. Mange var sig lik även om rynkorna kring ögonen hade permanentats och håret redan hade fått gråa inslag. Lika kraftig som han mindes honom, som en kroppsbyggare. Rickard visste att han avskydde att bli jämförd med narcissistiska träningsnarkomaner. De hälsade på varandra med handen i en rörelse ut från pannan som de hade brukat göra. Den gamla reflexen satt i och det kändes som att det var en vecka sen de sågs och inte sju år. De sa inte mycket, båda var lika angelägna att komma iväg.

Först när de lämnat hamnen och kommit tio, elva distansminuter ut berättade Rickard om Malcolms loggbok, Ellens avslöjande och sitt besök hos Espen. Det gjorde inte Mange mindre entusiastisk inför deras expedition.

"Men vi ska inte leta efter din fars gamla båt?"

"Pappas gjorde sista anteckningen en bit söder om Skarv, så Katinka lär väl inte ha sjunkit vid Järnskäret. Men någonstans måste vi ju övernatta, så varför inte...det verkar vara en plats med en historia."

De följde utskärgårdens öar och skär i en vid båge i måttlig vind. Dagen hann bli sen innan de siktade Skarv i nordlig riktning. Den lilla ögruppen låg utströdd längst ut där skärgården slutade. Rakt föröver hade de en vidsträckt, förrädisk grundbarriär: den svenska vallen. Rickard höll i rorkulten medan Mange hängde över GPS:en. Temperaturen hade fallit under eftermiddagen och det hade blivit riktigt kallt. De var båda medvetna om risken med att vara trötta och frusna när de navigerade sig fram obekvämt nära skär och grynnor. Även uppgifterna i de allra nyaste sjökortens byggde på handlodning under 1800-talet så det var inte konstigt att det fanns gott om outprickade grund, många under en meters djup. Det visste Rickard av egen hård erfarenhet: han och John hade en gång seglat runt en udde i södra skärgården i sex knop när blykölen slog i något som fick båten att tvärstanna. Riggen hade gjort en elegant pisksnärt och stöten hade fått honom att tumla runt under däck. Han hade haft ont i ena axeln i ett halvår och hans bror hade fått sy ett sår i pannan, men det hade kunnat gå betydligt värre. Numera hade han respekt för krafterna som frigörs när man drämmer in i urberget.

Det obetydliga skäret var inte utsatt på kortet i GPS:en. Rickard hade skaffat ett specialkort där någon knapphändigt hade gett det beteckningen "Järnsk." Stränderna bestod av rödstrimmigt berg som på de flesta sidor försvann brant i havet, något som talade för att det var ganska djupt även om grundflaken bredde ut sig i alla väderstreck. En flock tärnor lösgjorde sig från de fuktmörka stenarna i vatten-brynet, lättade med ett samfällt klagande och satte kurs mot väst.

Det fanns bara ett ställe där Malcolm kunde ha förtöjt: i den lilla viken på ostsidan, skild från det öppna havet bara av en ännu mindre, namnlös holme och några stenar som nätt och jämt höll sig över vattenytan. Katinka II krängde rejält; kvällsdyningen hade haft hela dagen på sig att bygga upp sig på sin långa resa över Östersjön. Här gick vågbergen sitt öde till mötes på de svarta klipporna i skummande kaskader. De lade sig i vindögat, rev de vilt flaxande seglen och puttrade försiktigt in för motor genom det trånga södra inloppet. Dieseln dunkade på med sitt behagligt dämpade dock-dock-dock. Mange hängde som en hök i förpulpeten spanande efter stenar, pekande med hela handen än åt styrbord, än åt babord. Snart skulle höstskymningen ha dragit sitt fuktiga täcke över dem och då ville de ligga säkert förtöjda. Rickard lyckades med nöd och näppe undvika att köra fast dem när han finmanövrerade Katinka II med ena foten på rorkulten och ankarlinan i ena handen. Han höjde blicken och lät den svepa längst öns överraskande höga, taggiga konturlinje. De var framme vid Järnskäret.

# 25

När de låg bra med ankare och spring i lovart drog de sig tillbaka under däck. Middagen bestod av fussilli med köttfärssås som Mange generöst sprinklade med parmesanost och till det öppnade de varsin öl. De började prata gamla minnen och kom in på Sandra, en tjej de båda gillat för evigheter sen. Det hade slutat med att ingen av dem fick henne. Fotogenlyktan i rufftaket spred ett varmt, böljande ljus över teakinredningen: bordet, bokhyllorna, stuvfacken. Mörkret föll utanför och fönstren bildade fyra immiga svarta rektanglar inramade av de röda gardinerna på sidorna. Den oundvikliga, svaga båtlukten som brukar komma med fukten drevs långsamt ut av den nyuppvärmda luften från båtvärmaren. Elvira hade lämnat ett sms, inte fler, under förmiddagen där hon bad honom höra av sig och efter viss tvekan skickade han ett kort meddelande om att han var ute med båten ett par dagar. Han skulle låta henne både hämta och lämna Ofelia på måndag, men efter allt som hänt fick hon helt enkelt ta det.

Så rätade Mange plötsligt på sig och harklade sig. Slog handflatan i bordet för att vakna till.

"Nä! Vad är planen? Ska jag dyka lite imorgon då? Se om jag hittar några vrak."

"Du, det är risk för att du gör det."

Manges ögon lyste, han kunde knappt bärga sig. Rickard kunde inte låta bli att le.

De lät VHF-radion stå på för att kunna avlyssna kanal 16, sjöfararnas mötesplats i etern. Där förde de korta, artiga samtal med varandra som de sen avlutade eller flyttade till en frekvens där de fick vara för sig själva. Några gånger hörde de anrop från yrkestrafik, en gång från finlandsbåten Cinderella. De satt bara där och lyssnade en god stund. Rickard mindes att de hade brukat skämta om det mesta men nu var det som om Malcolms ande svävade i mörkret och hindrade stämningen från att stiga.

Whiskeyn värmde gott och gjorde armarna tunga och avslappnade. Fotogenlampan som hängde i rufftaket flämtade i draget. Det verkade inte vilja mojna alls i natt - riggen knarrade ovanför dem och skrovet vaggade dem beslutsamt och de drev in i ett nästan meditativt tillstånd.

"Loggboken," började Mange men lät obekväm. "Jag förstår att det är personligt, men...ja. Har du den här? Kan man få kika på den?"

"Jag...John har den. Men jag skrev ned lite från den. Datum, platser, händelser." Han rotade fram ett grönt spiralblock ur ryggsäcken och lade på bordet.

"Inte samma sak inte," konstaterade Mange besviket.

Sen stelnade han till.

"Var det du?"

Rickard kände sig som ett mänskligt frågetecken.

"Var det du som knackade nyss?"

"Knackade? Nej, vad då?"

"Sch!"

Manges ögon roterade medan han spetsade öronen, men det var svårt att se om han skämtade eller inte. Så var det ofta med Mange.

Så hörde Rickard ljudet, det lät precis som om någon knackade i däcket föröver. Tre hårda, distinkta knackningar: knack-knack-knack.

Mange gjorde en grimas av spelad rädsla.

De satt knäpptysta och lyssnade men allt de hörde var det vita bruset och knäppningarna från båtradion.

"Kom in!" hojtade Mange plötsligt och Richard reste sig till hälften med böjda ben, som om han försökte inta försvarsställning. Kan det finnas någon därute i mörkret trots allt? Kunde en främmande båt ha smugit in och lagt till bredvid dem utan att de märkt det? Det kändes otroligt osannolikt.

"Vi kanske får dämpa oss lite om det är någon arg båtgranne som försöker sova," försökte Rickard. Han gläntade på gardinerna men det var bara svart därute.

"Går du upp och kollar?"

Visst, fegis. Han slet loss ficklampan som satt fast med magnet på väggen - ett av Johns påhitt - och sköt upp den kärvande ruffluckan. Samtidigt kom han på det: en fågel. Det måste ha varit en sjöfågel som hackade i däcket. Stack upp huvudet i den friska vinden som strömmade över däcket och brusade i hans öron så att trumhinnorna dånade. Han lät ficklampans ljuskägla svepa över däcket ända fram till stäven där förpulpetens polerade stål blänkte till. Längre än så nådde inte den lilla ljuskonen: utanför bredde ett väldigt svart mörker sig ut. Ingen där. Inga båtar, inga lanternor. Såklart inte. Han vände sig åt andra hållet, söderut, och urskilde ett vitt avlägset ljus som återkom med ungefär femton sekunders intervall. Det måste komma från Svenska Högarna, fyren helt i stål som reste sig sex sjömil bort. Huttrande drog han igen luckan för att inte släppa ut mer värme ur ruffen.

"Ingenting?" Mange spärrade upp ögonen, till hälften frågande, till hälften i spelad fasa.

Rickard log trött och skakade på huvudet. Men om sanningen skulle fram så kändes det mer olustigt än lustigt. Han välkomnade trötheten, han ville vara så in i märgen trött så att han sov drömlöst. Eller full, full som ett troll så att verkligheten föll ur medvetandet, som en tapet med dåligt klister släpper från väggen och faller, faller, försvinner.

# 26

Ur "Briggen Hermiones förlisning. Tragedin som kunde ha slutat med krig med England" av PA Sundblad, doktorand, 1967:

Det finns märkligt nog inga handlingar som dokumenterar Simen Schur innan han mönstrade på i flottan 1865, men det verkar ha varit en hårdför ung man som kunde hävda sig. Han avancerar snabbt till löjtnant men sen kommer vändpunkten. Efter flera incidenter där han uppges ha låtit bestraffningar gå till överdrift och i vissa fall urarta avskedas han 1865 från sin tjänst. Istället lyckas han få en vakttjänst på cellfängelset på Vaxholms Fästning. Ett inte helt lyckat beslut, kan man konstatera i efterhand, eftersom han där fick goda möjligheter att missbruka sin ställning. Han fortsatte med att plåga fångarna han var satt att övervaka. Det förekom ett antal märkliga dödsfall som oftast förklarades som självmord. Från ett protokoll från tiden går att utläsa att till och med fängelsets ledning känner sig hotad av Schur och till den grad att de fruktar för sina liv. I en rapport skriver fängelsedirektörens högra hand, Ludvig Berner: "S. Schur anses mycket farlig och oberäknelig samt har också visat sig ha en stark negativ påverkan på vaktstyrkan som lever i ständig rädsla. De tre mord på fångarna Rosvall, Skott och Kaplan som han anklagats för har han inte bestridit; Schur har tvärtom skrattat och frågat mig om jag vet att jag står på tur."

Det förefaller som om de under nästan ett år ville - men inte vågade - göra sig med honom, i alla fall inte förrän de fått en direkt order från högre ort. Till sist skedde det och han kallades för sista gången upp till fängelsets direktör, som trots sitt respektingivande ämbete var ordentligt nervös inför mötet. Direktörens oro skulle visa sig berättigad. Schur ska ha kvitterat beslutet om avskedet och sen framfört en blodisande hotelse: alla som tjänstgjorde under honom samt hans familj och lovat att de, när de minst anade, skulle "be om nåd men ingen få." Det hela slutar med en tragedi där direktör Ludvig Berner själv och minst två man till dör under plågsamma omständigheter. Simen Schur lyckas fly genom att gömma sig i halmen i en fraktskuta som lämnar fängelseön.

Simen Schur träder nu utan återvändo in i ett laglöst land och blir snart en av de mest efterspanade männen i landet, misstänkt för mord, misshandel och flera andra brott. Han lämnar dock få spår efter sig och polisens allmänna uppfattning är att han är helt oförutsägbar. Han lyckas hålla sig bortom civilisationen och 1870 tar han det slutliga klivet ut ur samhället: han ansluter han sig till den månghundraåriga, föraktade traditionen av vrakplundring längst den svenska kusten. Ryktet sade att Schur och hans kumpaner brukar tända sin villoeld på en ödslig klippö utanför Skarv som passar utmärkt för det vedervärdiga ändamålet.

## 27

John Jolbrant krossade det sista sjoket av förkolnade pappersfibrer som varit hans fars loggbok med spettet. För att få bort sotet från händerna slog han handflatorna mot varandra några gånger. Nog rotat i det som varit. Han reste sig tungt från den öppna spisen och släntrade över till sin lilla men välförsedda bar och lutade armbågen mot den lackade mahognydisken. Lät blicken svepa över de tjocka gardinerna, stadshusets torn utanför de höga fönstren, de varsamt restaurerade, spruckna takbjälkarna som skvallrade om att lägenheten en gång varit en kallvind med duvkutter och vinddrag. Han slog upp en Gin och Tonic till och ringde Jenny. Där var de, i hans öra. Mumlande ord. En ljus kvinnoröst, som dimma, eller soldis. Inbäddad i skimrande sockervadd.

"Ok, kommer du hem till mig då?"

"Jag ska nog inte köra bil...äh förresten. Skojar bara...klart jag kommer." Han skrattade hest och drog handen dröjande längs den blänkande träskivan. Klämde fast luren hårt mot örat som om han inte fick missa en stavelse.

"Vad bra att du kommer, " kuttrade hon. "Jag sätter på mig klänningen, den du vet..."

Han skrattade igen. Såg hennes kurviga kropp avteckna sig i skumrasket i hennes trånga hall, hur ljuset från alla stearinljusen i sina vägghållare reflekterades i bling-bling, kilovis med bling-bling. Den söta, dröjande parfymdoften.

"Gör det du, älskling. På en gång. Jag kommer."

# 28

Han vaknade till en grå, grå gryning och insåg att natten passerat. En underliggande känsla av spänning hade väckt honom tidigt. Det var den nittonde september och han tänkte på att idag var det precis trettiotvå år sen pappa hade legat med Katinka här. Vilket sjukt sammanträffande. Mange satt redan och tuggade i sig ägg, mackor och sörplade hett starkt kaffe. Han lånade hans mobiltelefon som verkade ha bättre täckning än hans och tog den med sig upp på däck. Det var som att vara ensam i himlen: ett dystert tak av väldiga gråvita moln drev majestätiskt mot öster vart han än vände sig. Han ringde Danderyds sjukhus och lyckades komma åt mobilnätet redan på tredje försöket. När han räckte över mobilen till Mange var det med en flyktig lättnad inombords.

"Hur är det med henne?"

"Bättre. Hon får åka hem imorgon."

Vinden hade tack och lov mattats till nio-tio sekundmeter. Malcolm Jolbrant, långseglaren, hade legat här i kuling, något som skulle kunna skrämma upp de flesta. De var tvungna att dra sig in en meter mot stranden för att kunna komma iland. Havet låg öppet på nästan alla sidor, horisontlinjen bröts bara Skarvs låga hällar i väster. Det var svårt att tänka sig att det faktiskt hade bott folk härute för länge sen. Det måste ha varit ett hårt liv.

Det tog dem bara sex minuter att vandra runt Järnskärets strandlinje. Urberget som sköt upp ur havet glänste i mörkgrå nyanser. Den enda vegetationen var några låga buskage som såg ut som slånbär och ett par små vindpinade kryptallar. Inlandsisen hade lämnat kvar märkliga höga stenblock här och var. De blev stående på södra stranden där släta klippor med vackert tecknade grå, vita och rosa ränder rutschade ned bland de skummande grynnorna. Vinden slet i seglarjackorna. Rickard försökte dra sig till minnes vad Espen berättade om förlisningarna här ute och höll ett litet föredrag om den där engelska briggen Hermiones öde för Mange inför dykningen. Han märkte att Manges entusiasm bara växte; han brukade vara svag för rövarhistorier, myter som sprids på internet och sånt.

"Farbror Espen sammanfattade det så här: en mörk obehaglig klippö som ingen vill till."

"Lite överdrivet kanske, tycker det är riktigt fint jag."

"Eller hur, rena pärlan. Lite svråtkomlig bara. Men förr i tiden…det måste ha varit tufft härute. Fattigdom. Folktro."

"Den fyllde väl sitt syfte antar jag. Ett sätt att överleva."

Rickard försökte hoppa sig varm i den kyliga vinden. Då hände det: han hörde något inom sig, ett eko av ett avlägset minne, utan att kunna sätta fingret på vad det var. Till sin förvåning insåg en stund senare att det hade något med den här platsen att göra. Som om själva platsen manade fram detaljerade minnen han aldrig trott att han skulle komma ihåg. En fotogenlampa som brann och osade. En knarrig, mörk röst. Förväntningar.

"En natt för många år sen, det måste ha varit innan trettiotalet var till ända, såg jag Järnskärsgasten ända från Bodskär. Natten var vindlös. Järnskäret var dunkelt och syntes bara mot månljuset som blänkte i vattnet därute. Alla visste att det ingen levandesjäl satte sin fot där! Men jag svär på min mors grav: på öns högsta punkt stod en gestalt i tydlig profil, där jag vet att ingen buske eller något annan naturligt finns. Det såg ut som om den stirrade mot Skarv, det vill säga rakt på mig, och jag fick behärska mig för att inte skynda in i boden på fläcken. Jag fick för mig att den absolut inte fick inte se att jag blev rädd. Natten därpå kom en storm, och med den bud från Svenska Högarna att min morbror gått på grund. Han hade seglat längs Svenska Vallen på väg hem från en säljakt. Det var för sent för att bärga hans skuta, den var kaffeved och hans bror hittades på en meters djup vid en kobbe intill. Många var övertygade om att trots att havet tog honom, så hade gasten tagit hans själ först."

"Espen!"

"Äsch, lugn. Ni behöver inte vara rädda barn. Ingen av oss här inne kommer att behöva se den igen."


Han kan inte ha varit gammal. Så besynnerligt att han inte hade haft något minne av att ha hört talas om Järnskäret förrän nu. Då måste väl pappa också ha hört de gamla skrönorna om platsen?

Han sköt undan tankarna när de klättrade ombord igen. Det var dags för första dyket. Själv hade han provat på dykning i simhallens tjugofem meters-bassäng när han var tjugo-någonting och kommit fram till att han gillade det bättre som idé än i praktiken. Tanken på att varje andetag under ytan hängde på lufttillförseln från tanken på ryggen ingav ett vagt obehag som, anade han, alltför lätt skulle kunna slå över i panik om något började krångla. Men en sak kom han ihåg: man ska alltid dyka i par för att hålla koll på varandra. Mange hade förstås försäkrat honom att det skulle gå bra att solo-dyka. När han fäst det långa repet vid midjan konstaterade han kort: "Du halar in mig om jag rycker i den här. Men det kommer inte att behövas."

Mange såg tungt och otymplig ut där han hängde över relingen i
våtdräkt och syrgastuber. Så gjorde han tummen upp och lämnade
den krängande båten i en van baklängesvolt.

# 29

Magnus Odalby välkomnade den lätta euforin som brukade infinna
sig när han precis brutit vattenytan. Mörka skuggor rörde sig i dags-
ljusets klara ljus ovanför honom. Trots skumrasket nedanför var
sikten ändå bättre här ute än närmare kusten. Det var bara fem-sex
meter djupt utanför aktern: han lät sig lugnt sjunka medan han
räknade tyst för sig själv. När botten tog emot gick han ned på huk.
Han andades ännu lugnt och såg sig omkring. Överallt urskilde han
onaturliga former: en rad träfingrar som stack upp ur dyn, något
som liknade en metallring, ett rostigt ankare av ålderdomlig modell.
Han började treva med händerna över fynden. Snart började han
systematiskt ta med sig saker till ytan där Rickard tog emot dem. En
timme senare låg de uppradade på däck: något som såg ut som en
gryta, långa smidda spikar och ett mörknat träskrin. En genomrostat
instrument som kunde ha varit en sextant. Ett krus av lera.

"Inga skelett. Vrak, men inga från modern tid, tyvärr."
Rickard satt tyst och petade i pastan.
"Om det Espen berättade för dig stämde, borde det finnas kvarlevor
av drunknade på södra sidan. Om de inte förts iväg av strömmarna."

Efter några misslyckade försök att ringa hem - Mange klättrade till
och med upp på ett stort klippblock för att få mottagning och höll på

att falla ned - trotsade de den krabba sjön och rodde de ut i den lilla gummijollen. Vinden var sydvästlig och Rickard fick snart ont i axlarna av att hålla ut från klipporna. Mange hängde över jollens reling så att de höll på att ta in vatten. Där nere härskade mörkret, men snart urskilde han konturerna av ett stort vrak, åtminstone tjugo meter långt. Det låg med stäven mot revet fem sex meter ut. Han gissade på att det var gammalt, åtminstone sexton-sjuttonhundratal, men han var ju ingen expert, men det såg äldre ut än vad han föreställde sig att Hermione skulle göra. Skeppet liksom knäade i dyn med den nedre delen av de knäckta masterna sträckta som händer mot ljuset. När han gjort sin andra baklängeskullerbytta och sjunkit några meter simmade han runt hela härligheten. Det kunde inte vara sant! Inte kunde han vara först med att upptäcka ett skepp som det här? Det måste väl ha varit folk här förut? Det var inte mycket kvar; skrovets form var oregelbunden som om det hade krossats mot klipporna. Större delen av babordssidan saknades. Han kunde inte se något namn på den insjunkna aktern. Sen spejade han lägre ut, söderöver, och drog efter andan så munstycket pressades ännu hårdare mot ansiktet. Där ute fortsatte skeppskyrkogården: den svenska vallen. Han riktade lampan ditåt och anade rad av vrak som tonade ut i dunklet, så tätt ihop att de verkade ligga ovanpå varandra.

Han bara måste hit igen. Måste prioritera om nästa helg, han var bortlovad till Sofies föräldrar som hade en stuga på Aspön. Skymningen var inte långt borta men han ville göra ett sista dyk. Inga ledtrådar eller skelett visserligen men Rickard verkade ryckas med av hans entusiasm. Han kände ett fånigt leende strama i kinderna medan östersjövattnet rann från torrdräkten och nedför berghällen.
"Mange! Vad tror du om att ta sista dyket borta på östra sidan?"
Mange höjde frågande ögonbrynen. Rickard hoppade över en klipp-skreva och fortsatte tills han kom inom talavstånd.

"Tänk om Hermione tog sig över grundtröskeln på sydostsidan? Vad jag läst så det var vattenståndet minst en meter högre i skärgården, i alla fall för ett par hundra år sen. Jag läste till exempel att man kunde segla ända in i den grunda lagunen på Skarv på segelökornas tid."

"Du menar att de gick på grund där? Nja, det var ju ett stort skepp, det gick säkert några meter djupt...fast om det var en kraftig storm så kanske de surfade upp på en vågrygg och gled över."

"Du är skeptisk?"

"Det känns en aning långsökt om jag ska vara ärlig. Massa stenbumlingar i stranden också, svårt att ta sig iland om de simmade."

"Långsökt men inte omöjligt."

"Nej, jag antar det. Men vad ska jag leta efter?"

"Tecken på onormal aktivitet."

De såg trött på varandra ett ögonblick innan de brast ut i skratt.

# 30

Tredje dyket. Tredje gången gillt. Mange lät sig sakta sjunka nedåt i kylan, han ville passa på att vila några sekunder men slog i botten tidigare än han trodde. Han tog spjärn mot den överraskande starka strömmen och när han daskade i det mörka bottenslammet blixtrade flera gråvita, fint tecknade former till i ljuskäglans riktning. Bingo.

Han hade aldrig känt obehaglig inför att träffa på skelett, lika lite som att se ett på bild eller i en glasmonter, inte så länge de var gamla nog. Det hörde till. Ändå gick en elektrisk stöt genom bröstet och fortsatte ända ut i fingerspetsarna: de var så många. När han prövande grävde fram en skalle, en bröstkorg eller ett lårben, anade han omedelbart att det fanns mer där under den uppvirvlande dyn. Det var som att de låg på varandra, ihopfösta mot Järnskärets uppgrundning. Som en hög med ris på ett valborgsmässobål. Han såg en arm om en hals som ett sista försök att söka tröst. Hans fantasi kickade igång: kanske hade det varit två sjömän, eller kanske två tillfångatagna soldater i en kall omfamning i en grav de aldrig väntat sig. Eller så hade de det.

Han simmade utåt, hittade fler ben som stack upp, vitlysande i ljuset från pannlampan. Ibland höljda i något som skulle kunna vara klädrester. Det hände att fritidsdykare hittade kroppar, som vid vraket av Kronan söder om Öland. Men det här. Han märkte att han andades för fort, gripen av en märklig upphetsning. Även om det brukade vara svårt att uttyda så mycket av suddiga vrakfoton höjde han kameran lät den registrera olika vinklar omkring sig. En perfekt klarhet, känslan av att allt hängde ihop och att han själv var en del av allt sköljde genom honom. Han kollade syret, hade nästan glömt bort att andas. Kände ögonen tåras, höjde blicken och där var det.

# 31

"Du ska få se, det är inte klok. Något borde väl ha fastnat på bild."
"Espen kanske inte är mytoman trots allt."
"Nej, det är många som dött här i alla fall, så mycket är säkert."
"Det här var en av de bästa dagarna jag haft. Skål!"
Mange som hade dykt hela dagen glödde av energi. Glödde gjorde det nästan i ruffen också för de hade nästan fått upp bastuvärme där inne. Med varsin öl i handen efter middagen hade Mange högtidligt

undersökt föremålen han olovligen plockat ur Östersjön. Självklart sparade han det lilla skrinet till sist. Det var som de båda misstänkt: det var låst.

"Inte värt att försöka bryta upp."

"Nej, men dyrka. Prova med den här." Rickard räckte över en skruvmejsel från båtens verktygslåda. Efter en stund gav Mange upp och skakade asken igen.

"Låter som det är något i den, något lätt."

VHF:n brusade och genomfors ibland av maskinlika ljudslingor, det lät som fartygsmotorer som sände sina obevekliga, långa ljudvågor på människornas frekvens.

"Hör du din gravplundrare. Förstörs saker man tar upp ur vattnet så här…bryts ned eller nåt?"

"Ja, om det är gammalt nog, men så fort går det inte. Här, kolla här istället."

Rickard tog emot kameran och betraktade fotot som var framtagen på den lilla skärmen. I nedkanten lyste det av ett vitt kranium, ögonhålorna gapade tomma. Underkäken hängde gapande ned. I den svarta fonden anade han en avlång ljus form, kanske ett ben. Nästa bild: samma mörker, men nu framträdde mönstret av en fläckig bröstkorg. En drunknad som förliste här i början av sjutton-hundratalet? Eller någon som tjänstgjort under Hermiones sista färd. Ett av Simen Schurs offer? Nästa bild var obehagligare: ett mindre kranium, som ett barns, med vänstra tinningen krossad. En mörk skugga var på väg ut ur ena ögonhålan, kanske en småfisk. Händerna var små också, handflatorna var höjda och vända utåt. Ett barn som hade försökt värja sig och på något sätt stelnat i sin sista, förtvivlade rörelse. Rickard kände Mange lirka kameran ur hans händer - hur länge hade han suttit och tittat på det där fotot?

Blåste upp under natten, kuling 15. Liv i riggen, väcktes halv två av ljud. Någon ropade flera gånger, jag gick upp men såg ingenting från båten. Förstärkte förtöjningen men hon låg ändå osäkert. Fick in nödanrop på VHF 16.

Rickard ställde mobilens larm på fem i halv två innan de törnade in, exakt samma datum och klockslag som Malcolm skulle ha väckts i sin koj. Tillfället fanns inom räckhåll av en slump och han kunde inte låta bli. Rickard tog stickkojen och Mange förpiken. Det blev tvärtyst, Mange måste ha slocknat som ett ljus i korsdrag. Rickard vred ned lågan på den lätt osande fotogenlampan men lämnade VHF-radions kanal 16 på svag volym. Låg sen och väntade i det kompakta mörkret, spänt lyssnande på röster från fartyg i närheten som bröt igenom bruset. Han var inte säker på vad han lyssnade efter, precis som han inte visste vad han förväntade sig att finna på den lilla ön. Ett vinande ljud kom och gick i riggen, ett fall trummade mot masten när det kom i självsvängning: klonk-klonk-klonk. Enligt vindmätaren blåste det åtta nio sekundmeter. Här hade pappa legat med sin nyinköpta segelbåt. Hade han fortfarande varit som vanligt då, den vanliga pappa som han åtminstone hade trott sig känna? Vad hade hänt den där gången? Ön låg tyst och sluten och avslöjade inga hemligheter, spår eller ledtrådar, i alla fall inga som han hade lyckats tyda. En vanlig liten holme, bortsett från det som vilade på havets botten intill. Han var rädd för att somna, för att se de döda på Manges foton få liv i drömmen. Imorgon skulle de vara hemma igen och de skulle lägga Järnskäret bakom sig. Släppa det här med loggboken och pappas försvinnande, det här var ett projekt som aldrig skulle sluta väl.

Sömnen kommer till sist, den vinner alltid.

Han vaknade lättad och besviken. Ingenting hade hänt - vilken idiot skulle trott något annat? Mange sov förstås, inte så konstigt. *Vad mörkt det är. Vad är klockan?* Han kom ihåg att han ställt larmet. Kunde han ha sovit så djupt att han missade det eller har det inte

161

ringt? Han fumlade efter mobilen, fick tag i den och tryckte igång skärmen. Dess blåa sken lyste upp bordet. VHF-radion brusade svagt och taket gungade. Precis samtidigt som han såg att klockan var precis ett på natten skar Guns and Roses inledningsriff till Sweet Child of Mine genom salongen. Det tog några sekunder innan han förstod att det var mobilen som ringde.

"Vad i helvete," mumlade han. "Vad i hel-vete."

## 32

Han fumlade upp mobilen och tryckte den till örat. En svag röst. Det var någon där som sa något men han kunde inte urskilja vad.

"Hallå?"

Samtalet upphörde.

Sen förstod han vad som hade väckt honom.

"Mange!" Han hörde att hans röst lät patetisk och kände håren resa sig rakt upp på överkroppen. Skriket. Nu kom det igen. Det var någon som skrek.

Mange tumlade ut i salongen med håret på ända. De stirrade flämtande på varandra. "Var det du? Vad är det?"

"Fy fan...nej, det var inte det."

"Va?" Mange började sätta sig men stannade mitt i rörelsen.

"Det där kom utifrån."

Det var på sätt och vis konstigt, det som hände härnäst. Ett fnysande läte ur Manges näsa besvarades av ett kluckande i Rickards hals. De började skratta, krampaktigt.

"Rick. Det *var* du!"

"Va, jag? Nej, jag svär. Allvarligt."

Skrattet gick över och Rickard sa: "Var tyst och lyssna då."
Vindens stigande och fallande brus flätades ihop med VHF-radions som om de låg på samma frekvens. Annars var allt tyst. Rickard tittade på sin mobil. Samtalet var nedkopplat utan att han mindes att han avslutat det. Dolt nummer, det hade varat i nio sekunder.

De satt spänt lyssnande i kanske ett par minuter som kändes som fem timmar innan Rickard bröt tystnaden.
"Du hörde det också, eller hur?"
"Hmm."
"Okej. Säg vad du hörde."
"Ett skrik. Ett galet skrik. Som någon som höll på att bli mördad eller något. Trodde fan det var du, det var precis..." – han håller upp handen snett ovanför huvudet – "så här nära."
"Brukar du låta i sömnen? Mardrömmar..."
"Du menar att jag vaknade av mitt eget skrik. Tror inte det."
"Okej. Men det är möjligt."
"Långsökt men inte omöjligt?"
"Exakt."
"Är det inte dags att vi ser efter därute? Eller vågar du inte?" Mange log snett.
Rickard ställde sig upp. *To hell with it all.* Vad kunde egentligen bli värre? Han drog upp den kärvande ruffluckan och kände den kalla luften tränga in. Han klättrade upp några trappsteg och stod någon minut och spanade ut över de mörka skären, frusen och olustig. Vågorna mullrade i grynnorna. En lom ropade någonstans. Bara naturens naturliga ljud, men det utdragna, smärtfyllda skriket gick inte att skaka av sig. Det var inte bara att något hade skrikit. Det hade varit något i det, som att höra ett sjukt eller skadat djur. Och något mer. Ett vansinne.

Om de nu hade bommat igen ruffen och gått och lagt sig så hade deras liv kanske tagit en helt annan riktning. Saker och ting hade kunnat bli någorlunda normala så småningom. Men Mange fick plötsligt nog av att sitta och trycka och betrakta Rickards ben i trappan bara för att de hört ett ljud som påmint om en mänsklig röst i vinden. Han drog hastigt på sig vindbyxor och en tröja, trängde sig förbi Rickard, tog ett djupt andetag och klättrade upp i sittbrunnen.

"Ursäkta mig fegis. Ska bara kolla lite."

Han kastade en blick på mobilen - två minuter i halv två – och lät mobilen glida ned i fickan på vindbyxorna. Huttrande i vinden började han förflytta sig föröver med en hand på grabbräcket. Han ville få lite bättre sikt över skäret de förtöjt mot men tänkte stanna kvar ombord. Det skulle vara ett omöjligt företag att ta sig i land utan att ge efter på ankarlinan och ta hem på förtamparna. Lika omöjligt som att ta sig ombord, för en människa i alla fall. Järnskärets drakrygg avtecknade sig strax över ögonhöjd trots den månlösa höstnatten. När hans ögon vant sig började obekanta former framträda, orörliga skepnader, blänk i vattnet. Han rös till när han kom att tänka på de döda stackarna som gungade i strömmen några meter under dem, tog ett fast grepp om förstaget och tog i ifrån magen:

"Hallåååå!"

Draken ruvade tyst i mörkret över dem.

"Är det någon där?"

Vem skulle vara där, sjöfåglar med sena vanor? Han ryckte till när hans rop besvarades av ett annat.

Det var Rickard. Det lät som *"aktern...i aktern!"*

Eller var det: *"akta dig!"*

Adrenalinet rusade. Han snodde runt på det dagghala fördäcket och kisade ut i mörkret akteröver. Bara ett tomt däck, en tom sittbrunn med det svarta havet i fonden. *Nej, vänta. Där var den.* En ganska kortvuxen gestalt med långa slängande armar, avvaktande hållning, inget ansikte. Jo förresten, en ljus fläck, något vitt, som om han

164

stirrade på skallens knotiga ben. Mange noterade förvånat att fukten från däcket hade börjat tränga igenom vindbyxorna; han måste ha gått ned på knä.

Varför i helvete? Vad händer?

Känslan som växte inom honom var främmande, illaluktande och dov som höstkvällen omkring dem. Den hade makt över honom. Men det han såg måste ju vara inbillning, som den där gången när syret höll på att ta slut när han dök i Röda Havet. Han hade sett en del konstiga saker i vattnet som han inte ens velat berätta om för Sofia efteråt. Den gången hade det varit självklart att det var syrebristen som framkallade hallucinationer. Lika självklart som att gestalten framför honom var verklig. Den satte sig i rörelse och kom emot honom med ljudlösa fotsteg: han kunde känna dem genom glasfiberdäcket, känna dem i knän och händer. Dock. Dock. Dock. Lommen ropade ut igen med sitt klagande läte. Han hörde sin egen röst i huvudet men kunde inte riktigt känna igen den. Den sa: *vad vill du mig?*

En ynklig, kuvad röst.

Dock. Dock. Dock. Han förstod att han måste komma på fötter men hans kraftiga armar och ben var som gelé. Han höjde huvudet för att fixera ansiktet med blicken, eller det som borde ha varit ett ansikte. Varelsen var i jämnhöjd med masten och han slöt ögonen och öppnade dem igen tre gånger. Varje gång tänkte han det här kommer att försvinna: blink, blink, men den stod fortfarande lätt svajande och höll sig i masten. I dunklet såg den ut att le mot honom med hela underdelen av ansiktet. Så kom han ihåg ficklampan, han måste ha tappat den på däck: ljuskäglans släpljus förvandlade det halkskyddade däckets till ett skrovligt månlandskap. Han följde det med blicken till källan, sträckte sig fram och famlade över den kalla, fuktiga glasfibern med båda händerna tills han kände den gummiklädda stålcylindern. Fingrarna har redan styvnat i kylan men han lyckades

få ett grepp om ficklampan och rikta den framåt: den dansade fram och tillbaka över riggen och däcket, ut i det stora svarta utanför och tillbaka igen. *Vart tog den vägen? Vart tog den vägen?*
När ljuset träffade sitt mål skrynklades trumhinnorna ihop av kraftigt vrål, skrämmande tills han insåg att det kom från hans egen strupe. Den var alldeles nära honom och på väg att böja sig ned: skovellika händer sträckte sig efter honom, och han kände långa fingrar röra vid sin mössa, skrapa utanpå tyget, lirka sig ned för ansiktet till hans bara hals, han hade inte hunnit dra upp dragkedjan hela vägen. Det brände till som ett isblock mot huden. Köldvärken spred sig snabbt ut i bröstet, armarna, benen, in i skelettet. Han kände den främmande handen röra vid sin nacke: fingrarna krafsade, tryckte till och så var det över.
När han vände upp ansiktet såg han nästan i ögonvrån hur den ljudlöst hade höjt ett hyschande svart finger mot en flinande mun, som om det var busstreck på gång, och försvann snabbt föröver.

Rickard hade blivit stående som förstenad och tänkte att han borde följa efter upp på däck. Din fega skit, lika rädd som vanligt. För vad då, det fanns ingenting att vara rädd för. För guds skull…han hörde Mange röra sig på däcket över honom och det var då han fick syn på dem.
 Utan att han märkt det hade han omringats av barn i sin egen ålder, nio, tio år. Hur kunde de ta sig ombord? De skrek något otydbart gång på gång och han visste mycket väl vad det var. Deras hotfulla små ansikten kom allt närmare. Han stötte reflexmässigt ut luften i näsan när han kände doften av rutten tång och – värre - den sötaktiga lukten från ett djur som legat dött i veckor. Det här var inte verkligt, det kunde inte vara verkligt.
”Ni är inte här! Ni finns inte, era jävlar!”
Barnen fortsatte som om de inte hört honom. VHF-radion intill honom började sända en mansröst, ord han inte förstod på ett språk

166

han inte kände igen. Genom sittbrunnens öppning såg han Manges svarta gestalt i aktern. Radiosändningen accelererade plötsligt i skrik och visslingar. Någon ropade ett frasande "mayday, mayday" innan den tvärt skars av. Det kändes som om den hade velat honom något, något mycket angeläget och att många fler röster var på väg att bryta igenom etern.

Så började en annan röst skorra i högtalarna, den lät mycket nära, desperat och vädjande. Den klamrade sig fast vid varje ord som en förlist vid ett stycke vrakved, drog ut på dem:

"Save...our...souls...save...our...souls."

VHF:n tystnade tvärt som om den hade slagits av. Ringen av barn drog sig närmare som en löpsnara. Deras leenden lyckades inte dölja deras avsikt. Deras ögon var uppspärrade och de började mässa något. Någon hade böjt sig ned för att titta ned i ruffen och nu såg han att det inte var Mange. Rickard fick ljud i sin hopsnörda strupe och hörde sin vettskrämda röst ropa: "Mange, akta dig. Det är någon i aktern!"

Ett vinande brus skar genom radioetern en sista gång och övergick i en väsning.

"Vi sjunker. De har lämnat oss."


# 33


Ur "Briggen Hermiones förlisning. Tragedin som kunde ha slutat med krig med England" av PA Sundblad, doktorand, 1967:

*Ombord på Hermione befinner sig en särskilt prominent passagerare: Henrietta Banks, dotter till sir John Banks, engelsk earl och personlig vän till drottning Victoria. Henrietta Banks har två veckor tidigare gifts bort med den svenske adelsmannen Edvard Boke och de är nu på väg till hans gods som ska bli deras nya hem tillsammans. Fem dagar före avresan blir Edvard emellertid tvungen att resa till Frankrike för att ta hand om "brådskande affärsangelägenheter." Hermione lämnar därför Portsmoth 15 oktober 1867 utan Edvard Boke, men Henrietta Banks reser inte ensam. Med sig har hon sin väninna Arabella Plym, sin kammarjungfru Lily Wright, sin privata kokerska Brenda Woxley och en mindre beväpnad vaktstyrka, den sistnämnda en gest från drottningen själv. De har burit ombord en hemgift bestående av dyrbara smycken, guld och flera lådor med bordssilver. Ombord finns också en navigatör av svenskt ursprung, Björn Jost, som är den enda som kommer att överleva seglatsen.*

# 34

Gryning över Skarv. De bredde smörgåsar. Lät tystnaden ligga som ett balsam över alltsammans. Tärnor och måsar seglade däruppe på den grå himlen medan kaffet sakta väckte liv i dem.

"Ingen dålig dykning igår."

Manges replik var som ett skridskoskär ut på tunn svartis som kunde brista när som helst.

Rickard tuggade fullkornet mekaniskt utan att svara.

"Men…", Mange svalde en tugga av ostmackan, "…sen?"

Det gick inte att tala om det som hänt. Ingen av dem ville riskera att säga något som skulle kunna återuppväcka nattens händelser.

"Malcolm…om han råkade ut för något sånt här, ensam härute…"

Nu mötte Rickard hans blick, allvarlig och stel. Olik sig.

"Det är väl bäst att vi bara sticker så fort vi är klara..."

Han nickade mot smöret, påläggen och muggarna som belamrade bordet.

De gjorde loss och puttrade gungande ut på de lugna grå dyningarna. Rickard höll all sin uppmärksamhet på att navigera rätt och att undvika grundflak och undervattenstenar. Så fort han fick mottagning skickade han ett sms till Elvira, något om att allt var väl och att de var på väg mot Gålö. I samtalsloggen bredvid hennes såg han: "01.00. Okänt nummer." Om inget av allt det andra de varit med om hade hänt på riktigt, så hade åtminstone det här gjord det.

# 35

Tidig tisdagmorgon. Rickard hade väckts av mobilens ringsignal och obetänksamt svarat utan att se efter vem det var. Kjeld Wretes självsäkra, sjungande norska rätt in i örat framkallade ett lätt styng av rädsla, ett eko av den där eviga känslan att någon annan har makten över hans framtid, att allt hänger på andras nyckfulla godtycke och att det gäller att väga varje ord på guldvåg innan han yttrade det.

"Hur står det till med dig, Rickard? Ja, jag hade räknat med en sjukskrivning så snabbt."

"Jo, jag vet, Kjeld, men läkaren insisterade."

"Finns det något jag kan göra...?"

Javisst, hoppa från Trollväggen utan säkerhetslina.

"Tack, men det här ska ordna upp sig snart."

Sen bestämde sig Kjeld för att det räckte med artighetsfraser:

"Vi ska ha ett möte som involverar vissa delikata aspekter kring Minotaur. Skulle du kunna tänka sig att vara med? Och så har vi ju lite att prata om som vi skulle kunna ta efterpå."

Efterpå, det måste vara en norskinfluerad variant av efteråt. Rickard hade han fått tillbaka sin vanliga lågmälda, välartikulerade röst: "Klockan tio? Jovisst, jag kan komma."

Lite att prata om? De hade inte ett skit att prata om. Vad hade han gått med på? Kasserad, men han ställde upp ändå. I en liten vrå av honom fanns ett stänk hopplös längtan efter ett möjligt erkännande, ett uns av respekt, kanske till och med en ursäkt. *Var inte en sådan idiot. Det kommer aldrig att hända.*

Han sparkade sig ur sovsäcken och tog sig upp i sittande ställning. Måste tvinga sig själv att fortsätta, att ta sig an dagen fast han hellre ville sova bort den. Musklerna ömmade efter gårdagens segling men det var en välkommen känsla. Han försökte se ut genom fönstret – eller ventilen som det egentligen hette – och ritade ett ansikte i den tunna filmen av imma. När han fått fyr på gaslågan och ställt en kastrull med vatten på den slog han på VHF-radion som ett slags sällskap. Det dämpade bruset avbröts som vanligt då och då av enstaka röster med det lätt uttråkade tonfallet hos besättningsmedlemmar på fartyg i yrkestrafik. Det heta vattnet rann genom kaffet och melittafiltret. Skrapningar. Brus. Ingenting mer. Han brände tungan på dagens första kaffeklunk, svor till och satte ned den kitschiga muggen med texten *Navigare Necesse Est* på teakbordet med en dov smäll. Böjde sig snabbt fram och vred av radion igen: tyst med dig. Svor högt: "Helvetes skit!" Utan de som betydde något var det här tomt och meningslöst. Han stirrade på ansiktet han ritat i imman och sa tyst deras namn.

# 36

Kroppen ville inte in i byggnaden. Rickard fick tvinga sig att trampa runt i de roterande entrédörrarna och ta ett kliv ut på marmorgolvet som blänkte av det bleka solljuset från glasrutorna högt ovanför. Raden av höga exotiska växter speglades i den blanka ytan. Svetten slog ut i pannan och under den ostrukna skjortan. *Det kommer att hända igen.* Bara att bita ihop och marschera fram till hissen med den futila förhoppningen att slippa träffa någon kollega. Hälsa på tjejen i bakom receptionen, ensam bakom den väldiga, glänsande disken där en imponerande samling dataskärmar stod på rad. Trycka på knappen bredvid en av hissarna så att cirkeln runt den runda knappen tändes. Han hade varit brilliant, alltid precis och övertygande, alltid insatt, en man som alltid levererar. En som C-sviten lyssnade på, en grabb på väg uppåt. Full av potential. Och nu. Vem fan var han nu?

Kjeld var ledigt klädd i mörkgrå kavaj och finmönstrad ljus skjorta som hängde ned över de svarta jeansen. Solbränd och avslappnad, som om han avbrutit en kort semester i sin hytte i norska fjällen för att ta hand om några ärenden i Stockholm över dagen. Hans hand-slag var fast men mellan de snåriga ögonbrynen fanns en antydan till en bekymrad rynka. Kanske noterade han Rickards ostrukna skjorta. Eller kanske hans lätt rödsprängda ögon.

"Rickard! Hur är det med dig?"

Rickards trodde att han log, förmodligen hade autopiloten tagit över, men kunde inte få ur sig ett vettigt ord.

"Ja jag hoppas du tycker det var okej det här, att du orkar vara med. Jag räknar med att du bara behöver vara med en timme."

Det rådde inte minsta tvivel. Marknadschefen hade gått och funderat när Rickard varit borta. Planerat. Förankrat. De ägde honom fortfarande, men hur skulle de bli av med honom med minsta möjliga skada? Och det såg ut som om han inte bara kommit fram till en plan, utan en plan han var riktigt nöjd med. Rickard hade svalt betet i barnslig förhoppning om att kunna komma tillbaks och satte sig nu tillrätta i fällan. Han svepte med blicken genom mötesrummet: Stefan Escher och Adrian, upptagna av en hetsig diskussion. Sam Molde, som kom fram och sträckte fram handen med en skadeglad glimt ögonen, springor i det köttiga, rosiga ansiktet. Han letade efter Katrina men hon syntes inte till. Det här skulle inte bli vad han hade hoppats på.

Kjeld sjönk avslappat ned i stolen, kastade en blick ut genom fönstret som släppte in en grå, illavarslande dager och inledde mötet. Det fanns några öppna issues i avtalen med Minotaur och Solvand. Några frågetecken som de hoppades att Rickard skulle kunna hjälpa dem att räta ut. Ja, han var ju sjukskriven och de var tacksamma för att han ändå tog sig tid att komma hit med kort varsel. Rickard nickade men ryckte till när han mötte Stefan Eschers blick. De grå ögonen var fyllda av ett bottenlöst förakt, en blandning av avsmak och triumf. *Du var en bluff hela tiden. Jag visste det.*

Det gick bra i en halvtimme. De gick igenom frågor kring serviceavtalet med Minotaur, och Rickard lyckades redogöra sakligt för hur samtalen hade gått och vad som hade överenskommits. Sen tryckte marknadschefen igång PC-projektorn för att gå igenom några potentiella affärer. Det började bli svårt att koncentrera sig på Powerpointbilderna som avlöste varandra på väggen. Men han satt kvar för de ägde honom; rädslan hade ännu makten över honom, den ständiga rädslan. Dammpartiklarna dansade i projektorns vita ljuskägla.

Sedan kom känslan, det var som om något rörde sig inom honom. Något främmande. Sen brusade det till i två, tre sekunder som om någon vridit på en kran till fullt vattentryck. *Ett försök till kontakt, att upprätta en förbindelse.* Bruset återkom, blev pulserande, växte i styrka, avtog, växte igen, som en bärvåg. Om det fanns ett budskap i det så förstod han det inte. Men någon ville honom något.

Kjeld Wrete avbröt sig och rynkade sina kraftiga ögonbryn. Det var något med Rickard. De hade arbetat tillsammans i två år och han trodde sig känna honom hyfsat, han var bra på att bedöma folk, annars skulle han inte ha kommit så långt i den här branschen. Han hade tänkt erbjuda honom ett anständigt termineringspaket, en chans att bevara lite värdighet kanske. Nu hade hans lätt frånvarande uttryck ersatts av något annat. Ett flin. Det passade mycket illa i det här mötet och ännu sämre med tanke på vilken position han befann sig i. Han var en intelligent kille - det fick man ge honom - och borde veta att anpassa sig, att veta sin plats. Men det här obehagliga hånflinet. Snart skulle någon annan upptäcka det och han ville till varje pris undvika en scen. Vad hade han egentligen i kikaren?

"Vad funderar du på Rickard?" Kjelds mörka röst var lugn som vanligt. Hans lätta norska accent brukade uppfattas som lättsam och trevlig men många hade fått erfara hur förledande den kunde vara.

Rickards ögon hade riktats snett uppåt, som om han mindes något, och vändes nu långsamt mot Kjeld utan att leendet dog ut. Kjeld förstod inte varför han rös till. Fan också. De andra hade nu vänt uppmärksamheten från sin chef till sin medarbetare. Rickards röst var ihålig och hans tal utstuderat dröjande:

"Va? Ja, jag tänker på en sak ser du. Men ta du och fortsätt att prata...Kjeld. Prata på du, jag ska inte hindra dig."

Han slöt ögonen till hälften och lutade huvudet bakåt utan att släppa marknadschefen med blicken.

Kjeld kände hur han svalde och kippade efter luft, som en fisk som hoppat ur sitt akvarium. Så kom vreden, vreden över att känna sin självklara auktoritet vaporiseras i ett slag. Hur kunde det hända? Det var bara inte möjligt!

De andra utbytte snabba blickar. Stämningen i rummet var plötsligt underlig och olidlig, luften kändes tryckande. Ingen sa det men alla kände det: det här var inte bara ett dåligt skämt. Det var inte ens en riktigt dålig sida av Rickard. Det var inte längre var Rickard som satt där vid bordet.

"Om det här handlar om din roll här i firman Rickard så tycker jag att det kan vänta till efter mötet, om det går bra."

Vad hade det tagit åt honom? Det här hade Kjeld aldrig trott om honom, han var smart för det här. *Men nu är du slut, vänta bara din loser. Eller har jag underskattat hans tävlingsinstinkt?*

Rickard svarade inte utan stirrade bara på honom med huvudet nonchalant bakåtkastat som en knarkare som snedtänt. Gud vad han ångrade att han bjöd in honom till det här mötet.

Kjeld valde att fortsätta där han slutat och ignorera sin medarbetare, trots att han inte trodde någon längre lyssnade. Rickards mun hade glidit upp och öppnades och stängdes som en fisk. Käkmusklerna arbetade under den bleka huden men blev stilla när Kjeld vände blicken mot honom igen. Rickard måste ju ha fått någon allvarlig störning, han hade ju faktiskt klappat ihop förut. Det var omöjligt att fortsätta så här. Kjelds huvud kokade av ovana känslor, men en växte sig starkare än alla andra: känslan av fara.

"Okej," han tittade på sin Rolex i guld som han fått i femtioårspresent av sin svärfar, "vi får nöja oss så här." Tecknade irriterat åt Sam Molde att stänga av PC-projektorn. Märkte hur de andra såg på varandra med obehag och förvirring i blicken utan att komma sig för att röra sig, men Rickard reste sig exakt samtidigt som Kjeld, lite långsammare och omständligare bara, som en parodi på hans rörelse. Sen började han gå rakt mot honom med överdrivet släpiga steg och ett groteskt flin, eller snarare ett grin, i ansiktet. Kjeld kände förargat hur han tog ett litet ofrivilligt steg bakåt precis innan Rickard stannade framför honom. Kände värmen i sina grå jeans, en perfekt färg för att en stor blöt fläck skulle framträda tydligt mitt framför hans karriärshungriga flock. En gång när han var barn hade han varit med sin far på cirkus utanför Bergen och stått precis intill en stor bur där en tiger gick fram och tillbaka i frustration över sin fångenskap. Kjeld hade krupit under staketet någon meter från buren när hans far inte såg, smugit fram och lutat sig in. Med det kalla järngallret mot kinden hade han överraskat sett det väldiga kattdjuret stanna upp mitt i sin tunga vandring. Han mindes hur han hade stirrat ned på de väldiga tassarna som utan förvarning tog några snabba steg rakt mot honom och hur han sen hade höjt blicken och plötsligt mötte tigerns ögon på kanske tre decimeters avstånd. De långa hörntänderna som gled ut när käftarna öppnades. Den plötsliga vissheten att den inte alls gick och tänkte på frihet utan var utsvulten. För tigern var han, den lille pojken, bara ett möjligt byte, ett stycke färskt kött. Skräcken som högg tag i honom, skammen efteråt, de nedkissade byxorna, svagheten och gråten. Tigern var tillbaka. Som om det var en hemlighet mellan dem kom bara en viskning ur Rickards mun:

"Åk hem och säg farväl till familjen nu, lilla frun och de små. Snart kommer jag."

Rickard hade redan lämnat rummet medan de andra fortfarande höll på att ta sig upp ur stolarna och vika ihop sina laptops. Ingen kunde ha hört Rickards slutord men det var smärtsamt tydligt att flera av dem ansträngde sig för att inte stirra på Kjeld Wretes byxor.

En iskall näve hade gripit tag om hans hjärta och kramat det, kramat det lustfyllt för att känna det sluta slå. Hat, fruktan och olustiga tankar virvlade handlöst runt i huvudet.

## 37

Svetten bröt ut först när han satt i bilen. Små droppar som kittlade i hårfästet, rann nedför pannan, killade i nacken. Han satt en stund på parkeringsplatsen utan att starta motorn och bara skakade. Han hade börjat uppfatta blickarna och frågorna först efter mötet, stödd mot väggen intill en rullvagn fullastad med kaffekannor, koppar och inplastat tilltugg. Kollegorna hade följt efter honom ut, till synes obehagliga till mods och med en ansträngd ton i sina frågor.

En oidentifierad röst: "Vad var det där om, Rickard?"

Sams röst: "Har ni någon fnurra på tråden som du vill upplysa oss om?"

Den oidentifierade rösten igen: "Du får nog prata lite snällt med Kjeld nu..."

Adrians röst: "Hur mår du egentligen, Rickard?"

Stefans röst: "Märkte du att det blev lite konstig stämning?"

Adrians röst igen: "Det där bidrog ju inte till trivseln precis."

Han hade inte svarat utan på något sätt tagit sig ut ur byggnaden med ett brummande i huvudet. Han kom ihåg början av mötet ganska tydligt men sen...det var förvridet, som att se verkligheten genom glasprismor, som speglarna i lustiga huset.

Det hände verkligen. Något måste vara fel i huvudet på honom.

Hade det alltid varit det, hade det bara utlösts på Järnholmen?

Sjukdomen finns i släkten.

Han kom att tänka på Malcolms sakliga noteringar om utbrotten och de fula orden:

Jag frågade: "Vem har gjort det här?" Men jag förstod ju, och ändå inte. Det känns som om något främmande finns inuti mig. Smutsigt, mörkt, kallt.

En minnesbild steg ur mörkret inom honom och äntrade medvetandet: den mänskliga gestalten på båtdäcket som gungade fram mot honom med de långa armarna slängande. Ansiktet som saknades, den gråa fläcken i dess ställe. Nattvarelsen.

Vad vill du mig?

Han ringde Mange. Inget svar. Sen ringde han John medan han skannade av parkeringen som om han förväntade sig se kollegorna komma efter beväpnade med hagelgevär och hötjugor för att ställa honom till svars. Eller en polisbil som svängde in från gatan och sakta gled fram mellan raden av bilar med ett vitt polisansikte i sidofönstret, spanande efter en svart BMW.

Vad hände där inne egentligen?

"Du har kommit till John som har händerna fulla just nu. Men lämna ett meddelande så hör jag av mig."

Tystnad. Sen ett frustande ljud.

"Hej broder."

"Hej."

"Läget?"

"Jodå. Själv?."

"Har varit nere i Juan-les-Pins, sålt en femtiofotare. Måste ta Minna på middag eller nåt nu..."

Ett hest skratt. Det lät som någon rörde i en kastrull. Prat och skratt i bakgrunden. Rickard kände på sig att hans bror inte var hemma.

"Har du hört att de släpper ut mamma från sjukhuset?"

"Jag hörde, verkligen skönt. Elvira sa det när jag kom hem igår."

"Var har du varit då? Ute och slarvat?" Nytt skratt.

"Seglat, med Mange. Ja, du kan ju aldrig."

177

"Åhå, det var som fan. Vart gick ni då?"

Rickard höll på att säga något men lät telefonlinjen vila några sekunder.

"John. Har du kvar pappas loggbok?"

Tystnad.

"John?"

"Fan, vi sa ju att vi skulle släppa det där."

"Jag vet, men jag...jag kunde inte."

"Nähä du. Men saken är den att den...den kanske är lite borta."

"John."

"Okej, jag kastade den på brasan. Ja, hur skulle jag kunna veta att du ville börja rota i det där igen?"

Rickard tog några djupa andetag och blinkade.

"Kom igen John, sluta."

"Det är sant, vet du."

Vad i helvete, han var ju helt galen. Rickard lyckades behålla lugnet med viss ansträngning - han tänkte inte bjuda John på tillfredställelsen att höra honom tappa fattningen.

"Det var ju dumt. Frågade du mamma?"

"Nix."

De teg igen och nu var tystnaden mellan dem tyngre. John var inte klok, inte för att det var något nytt.

"Jaha, John, vad ska man säga...får jag fråga en annan sak: ringde du mig i lördags natt? Prick ett på natten till söndag?"

"Va? Nix. Jag har inte ringt dig i helgen. Hurså?"

"Jag bara undrade."

"Så vart seglade ni då?"

"Skarv, Järnholmen."

"Men alltså, det kunde man ju ha gett sig fan på!"

"Jag hörde lite saker om det där stället. Kommer du ihåg farbror Espen?"

178

"Självklart, den gamle sagoberättaren. Hur var det då, såg du några spöken?"

Illamåendet kom tillbaka. Han fick ur sig: "Någonting såg jag. Mange också."

"Nu får du berätta."

"Kan inte ta det nu. Kan jag komma förbi ikväll?"

"Kom före sju då. Måste som sagt göra något med Minna ikväll."

"Okej, hej med dig."

"Vi ses."

# 38

Klockan var bara tre, ingen idé att åka hem till John än. Han kände sig som en lösdrivare mitt på blanka eftermiddagen. I sin rastlöshet satte han kurs mot Kungsholmen där Mange bodde med sin Sofie. Han skulle förmodligen fortfarande vara ute på ett bygge någonstans och dirigera plattsättare och snickare med hela handen, men i så fall fick han väl vänta - han bara måste prata med honom, höra att han var den vanlige gamle Mange. De måste försöka gå igenom det som hade hänt. Om det verkligen hade hänt eller om det bara var han själv som inbillade sig alltihop, i så fall var han riktigt illa ute. Hjärtat dunkade fortfarande i bröstet i fri galopp efter mötet med Kjeld. Efter att ha cirklat runt fem minuter efter en ledig parkeringsplats lämnade han bilen framför en port snett över gatan från Manges ingång. I vanliga fall kunde han leta i en halvtimme för att undvika att felparkera. Han tryckte på metallknappen bredvid "Nunez Odalby" på femte våningen och väntade. Inget svar. Han tryckte igen och väntade en dryg minut medan han otåligt flyttade vikten mellan höger och vänster fot. En ljus röst bakom honom han kände igen fick honom att snurra runt som på kullager.

"Hej Rickard."

Det tog två, tre sekunder innan han kände igen Sofie. Hon log blekt mot honom men det spända uttrycket i hennes smala ansikte gick inte att ta miste på. De hade inte setts sen någon musikfestival de varit på för tre år sen, hon och Mange, Rickard och Elvira. Innan dess hade de umgåtts ganska regelbundet: middagar, ponnyridning, saker man gör med barnen. Det mörka håret såg oborstat ut och jackan hängde på trekvart som om hon haft bråttom att komma ut. Svarta halvlånga träningstights och svarta ballerinaskor utan strumpor. Han mindes hur noga hon brukade vara med sin klädsel, nästan manisk.

"Mange är inte här...jag tror att det har hänt något."

Hennes spända röst drunknade i dånet från en röd buss som brakade förbi på gatan så att fönsterrutorna skakade. Det var sådant som hade fått dem att flytta ut till villan. Rickard sa fortfarande ingenting. Han undrade om hon hade varit ute och letat efter Mange.

"När ni var ute och seglade. Vad...hur var det? Hände det något?"

"Vad menar du?" Han hörde sig själv liksom på avstånd, det lät konstigt på något sätt. Kunde hon se det på honom? Att något var fel?

"Ja...alltså Mange gick inte till jobbet idag. De ringde mig och frågade efter honom. Innan han gick hemifrån...han..."

"Va?"

Hennes oroliga, bruna ögon såg nästan bedjande på honom.

"Vill du komma upp en stund. Vi behöver ju inte stå här i porten."

Han nickade och hon slog koden.

Sofie drog upp benen framför sig i den vita soffan och slog armarna om dem. Hon borde kanske bjuda på kaffe eller något men orkade inte.

"Hur är det med Elvira?"

"Jodå, hon tränar för triathlon, full fart."

"Låter som Elvira. Det var evigheter sen vi hördes."

"Har ni hörts sen den där festivalen...var det Jazzfestivalen?"

"Nej är du galen, Mange på Jazzfestival? Roskilde kommer du väl ihåg?"

"Ja! Oj, ja det gick rätt...vilt till vad jag minns."

"Ofelia då? Hon börjar väl skolan snart?"

"Hon går i ettan."

"Åh."

Rickard rättade till sin skjortkrage. Han hade behållit kavajen på och såg en aning obekväm ut i den svarta skinnfåtöljen mittemot henne, som en korrekt fasad som var nära att börja flagna.

Sofia hade utväxlat några sms med Elvira efter Roskilde men inte mer. Det hade liksom ebbat ut, inte känts angeläget att hålla kontakt. Elvira i sin fina brommavilla, sitt tjat om träning och tävlingar, allt skulle vara perfekt i minsta detalj. En fasad som hon och Mange aldrig haft råd att hålla sig med och kanske inte heller ork och intresse. Hon gungade otåligt fram och tillbaka i soffan, ville att han skulle berätta om sin segling med Mange nu genast. Varför sa han inget? Hon vågade inte fråga igen, rädd för svaret. När hon upptäckte Rickard vid porten hade hennes hjärta gjort en kullerbytta i bröstet. Något hade hänt och att han var här för att berätta. Men samtidigt: Mange och Rickard. Om någon skulle dra iväg den andre på farligheter så var det Mange. Rickard kämpade på i mittfåran som den streber han var.

Så det blev hon som började berätta, hon återupplevde alltihop som en film. Mange hade först varit som vanligt när hon släppte in ho-

181

nom i lägenheten på i går kväll strax efter sju. Bara ovanligt tyst. De kysstes och hon kände den lätta upphetsningen som brukade överrumpla henne när de varit ifrån varandra några dagar. Han svarade knapphändigt på hennes frågor.

"Hur har ni haft det?"

"Bra."

Sen gick han bara in och satte på duschen. Hon gick in i sovrummet för att leta efter något som skulle göra henne lite mer rättvisa än T-shirt och tights. Då hörde hon den: en upprörd röst ekade i badrummet och fick henne att rycka till så att hon tappade linnet hon höll i. Sen insåg hon att det inte var någon främmande i deras badrum, att det måste vara Mange. Tyst tassade hon ut i hallen, lyssnande. Det lät som han pratade i telefon men det var något som inte stämde. Den arga rösten ekade mellan kakelväggarna men det var svårt att höra vad den sa när duschen strilande. Den lät så olikt Mange. Sen kunde hon uppfatta lösryckta ord.

"Ta ett steg till...era satans...ett steg till och ni kommer att ångra er!" Den främmande klangen i rösten fick hårstråna att resa sig på armarna. "Kom lite närmare så ska ni få se..." Ljudet transformerades, från arg och rädd till hånfull.

"Mange? Vad gör du?" ropade hon med ett forcerat skratt.

Ögonblicklig tystnad. Bara duschvattnet som väste ut i luften och stänkte mot golvet. Med rysningar rullande nedför ryggen provade hon handtaget men dörren var låst.

En halvtimme senare kom han in i sovrummet med handduken om midjan i ett moln av vattenånga och log mot henne. Huden var rosig av hett vatten. Hon hade fortfarand inte bytt om.

"Skönt?"

"Jovisst men det kan bli bättre..."

"Vad höll du på med, vem pratade du med därinne?"

Han såg frågande ut.

"Men kom igen. Jag hörde ju, värsta ederna."

"Nu har du väl ändå fått fnatt, min kära…"

Han kom fram, smög sina armar runt henne och hennes kropp slappnade av och mjuknade. Kunde inte hjälpa det.

Hon såg upp på Rickards frågande ansikte och insåg att han måste ha sagt något. Hon var inte ens säker på vad hon själv hade sagt.

"Så han sa ingenting om det där i badrummet?"

"Jag försökte igen sen, " fortsatte hon och hoppades att hon inte hade sagt för mycket – det som hände sen var lite för intimt.

"Men han…verkade inte förstå, eller låtsades inte förstå, vad jag pratade om tror jag."

Rickard förde handflatan över ansiktet i en märklig, frustrerad gest.

Hon svalde, såg på honom en bråkdels sekund och slog sen ned blicken.

"Det blir värre."

De hade legat en stund i soffan efteråt. Mange sovande, Sofie vaken med hans tunga arm över sin midja. De hade förlorat sig i de där ögonblicken, som det brukade bli, men nu kunde hon inte släppa hur underligt det varit med rösten i badrummet. Till sist hade hon slingrat sig fri, plockat upp sina och Manges kläder från golvet och dumpat alltsammans i tvättkorgen. Hon fick inte liv i kroppen i vardagsrummet, inte på hela kvällen, trots upprepade försök. Han var för tung för henne att lyfta, så till slut gick hon och lade sig själv och tänkte att han kommer väl någon gång, precis innan hon tvär- somnade. Det var sen det hände.

Något hade fått henne att driva ut ur drömmen men hon orkade nätt och jämnt få upp ena ögonlocket. Lägenheten låg i mörker förutom det gula blänket från gatlampan utanför. Svaga ljud nere från gatan, någon enstaka bil som körde förbi i Stockholmsnatten.

En obehaglig lukt stack i näsan. Hon sträckte ut handen och förde den i en smekning över lakanet: Manges sida var fortfarande kall och tom. Vände sig i sängen och mitt i rörelsen såg hon den svarta skuggan som avtecknade sig vid fotänden och frös. Kunde inte röra en muskel. Det stod någon mitt i rummet, ljudlös och fullkomligt stilla.

# 39

Rickards ögonbryn skiljdes åt av en brant, vertikal dal. För ett ögonblick, ett kort ögonblick, tyckte hon att han släppte fram något. Rädsla i sin renaste form.

"Vad då, det var Mange så klart?"

"Jag sa ju att det blev värre."

"Vad då, var det någon annan? Mitt i natten i ert sovrum?"

Sofie blundade och såg den svarta formen avteckna sig mot väggen bakom som återgav det svaga gatljuset. Hur hon först trodde, sen desperat hoppades att det var Mange som hade vaknat, gått upp och blivit stående halvvägs in i sovrummet. Det var som rösten i badrummet, något som inte hörde hemma i deras lägenhet. Istället för att säga något, som "Mange, vad gör du där?", låg hon där tyst med paralyserade muskler förutom ögonen. De släppte inte gestalten med blicken för en sekund. Det kan ha gått flera minuter, minuter som kändes som en evighet. Någon gång måste den ju röra sig. Hon lyssnade genom det svaga sorlet från gatan och tyckte att hon började uppfatta en svag andhämtning som gradvis blev tyngre. *Det måste ju vara Mange ändå.* Eller låg han mördad i vardagsrummet, strypt i sömnen? En kyrkklocka slog fyra slag någonstans och exakt när klangen ringde ut började den svarte sakta röra sig mot henne. Andetagen i rummet var nu ljudliga flämtningar, alltmer överdrivna, som om den som stod där spelade andfådd. Hon försökte skrika på hjälp men strupen var fortfarande som förlamad. Istället för ett ansikte trädde en gråsuddig fläck fram. Som dimma. Hon kunde ana ögon, eller åtminstone två hål, men inte mer. En hysterisk, ljus röst skar genom huvudet. Lukten slog upp i rummet, söt och rutten och stickande. Det ljusa skriket lät främmande men hon insåg att det måste komma från henne själv.

Men musklerna hade börjat fungera och hon drog snabbt till sig benen och sparkade sig bakåt mot huvudänden. Vålnaden liksom vaggade framåt och stötte i sänggaveln så att sängen hoppade till. Efteråt var Sofia inte säker på det, men hon hade fått för sig att den grå ansiktsovalen såg ut som en sprucken, väderbiten trämask, och att det glimmade till i de svarta hålen. Hon hörde sin egen löjligt tunna, barnsliga röst, "försvinn!", innan ljuset från gatan försvann och hon uppslukades av kompakt mörker.

"Vad då mörkt?" Rickard såg ut som om han trodde att hon drev med honom.

"Ja, svart. Svart som tjära."

"Du svimmade?"

"Jag vet inte." Hon fällde ned huvudet i en kontrollerad rörelse och lutade pannan mot knäna. "Nej, det känns inte så."

"Vad minns du då, sen?" Rickards röst hade ändrat karaktär, följde med hennes mjuka, låga tonfall.

"Jag vaknade. Det var ljust, förmiddag. Skulle ha varit på jobbet. Jag sprang ut i vardagsrummet. En enda röra. Filtar och kuddar, välta glas, barskåpet var öppet. En tom whiskeyflaska låg där" – hon pekade mot golvet precis bredvid Rickard och han lade märket till hennes långa, tvärt avklippta, svartmålade naglar – "det tog halva dagen att få ordning."

Rickards mun stod på glänt och dalen mellan ögonbrynen hade bildat en klyfta. Han bara satt där som ett fån, hur skulle han kunna hjälpa henne?

Sofia kände tårarna stiga och lät blicken glida ut genom fönstret.

"Han var borta."

# Konradsbergs dårhus 1865

*Skräck har via sinnet en kraftig påverkan på kroppen, och bör användas vid botandet av galenskap.*

Professor Benjamin Rush

Sjukvakten Arvid Djerf håller blicken stint framför sig och stålsätter sig för att inte provoceras av de arma krakar han snart ska passera. Han är med sina sex år en av dem som arbetat längst på hospitalet och var med när de öppnade för fyra år sen efter två år på Danviken. Nu närmar han sig en låst dörr i slutet av den evinnerligt långa korridoren. Han hade passerat C-delen, avdelningen för lugna patienter som befolkade rummen på höger sida. Låser upp dörren till nästa korridorsavsnitt, avdelningen D för oroliga. Nu hörs de tydligt, ropen och jämmerljuden. Lugna eller oroliga, man får aldrig glömma att de likafullt är besatta av onda andar. Det molvärker svagt i en oxeltand, det har hållit på i två dagar och han tänker för säkert tionde gången idag att han kanske måste gå och få den utdragen. Det är något han fasar han för, han har släppt in en tång i käften en gång förut när han var tolv år och minnet får honom fortfarande att rysa. Arvid låser noggrant och rycker till när en av patienterna som vandrat omkring i korridoren lägger händerna på hans bröst och sen försöker stryka honom över håret i mörkret. Uniformsmössan håller på att trilla av och han skjuter otåligt undan

187

kvinnan som backar några steg utan att ta ögonen från honom. De flesta oroliga patienter hålls inlåsta eller fastspända, de ska inte vandra omkring så här.

"Gå in på ditt rum," befaller Arvid med ett skarpt tonfall och hon stryker iväg längs längst korridorens vänstra vägg, den vita särken fladdrar i det svaga skenet från stearinljusens flämtande lågor. Ett spöke. Han får upprepa sig två gånger innan dårkvinnan slinker in igenom en olåst dörr och Arvid hinner skymta läkaren och en vårdare därinne. De borde hålla bättre ordning på dem.

Arvid fortsätter sin sävliga marsch, lugn i sinnet, utan att låta sig störas av plötsliga skrik och osammanhängande utbrott från rummen på hans högra sida. Han sätter pekfingret i munnen för att hitta den ömma punkten, som om han kunde hela den angripna tanden med viljestyrka. Ljudet från hans klackar ekar genom Konradsberg: dårarnas slott som folk kallar det. Det är kyligt och rök står ur hans halvöppna mun. Hans uppgift denna sena marskväll är en rutininspektion av tre patienter längst ut i avdelning E, cellavdelningen i den yttersta flygeln. De tillhör de stormande patienter som överläkare Wilhelm Öhrström bedömt utgöra en extra stor fara för sin omgivning. Arvid bekoms inte av att han ikväll gör den nattliga rundan själv, de brukar vara två eller tre, men Jansson har hastigt insjuknat under kvällen och Romme har specialkommenderats till en annan avdelning. Samtliga patienter är fastlåsta och kan omöjligt komma loss, dessutom genomgår de olika längre chockbehandlingar som brukade göra dem ofarliga efter några dygn. Det är de två kvinnorna som ligger nedsänkta i kallt vatten i mörka celler. Sen en karl som varit särskilt våldsam, han har suttit i snart tre veckor i engelska skåpet och till sist en stackars sate i dårkistan. Förmodligen är han inte längre vid medvetande. Som herr överläkaren brukar säga, det är bevis på att behandlingen dämpar raserianfall, främjar utmattning och sömn och gör patienten ofarlig och foglig. Och, brukar han

lägga till, inger honom en känsla av respekt för läkaren. Arvid Djerfs
främsta uppgift är att kontrollera att de är vid liv och rapportera till
tjänstgörande läkare. De går högst ogärna längst bort till cellerna i
yttre flygeln, läkarna.

Gustav Ander har gett honom cellnumren: 42, 43, 45, 46, 48. Num-
mer, inte namn - som vakt får man inte bli personlig med dårarna.
Ander kan vara alltför hård i Arvids tycke, han har en tendens att bli
hämndlysten på ett nästan barnsligt sett. Han är den enda som pra-
tar om svängmaskinen som var i bruk på Danviken. Här används
den mer sällan eftersom patienterna kan dö under behandlingen och
överläkaren vill inte riskera att besväras av skriverier i tidningarna
igen. En ensam sjukvakt kan få svängstolen att snurra mer än
hundra varv i minuten. Ett hundra varv! Redan efter några sekunder
kräks patienten och blöder ur näsan, munnen och ögonen, och har
inom någon minut svimmat. Då är behandlingen färdig, men Arvid
känner till fall då den fortsatt, och det är då det slutar illa. En av de
gångerna var han själv i rummet, han hade själv spänt fast den
stackars pigan. Arvid vill inte tänka på det där men kan inte få det ur
minnet. Den ansvarige läkaren hade inte avbrutit behandlingen
förrän efter sjutton minuter. Blodet hade stänkt över alla fyra väg-
garna. Okristligt hade det varit, en skam för hospitalet. Det finns
alltid vakter, läkare också för den delen, som inte kan eller inte bryr
sig om reglerna. Men ordningen är nödvändig. Annars skulle de
onda krafterna snart ta över och kasta hospitalet in i mörkaste kaos.

När Arvid Djerf låser upp dörren till stormavdelningen har nästan
vant sig vid stanken. Patienternas hygien får komma i andra hand.
Hur skulle det se ut om de skulle få personlig eskort till avträdet, det
skulle springas fram och åter i korridorerna hela dagarna. Undanta-
get första klassens patienter förstås, de som har betalat själva. Arvid
värjer sig mot att det trots allt fladdrar till i bröstet; han vet ju vem

som finns längst ut i flygeln. Han kommer att befinna sig helt nära, om än med en stenvägg emellan. Deras säkerhetsföreskrifter är tydliga med att alltid vara tre man när de låser upp till honom. Han kan inte begripa hur han fortfarande kan leva. Vilken människa kan överleva tre dygns korsfästelse? Eller fem dygn i kistan, utan en droppe vatten, med infekterade sår som hålls öppna i evinnerlig tid med hjälp av en smutsig trasa? Var det i själva verket en människa? Arvid vet att överläkare Öhrström är rädd för en enda patient: den som befinner sig i andra änden av den svagt upplysta korridoren han nu kliver in i.

# 40

"To be or not to be..." Den kände, brittiske skådespelarens skälvande röst betydde att hennes make väntade på att hon skulle svara i telefonen. Varför Elvira hade valt just den signalen för hans samtal visste hon inte, förmodligen bara för att hon gillade de där urklassiska orden, replikernas replik. Hon hoppades att han skulle låta lugn och samlad – som vanligt - trots att han stuckit iväg utan ett ord. Hon gjorde en ursäktande min mot sin kollega och insåg samtidigt att hon skulle ha hämtat Ofelia på fritids: klockan var redan fem.

"Yes?"

Det var tyst flera sekunder i andra änden.

"Rick?"

"Hej. Det här kommer låta konstigt men...har Mange hört av sig till dig?"

"Mange? Nej hur så?" En cocktail av känslor strömmade genom bröstet när hon hörde hans röst. Den lät redan främmande på något sätt.

"Det verkar som att han stack hemifrån mitt i natten och har inte gått att få tag på sen dess."

"Är han inte på jobbet då?"

"Nej, han har tydligen inte varit där."

Hon betraktade Arvid, kollegan som i sin vita, ovanligt slitna rock böjde sig kritiskt över ett ställ med provrör.

"Tror du det har hänt något?"

Tystnad. Hon provade igen:

"Varför tror du att något har hänt?"

"Sofie tror det. Han betedde sig lite konstigt igår kväll. Sen när hon vaknade…"

Elvira fick en bild av Sofie, i eleganta, svarta skinnbyxor, mindes hur hon avundats hennes kropp och tuffa stil.

"Jaha, så du har pratat med Sofie?"

Arvid hade ställt sig bredvid henne och tecknade att han behövde gå. Hon höll upp ett finger i luften.

"Jag måste sluta, höll på att glömma Ofelia. Rick?"

Ett stilla rosslande. En flämtning. Vad hände?

"Rick, vad gör du?" Arvid fick en bekymrad min som säkert avspeglade hennes.

"Var är du nu Rick, är du på jobbet? Hallå?"

Hon kände sin röst glida upp i det gälla tonläge hon avskydde, men det var något onaturligt med det här. Hon tog mobilen från örat och tittade på displayen. Samtalet tickade fortfarande på. Innan hon hann sätta tillbaka den till örat hörde hon det – och med Arvid Sarvo som hörselvittne: det lät om ett rått skratt från en man, ett riktigt flabb. Var var han? Vem i helvete var där med Rickard?

De bytte blickar medan hon pressade luren mot örat igen. I bakgrunden en ljus röst. En kvinna som sa något med skrämd röst, men hon kunde inte för sitt liv höra vad det var. Sen utbröt ett sammelsurium av prasslande, blåsande, stumma ljud innan samtalet bröts tvärt.

Hon hörde Arvid Sarvos "vad var det där" medan hon ringde upp. Handen darrade så att hon först kom åt fel kontakt och började ringa upp Ellens mobil. Sen blev det rätt. Signalerna gick fram. En. Två. Tre.

"Hej, du har kommit till Rikard Jolbrant. Lämna ett meddelande så ringer jag upp."

# 41

Det gick inget bra i king-out, det var inget roligt när Lova var med. Hon skulle bara bestämma hela tiden. Skulle inte mamma komma snart? Hon ville hem. Ofelia började pulsa fram i mattan av dyblöta höstlöv med riktning mot Storskogen, den lilla dungen med lövträd i ena hörnet av skolgården. Hon tyckte att hon hade sett någon där, kanske var det där Agnes höll till. Hon hade inte sett henne på eftermiddagen och det blev plötsligt dödsviktigt att hon fick leka med henne. Hon ville berätta om Lova, tala om hur hon höll på. Någon borde berätta för henne att hon faktiskt inte kunde bestämma över de andra barnen. Agnes skulle förstå, hålla med. Hon kom fram till den skrovliga stammen på det första trädet och frös till när den kalla vinden flåsade henne i nacken. Föste tillbaka hårslingorna som virvlade i ansiktet, försökte peta in dem i mössan. Det började mörkna och stammarna i Storskogen såg svarta ut.

"Agnes!"

Hennes rop liksom togs ur munnen av vinden och hon kisade misstänksamt in i dunklet och försökte upptäcka kompisens rosa mössa.

"Agnes!"

Hon fortsatte några steg till och stannade. Det stod någon längst in bakom tallarna, precis vid staketet mot gatan. En vuxen. Det såg ut som om han väntade på henne, fast han var vänd ut mot gatan, och när han vände sig om mot henne såg hon förstås vem det var.

"Ofelia! Jag trodde väl att du gick här. "

Han gick sakta fram mot henne. Han brukade visst vara rolig och snäll, men det var länge sen hon såg honom sist. Nu såg han sig om omkring med handen över ögonen som en spejare och hon skrattade till.

"Jag letar efter Julia, ja du kanske inte vet att jag är Julias pappa? Har du sett henne?"

Julia? Det var väl den där stora tjejen, hon gick ju i femman och var absolut ingen hon lekte med.

"Nej."

"Är det bra, Ofelia? Går du fortfarande och dansar?"

"Ja."

Hon längtade plötsligt efter sin egen pappa. Varför kom han inte hem?

"Sån där vad heter det…showdans? Visst var det?"

"Showkids."

Julias pappa nickade allvarligt.

"Är det roligt."

Hon nickade och sträckte på halsen för att titta efter Agnes. Hon kände att hon frös.

"Julias storasyster går på streetdance."

Hon ville gå tillbaks men fötterna satt fast i marken, hur hon än ryckte i dem. Mannen var en jätte och han stod väldigt nära henne, det fyrkantiga ansiktet låg i skugga däruppe. Det var något med det, det fick henne att tänka på en dröm hon brukade ha. Fast det var inte en av de bra drömmarna. Det var den farliga drömmen. Den där hon springer längst en strand efter Max som rusar ut i vattnet och börjar simma. Hon efter. Han simmar ivrigt där framme, gungande i vågorna som snart når henne till bröstet och hon saktar in. Börjar simma och vet att snart kommer det. Hon gråter av oro för snart kommer den, den hårda handen som kniper om hennes ena ben och drar henne nedåt, nedåt tills allt hon ser i mörkret framför sig är bubblorna från sitt eget skrik. Men hon hör det bara inom sig: "mamma!"

Hon vet att hon inte får titta ned, att det bara en är dröm som hon bara behöver vakna ur, men att hon ändå kommer att böja på nacken och se den. Och hon hör den fast det trycker i öronen, rösten från gubben i vattnet.

"Nu ska vi gå. Ofelia, kom."

## 42

En blodslöja glödde på skymningshimlen i väster som en sista, kvardröjande hälsning från solen. För en knapp timme sedan hade den sjunkit nedanför synranden och lämnat gyttret av öar och skär i ett fuktigt höstmörker. Den som rörde sig ned mot vattenbrynet, grå som rök, lyfte sitt huvud mot den mörka vidden för att vädra. Den tog ingen notis om de svarta vågorna som slog över dess fötter. Temperaturen hade sjunkit till några få plusgrader och vinden viskade över den svenska vallen i söder som rösterna från de tusentals döda sjöfararna. Ett ensamt skall ur dess gap blev, sen fler och snart kom ett gnisslande skri som vandrade ut över det porlande vattnet, bar smärtan långt, fortsatte: utdraget, blev längre och ännu längre. Det var ett ljud som frös en människas blod till is, som grep om hjärtat i bröstet med ett kall, elak hand som borrade in sina vassa naglar tills det värkte. Den som skrek hade en gång varit en människa. Men snart skulle den istället viska i någons öra, lugnande ord doppade i gift, förvränga ett friskt mänskligt sinne, smitta en oförbrukad själ med sin sjukdom, sitt svarta hat och sin omättliga lystnad. En gång levde den, åt, drack och sov. Kände smärta i sin kropp, tills den stacks i blod och dränktes i våldsam kamp, huvudet trycktes ned i det bräckta vattnet tills lungornas sista luft bubblade förbi ögonen mot ytan. Långt innan köttet började lossna från de kalla gamla knotorna, ögonen stirra i blindo ur urgröpta hålor och håret vitna, ihoptorkat med sjögräs. Åren hade gjort den gamla förbrukade kroppen till en usel, genant boning för det som fanns kvar, för det som hölls fjättrat i ensamhet här. Men som väntade tålmodigt. Vakade.


# 43


John betraktade blodkärlen i sitt eget ansikte. Det hade blivit en del sen han fick iväg Princess femtioåttan. Stor succé till sist, alla fem partners i firman hade varit med i början. Champagne, den där från Pol Roger hade inte suttit i vägen. Han var hjälten, såklart. Det hade aldrig varit några problem, grabbar. Den där Laroux ville ha en Princess och gick så uppenbart på känsla. Hade dessutom sin älskarinna med sig, eller möjligtvis fru. Det blev ju till att slå på charmen. Sen hade han fortsatt festen av bara farten ett par dagar på egen hand. Med Jenny förstås, mest. Minna hade ringt tre gånger och tredje gången tog han samtalet, sa att han var tvungen att jobba. Hon hade inte köpt ett enda ord, det var som man sa, ställt bortom allt tvivel.

Det där röda rastret över näsan, hur länge hade han haft det? Och huden över ögonen, den såg svullen ut, hängde liksom ned över ögonlocken. Nu var han tvungen att sakta ned.

"Du håller på att bli ett fyllo, Johnny Boy."

Hans andedräkt lade en etanoldimma över eländet och han ritade en tjej i den, två frikostiga bröst skulle hon ha, det bjöd han på. Tog ett ostadigt steg bakåt samtidigt som Jennys beniga lilla pekfinger knackade hårt på dörren. Mindes samtalet med sin bror någon gång under dagen. Mumlade: "Ja visst ja. Jävlar...Rickard."

"John? John?"

Han gav hals: "Ge mig en minut!"

"Det är din bror. Kom nu!"

"Lugn, gumman. Jag är lite mitt uppe i något här. Kan du inte sätta på kaffe eller något?"

Han tyckte sig höra en tung suck och lite senare röster ute i hallen.

Kvinnan som lutade sig mot dörrposten och mönstrade honom uppifrån och ned hade fler smycken än han någonsin sett. Guld, silver, svarta remmar och vitmetall om vartannat. Hon vickade otåligt på foten medan hon ibland slängde en blick över axeln för att se om John hade dykt upp än. Hon såg inte ut att vara en dag över tjugofem. Rickard hade aldrig sett henne förr, som det brukade vara med Johns kvinnor. Men han måste trots allt säga något.

"Rickard."

Hennes leende varade i en sekund och så mest ut som en grimas.

"Jenny."

Hon gav ifrån sig en liten uppgiven suck, kastade loss från dörrposten med en knyck och gick ljudlöst ut i köket med trutande mun. Rickard hörde ljudet av vatten som spolade och den fallande tonen när en kaffekanna av glas fylldes i takt med hans fördomar.

"John?" skrek hon ilsket och när Rickard följde efter in i köket såg han att hon måttade i kaffe i filtret med små, rastlösa rörelser medan armbanden klirrade rytmiskt.

"Vi har inget kaffebröd", sa hon anklagande och blängde på honom.

"Mamma är väl hemma igen nu?" sa John medan han drog på sig en rosa, blank skjorta, förmodligen strykfri. "De har väl släppt henne?" Rickard insåg att han inte hade en aning om Ellen hade kommit hem eller inte. Han hade glömt att ringa och fråga. Men hans dåliga samvete för att inte veta delades knappast av hans bror.

Den unga kvinnan som kallade sig Jenny hade märkbart irriterat hasat in i sovrummet stirrande på en ceris mobil som hon höll i handen. Snart vibrerade hennes entoniga röst genom den stängda dörren. Rickard undrade om det hade tagit slut med Minna men kände ingen som helst lust att fråga.

"Jag ska inte stanna länge, " sa han med en blick mot sovrumsdörren. De sjönk ned i de svarta skinnfåtöljerna med kromade metallstänger som bredbent intog rummet. Tapeterna med det svartvita zebramönstret som John en gång mutat en kompis att sätta upp hade börjat se lite solkiga ut. Kanske var det sot från den öppna spisen. John mönstrade sin bror genom röken som slingrade sig upp ur kaffemuggarna de hämtat i köket.

"Okej. Vad har hänt, bullen?"

Rösten från sovrummet lät som om den gav korta svar på en rad frågor. Rickard gissade att hon pratade med en tjejkompis. Den lätta avunden han ibland hade känt inför sin brors snabba erövringar övergick numera allt snabbare i avsmak. De blängde på varandra en stund, på samma sätt som de ibland gjort när de var små. På den tiden hade det antingen slutat i ett gapskratt eller ett slagsmål.

"Det har hänt något, det ser jag ju."

"Hänt?"

"Du ser konstig ut. Fan vet vad…"

"Ja, okej, det är mycket just nu. Lite trassel med jobbet. Och Elvira."

John blinkade oförstående, det här var han nog inte beredd på.

"Å fan. Berätta." John ställde ned kaffemuggen aningen försiktigare än han vanligt.

"Det är som det är."

"Hur illa? Har du jobbet kvar? Frun?"

Rickard förbannade sig själv för att han inte kunde låta bli att besvara grinet från andra sidan av glasbordet. Men hur skulle John kunna veta?

"Det tror jag nog," ljög han. "Men det här med pappa. Det är något väldigt märkligt, det är så underligt...det som hände..."

Orden försvann. Kilade iväg som gnagare på flykt i gräsets skuggor. Som om någon tog dem ur munnen på honom. Det brusade till i öronen, så kom ett vinande ljud. Han såg den alldeles knivskarpt: sin egen lilla knubbiga hand som sakta skruva upp frekvensen på farbror Espens gamla träradio. Den vita staven som rörde sig över de märkliga, exotiska namnen: Hilversum, Riga, Kalundborg. Det vinande ljudet som ibland blandades med en avlägsen röst när staven fördes över en frekvens där någon sände: *Schh-ahvmmlomm...* *schhhhh*. Men nu togs sändningen emot i hans huvud.

Bort. Bort med dig, för helvete!

Han trodde sig ha skymtat ett mönster: det verkade komma i vågor med några timmars mellanrum. Illamåendet, de hallucinatoriska hörselintrycken. Något som smög sig på honom. Och kraften där bakom, den som ingenting skulle kunna tygla eller rå på om han släppte fram den.

"Rickard!"

Han hörde sin egen röst, en hårsmån från en snyftning:

"Jag vill inte dö, John, inte redan."

Sen Johns oroliga röst som svarade: "Rickard, kom igen, vad är det? Vad är det som händer?"

John, rädd?

"Ofelia. Jag kan inte träffa henne när jag är så här...ingenting får hända henne."

Bruset och vinandet tilltog tills det skar outhärdligt i öronen: *schhh--schiuuuu...schhhhh*. Så plötsligt: orden. De för jävliga orden. Den vidriga, konstiga, främmande rösten. I hans huvud, dess vibrationer kändes i skallbenet, som om hans huvud bara var en resonanslåda för en förbannad utsändning. Den sa vad den hade gjort, vad den skulle göra. Saker den inte fick säga. Om Ofelia, om Elvira, om honom själv. Han måste skilja den från sina egna tankar. Den var inte hans.

# Konradsbergs dårhus, 1865

Gustav Ander spänner frånvarande åt remmarna som håller den alltmer upplösta kvinnan i kallvattnet. Hon jämrar sig svagt men han undviker att titta ned i det mörka vattnet, hon har legat många dagar och det kan flyta upp saker han inte vill se. Istället tänker han på Djerf, den horkarlen. Han hade sett så oförstående ut när Gustav insinuerade att han haft något för sig med hans Blenda. Som om han inte hade hört hur hon kuttrade igår kväll, i hallen i hennes föräldrars hus, när han kom in. Djerf hade mage att påstå att han hade ett ärende i tjänsten, att han var oskyldig. Spärrade upp sina blå ögon, den falske fan. Men det tjänade ingenting till, Gustav hade förstått och hans hjärta skrynklats samman för alltid. Blenda är allt som är vackert i hans liv och det har Arvid Djerf dragit i smutsen. Att Arvid går hem hos kvinnfolket är allmänt känt, men på något sätt har han ändå litat på honom, som en blåögd idiot. Precis som Djerf hade litat på Gustav när han läste upp cellnumren för honom.

Den tunga dörren till cell nummer 48 svänger upp och blottar en svart rektangel. Arvid stålsätter sig för den sista dåren i mörkret, handen söker sig förbi kniven och lägger sig till vila på pistolens skaft intill den stora nyckelknippan i bältet. Den sista patienten ska enligt Ander hänga kors, kedjad i tak och golv. Han sätter fyr på stickan och fäster den i hållaren vid dörröppningen. Och stirrar rakt på Laurens Glauber. Den magra kroppen är sträckt mot stenväggen med ansiktet i mörker, riktat ned mot golvet. Arvids flämtning får eldslågan bakom hans vänstra axel att fladdra till. Det måste ha blivit något fel: 48, men Ander hade sagt 48. En iskyla sprider sig genom kroppen och han tar reflexmässigt ett halv steg bakåt men något hejdar honom: hans namn. När han som barn avslöjats efter nya farligt pojkstreck brukade far skämta om att Arvid Djerf gjorde sitt namn rättvisa, utan att kunnat dölja en stolthet i rösten. Nej, stålsätt dig, karl.

Han står kvar och nyfikenheten väcks inom honom. Fascinationen inför faran. Är Glauber äntligen död? Han som ska ha tagit livet av två vakter på Danviken och lemlästat tre. Eller är det guds mening att inte låta honom komma undan så lätt? Kroppen framför honom hänger helt stilla, och när han håller andan och lyssnar kan han höra enstaka rop från någon orolig själ, men ingen som andas i cellen. Djerf, för helvete. Efter några sekunders tvekan drar han pistolen, osäkrar den och tar ett par långsamma, försiktiga steg mot kroppen på väggen. Av särken finns bara några smutsiga, grå trasor kvar och håret hänger långt, svart och trassligt strax ovanför Arvids ögonnivå. Det här ska bli något att rapportera!

”Glauber?”

När han säger namnet lämnar ett moln av fukt ur munnen och löses upp i Laurens Glaubers hårtovor. Han står så en stund, tappar nästan bort tiden, med ben som känns mjuka och opålitliga. Död. Han måste vara död.


Men är han död så är han en gengångare, för patienten börjar långsamt höja sitt huvud. I samma ögonblick vill Arvid inte vara där längre, men han vet att det är för sent. Han höjer snabbt den darrande pistolpipan mot det grinande ansiktet som sakta vänds mot hans, bara tre tum bort. Ögonen verkar först slutna i sina hålor men sen ser han hur ett av dem glimmar till när glaskroppen reflekterar eldslågan på stickan vid dörren. En stank av ruttet kött slår emot honom och en kyla som tränger genom märg och ben. Rösten. Den låter som om någon skrapar gammal färg av en trädörr.

"Handen. Snälla."

En sträng av blod och saliv blänker till i mungipan. Djerf för blicken uppåt, följer blodet som runnit från Glaubers ena handled upp till järnet den hålls fast i på väggen.

Jag är ensam med Laurens Glauber. Han är vid liv - ta dig omedelbart ut och varsko vaktchefen.

Det är bara det här med rösten. Den uppslukar honom. Måste bli lyssnat till. Lirkar, ömkar, ber och bevekar.

"Snälla, ta loss den. En stund...bara. Läkarn...han måste se...på...såret."

Det här är den avgörande sekunden och när den är över har Arvid Djerf inte börjat ta sig ut ur cellen. Han ser sin fars ögon rynkas mot honom i leende samförstånd och kliver istället upp på den lilla träpallen vid väggen, tar fram nyckelknippan och sträcker sig med darrande hand upp mot handfängslet. I ögonvrån ser han Laurens uppmärksamma blick följa hans minsta rörelse. Arvid undviker att möta hans sjuka blick som de lärt sig, men nu hörs hans lätt rosslande andning, lite häftig som om han hade hållit andan. Kan det här vanställda spöket verkligen vara en yngling på tjugo år?

"Lås upp...den andra. Andra handen först." Rösten raspar. Skrapar. De svarta naglarna har växt sig långa som klor under veckor ensam i mörkret. Klor och fingrar som nu tränger in i Arvids hals. De klämmer forskande över struphuvudet. Han känner ingen smärta, bara blodet som kittlar när det rinner in under skjortan.

"Lås upp, lås upp. Skynda dig, Arvid, du har inte långt kvar. Lås upp, lås upp."


Gustav Ander har bara fått med sig en man, Strindlund, men de har inget val. Djerf har varit borta i över en halvtimme och ångern har satt in med full kraft. Han tänkte bara att han skulle få sig en chock, det är ju ingen verklig fara. Men nu har tvivlet börjat pyra.

Dörren står olåst. Han hinner bara ta ett steg in i cellen innan han halkar och faller bakåt, rakt på Strindlund så att han dras med i fallet. Han sitter i vatten men det känns oljigt och ljummet när han vispar i det med handen och det ryker om det. Ljusstickans flämtande ljus slickar den vitmenade väggen framför dem. I det ena takfängslet hänger en kropp i en uniform dränkt i vad som måste vara blod. I det andra, fäst i den rejäla luggen, Arvid Djerfs huvud. De lätt utstående, vidöppna ögonen har ljusröda vitor och stirrar oseende på dem.

"Nycklarna!" hör han Strindlund kvida bakom sig. Det plaskar i dunklet när han försöker komma på fötter.

Gustav Ander vrider bara på huvudet och ser dumt på sin kollega.

"Gustav, är nycklarna kvar?"

Men nycklarna är inte kvar och nu slår ett gällt kvinnoskrik upp genom golvet under dem för att sen tystna tvärt. Han hör hur Strindlunds röst skälver:

"Det här är Glaubers cell, Gustav. Glauber är ute."

Den yngre vakten griper tag i Gustav Anders axlar och skakar allt vad han orkar i irritation och rädsla och men får bara ett entonigt, hopplöst svar:

"Gud hjälpe oss."

## 44

Bilens ljuskäglor svepte över den mörka landsbygden. Vägskyltarna trädde fram ur dimman en efter en, med ortnamn han aldrig hört. Han hade varit på väg att ta vägen förbi villan bara för att få se på Ofelia en stund. Klockan var över nio på kvällen och hon låg säkert och sov som en liten räka i sängen. Men känslan av att det var bråttom växte i honom, och han ville inte riskera att han betedde sig konstigt inför Ofelia och Elvira. Eller värre.

Snart borde det vara dags att svänga av, han lättade allt mer på gasen. Till sist kom det underliga namnet han letade efter. Skylten var gul med röd ram och svarta bokstäver: "Murtuna 3 km."

Han hade vaknat ur sin märkliga dvala med en filt över sig och insett att han var kvar i Johns lägenhet. Hans första impuls hade varit att fly. Precis som förra gången hade han bara vaga minnesbilder av vad som hänt före blackouten, men han kunde tänka klart igen. John hade plötsligt stått där bredbent framför soffan. Den här gången hade han inte gett sig förrän han fått ur honom vad han upplevt, eller trott sig ha upplevt, på dykexpeditionen med Mange. Av bara farten hade Rickard fortsatt med incidenten på mötet och om vad Sofie hade berättat. Det hade känts bra att få sätta ord på det, att bikta sig. Kanske gick det att få någon slags perspektiv på alltihop. John brukade inte vara lätt få ur fattningen men den här gången...den märktes att alltihop var svårsmält och oroande. Men

John var trots allt John och efter en stund hade han satt sig intill och försiktigt knackat Rickard i pannan med knuten näve:

"Okej. Vill du höra vad jag tror. Det är psykatriska mottagningen som gäller. Eller ett medium kanske. En exorcist. Beror på vilken skola man ansluter sig till. Den sista verkar roligare."

Rikard hade suckat: "För Sofie också då?"

"Märkligt sammanträffande, det får jag medge. Men vänta, jag kollar."

Så hade han kastat sig över sin laptop och läst högt för Rickard om andeutdrivning, kanske var det hans sätt att hantera något som inte gick att hantera:

"Exorcism eller andeutdrivning är utdrivning eller besvärjelse av andar ur människor som anses vara besatta, eller där onda andar ha tagit människan i besittning och gett upphov till sjukdom och lidande. Botande görs genom magiska formler, rening och omnämnande av namn på någon gudom."

Rickard hade tagit sig upp för att fly, skeptisk till nyttan av den här kunskapen, när Jenny kom ut till dem. Hon hade antagligen hade gett upp hoppet om att den ovälkomne gästen skulle gå.

"Jag känner en som vet en massa om andar och sånt."

Det höll på att arta sig till en kväll att minnas.

"Hon var min biologilärarinna på gymnasiet."

Tio sekunder senare sträckte hon fram sin cerisa smarta telefon med namn, adress och telefonnummer till lärarinnan med de särskilda färdigheterna: Rhonda Jansen.

Rickard hade backat med handflatorna utåt. Han hade fått nog, ångrat att han ens åkt till John. Det här var inte vad han behövde just nu: att hans egen bror och hans vänsterprassel drev med honom. John hade försökt hindra honom från att gå, ställt sig i vägen och till sist gett honom en obekväm kram, en sådan man ger någon man vill hålla fast för att förhindra att den gör något dumt. Rickard hade slitit sig loss. Men han hade bara hunnit ut på den tomma, mörka gatan innan han tog mobilen ur innerfickan och konstaterade att den övernaturliga lärarinnan bodde i Sörmland, bara några mil inåt landet från Gålö. Gålö, där den ödsliga fritidsbåtshamnen och den fuktiga, ensamma ruffen väntade. Efter det kunde han inte riktigt förklara det som hände. Kvinnan i andra änden hade haft mörk, redig röst och inte låtit det minsta obekväm med att bli uppringd halv nio av en främling med osammanhängande tal och otydligt ärende. Tvärtom hade han fått en känsla av hon var van vid sådana samtal, att det var en del av hennes vardag. Som om hon hade bara väntat på att han skulle ringa.

Med varma öronsnibbar han hade omväxlande bett om ursäkt och förnekat att han trodde på spöken och onda andar, men han kanske skulle kunna få besvära henne med några frågor på telefon?

"Vill du komma redan ikväll så går det bra. Se upp för vildsvin sista biten bara. De blir bara fler och fler här ute."


Han slog upp bildörren och näsan översvämmades av doften av vått gräs, fuktig skog och gödsel. Tystnaden var påtaglig. Allt som hördes var ett svagt sus från skogen. Han insåg samtidigt att han hade haft sin skinnväska med sig till mötet och måste ha glömt den någonstans, det måste ha varit hos John. Det spelade ingen roll. Nu styrde han stegen mot den ensamma, trattformade lampan över förstubron, allt annat var omslutet av oändligt mörker. Vad som helst skulle kunna finnas där ute. En ensam mörkgrön Land Rover med snedställda framhjul stod tätt intill entrén, nedstänkt med lera långt upp på fönstren som hans egen bil. Det var säkert en halvtimmes färd på dålig småväg sista biten hit så det var ett praktiskt val, kanske ända sättet att ta sig hit på vintern. Spökverksamheten rullade visst på bra, det måste vara ovanligt med lärarinnor som körde Land Rover. Hans armbandsur visade drygt tio när han klev upp på bron och tryckte på knappen vid dörrposten. Vad fick någon att vilja bo så här, långt bortom ära och redlighet?

Dörren öppnades nästan genast av en alldaglig, blek kvinna i femtioårsåldern med bruna ögon. Det långa, mörkbruna håret var stramt i en hästsvans och trots den grå fleecetröjan kunde han ana några extrakilon. Det var inte svårt att tro att hon var biologilärarinna.

"Rickard? Det är jag som är Rhonda. Kom in", sa hon med en lätt engelsk accent.

Han sparkade av sig sina leriga kängor på ett golv täckt av trasmattor.

"Det blir kallt på golven."

Inga barnskor. Inga mansskor heller, vad han kunde se.

"Bor du här själv, " halkade det ur honom. Fin replik att börja med, nu var hon väl säker på att hon släppt in en våldtäktsman. Hon ryckte på axlarna som om det var henne likgiltigt.

"För det mesta. Kärnfamiljen är inte min grej."

Det lilla huset var trivsamt och enkelt, inrett av någon som gärna höll efter det gamla och nötta. De blanknötta plankorna som skymtade mellan mattorna såg ut att kunna vara flera hundra år gamla. I den murade öppna spisen sprakade en eld. Hon gjorde en gest mot ett avlutat köksbord omgivet av gamla men välhållna pinnstolar.

Hur skulle han börja? Han visste ju knappt själv vad han gjorde här. Han tittade på mobilen. I värsta fall hade bara han en timme till näst gång.

"Är det verkligen okej att jag kommer så här sent..."

"Nej det är verkligen inte okej!"

De skrattade tillsammans och med ens var allt i sin ordning. De slog sig ned och han avböjde kaffe men ångrade sig direkt när han såg hennes besvikna min. Det måste bli ensamt här ute ibland.

"Jo förresten, om det är klart och allt. Så man håller sig vaken på vägarna."

Hennes bruna ögon vilade lugnt i hans en stund och han märkte att något skedde, han var bara inte säker på vad. Nu såg han att hon åldrats med värdighet precis som sitt hus, ansiktets hud som spände över de framträdande kindbenen hade gott om fina rynkor. Där fanns en säregen, stilla skönhet.

"Min brors...en tjej som känner min bror har visst haft dig som biologilärare. Jenny...kan det stämma?"

Hon log inte, vem kunde klandra henne.

Genomskådar hon mig? Vad ser hon egentligen? Något jag själv inte ser?

"Jag har nog haft mer än en Jenny. Men absolut, det kan stämma, om hon är från Nyköping. Gammal fältbiolog vet du, har forskat en del i min ungdom också. Sen fem år jobbar jag på en gymnasieskola i Nyköping...nej den känner du nog inte till."

Sen fem år. För fan, John.

"Jag arbetar deltid, men det räcker. Bor billigt vet du."

"Och det här spiritistiska...jag antar att du..."

Det kändes som att föra på tal att hon snattat på ICA och nu log hon, fast med munnen stängd och det var snabbt över.

"Jag tar betalt, ja. Mest för att jag förväntas göra det, det blir inga stora pengar. Det är inget kall för mig, jag har bara kunnat uppfatta lite mer än de flesta sen jag var liten. Men det känns bra att göra något för andra, det kan betyda väldigt mycket för en del."

Skojeri, precis som han vetat hela tiden. Hon var en av dem som utnyttjade förvirrade, godtrogna gamlingar för egen vinning genom att låtsas kunna prata med deras anhöriga på andra sidan. Kanske också för att känna sig betydelsefull och behövd. Som spökjägare på TV där det aldrig gick att få något onaturligt att fastna på kamera. *An open and shut case*, som de säger i amerikanska deckare. Han såg på henne men kunde inte bli arg. Det var något han inte fick ihop här, kanske var det hennes lugna, värdighet, den jordnära enkelheten. Kunde hon vara en så bra skådespelare? Faktum var att han fortfarande satt kvar med ogrumlad uppmärksamhet. Hennes mörka röst rann som kallt källvatten, blankt och klart med en udd av svärta. Han skulle kunna sitta länge i det här nötta lantkökets skonsamma belysning och lyssna på den där rösten.

"De flesta vill ha kontakt med avlidna. Medierna har egna webbplatser nu för tiden, de är ren business. Ska man tro på dem reder de ut livssituationer med hjälp av tarotkort, änglakort och pendlar. En del sysslar med distanshealing, en del numerologi."

"Men inte du?"

"Jag hjälper till med kontakten och förmedlar det som sägs. Inte något av det andra. Kan det få dem att må lite bättre så säger jag inget om det."

"Så..."

"Men det händer att jag blir kontaktad av någon som uppfattar sig vara besatt, oftast av en anhörig. Det är inte många av..." hon tvekade ett ögonblick "...oss som hjälper till med sådant."

"På film är det väl mest präster."

"Katolska präster kanske. Här hemma är både fallen och utdrivningarna mycket sällsynta, vad jag vet."

Hon lutade sig lätt fram mot honom med ett trött uttryck i ögonen.

"Vem är det, Rickard? Vet du vem som har varit i dig?"

Han ryckte till så att det knakade i pinnstolen och han kände en svettpärla bryta fram i hårfästet.

"Vad menar du med det?" kom det som en flämtning.

Såg hon det på honom?

Lugn, hon bluffar, det gör alla kloka gummor, medier och annat löst folk. Det är så de jobbar.

"Du frågade om besatthet på telefon. Så det är väl en rätt logisk fråga." Hennes blick vek inte en sekund.

Han tog sats och berättade en mycket koncis version av vad han upplevt på Järnskäret och sen han kom tillbaka. Hörde sig själv skratta utan att veta varför:

"Jag pratade med en person på Blidö som säger att förlista sjömän går igen därute, att många liv har fått ett våldsamt slut på den där platsen. Det där sista lär åtminstone vara fakta."

"Men du tror inte på andar."

"Va? Nej, nej...eller jag vet snart inte. Alternativet är väl mentalsjukdom."

"Så du kom hit istället."

Han nickade som en skolpojke.

"Okej. Då ska jag berätta vad jag vet. Teorin är att starkt negativa händelser i samband med dödsfall kan få energi att stanna kvar på platsen där det hände. Är du med?"

Han nickade igen.

"Den här negativa energin är den del av den som går över. Det finns förstås mängder av kända fall i världen, många har man varken hittat en så kallat naturvetenskaplig förklaring till eller kunnat bevisa att det rört sig om andeväsen."

Alla dessa teorier. Han fick lust att testa henne.

"Rhonda, hur kan någon som forskat i biologi tro på onda andar?"

Nu log hon så att tänderna syntes. De var små och kvadratiska men hörntänderna stack ut som på en vampyr.

"Det är just därför. Vetenskapen är ljuskäglan från en ficklampa, den ser bara vad den lyser på. Och så beror de på personliga upplevelser."

Jaha, nu hade han henne. En livskris, personliga problem, spiritism blir en utväg, tänkte han med ett styng av besvikelse.

"Som jobbiga händelser...närstående?"

"Nja, mer det faktum att jag sett, hört och känt människor med en dödsattest. Det gör det lättare att tro. Men visst, en del händelser har varit jobbiga. Ska vi prata lite om dig igen?"

Öronsnibbarna hettade till, igen.

"Så det här betyder att om någon som dödats skapat ett tillräckligt starkt negativt avtryck så stannar den personen kvar, men i en an-

211

nan form: det en del kallar dess ande. Men den finns bara på just den platsen. I vissa fall kan den lyckas få fäste hos en levande människa. Då har den hittat sitt värddjur. Den kan följa med och blir fri från platsen där den dog."

"Jamen för fan," kom det ur hans mun innan han hann stoppa det. Varför satt han och lyssnade på den här smörjan?

"Tror du själv att du har den?"

"Hör du, det här är helt sjukt."

Hon hade lyckats provocera honom men behöll lugnet, reste sig och hämtade kaffekannan. Rickard höll handen för sin kopp men Rhonda slog upp till sig själv och mötte sin egen spegelbild i det svarta fönstret.

"Jag vill inte skrämma upp dig men det kan vara bråttom, Rickard. Det ligger i sakens natur att en sån människa kan vara mycket våldsam. Och ofta hämndlysten. Farlig. Om det är en sån...det är inga vanliga, trevliga spöken förstår du."

"Det går en historia också," avbröt Rickard. Lika bra att lägga alla korten på bordet, allt hade ju ändå spårat ut. "Mer än en historia föresten, händelsen är dokumenterad i en avhandling av en historieforskare. En vrakplundring på ön, det ska inte ha varit den första heller. Och en blodtörstig typ som gick bärsärk, en mentalsjuk mördare."

Rhonda hade stannat mitt i rörelsen med ryggen mot honom. Det var som de kommit till det där stället klassiska där spåkärringen blir illa berörd och inte vill berätta mer. Han hörde sig själv skratta glädjelöst. Hon ställde tillbaka kannan och vände sig sakta om.

"Jag har bara varit med om ett fall där anden varit riktigt elak," sa hon. "I det fallet berodde elakheten inte på att hon dött en våldsam död."

"Så vad berodde det på?"

En klocka tickade någonstans, antagligen en väggklocka, konstigt att han inte hört den förrän nu.

"Att hon var elak när hon levde också. De mörka sidorna brukar dessutom förstärkas hos anden. Renodlas. Det är de som tar över."

"Och rösterna över radion? Är de bara i mitt huvud?"

"Svårt att säga. Det påminner ju om ett EVP, Electronic Voice Phenomena. Men det är dödas röster som fastnat på en inspelning. Här är det alltså så att säga direktsändning, vad jag förstår."

"Varför sa du att det var bråttom?"

"Rickard, den här mördaren, dog han på platsen också?"

"Ja, han sköts och dränktes av sina egna plundrarkompisar, de tog chansen att bli av med honom."

"Har du ett namn åt mig?" Hennes lågmälda röst låg nu nätt och jämnt innanför gränsen för det hörbara.

"Simen." Namnet stack till på tungan när han sa det..

Nu stirrade hon ned i sitt kallnande kaffe utan att röra det.

"De besatta jag hjälpt har nog varit av en annan sort, om jag ska vara ärlig. Vanliga döda som kommit fel."

"Men du sa att det kunde vara farligt. Varför sa du det?"

"Något jag läst bara. Inga egna erfarenheter."

"Det kommer snart," sa Rickard och hittade ett väggur med blicken. "När som helst. Jag borde gå."

Rhonda reste sig, fortfarande utan att se på honom.

"Jag är ledsen men jag kan nog inte hjälpa dig mer."

"Säker? Du kan inte se om jag…"

*Om jag vad då?* Han kunde inte ens säga det rakt ut.

Hon suckade djupt och lät armarna hänga löst utefter sidorna.

"Kom tillbaka imorgon eftermiddag vid tre om du vill. Då är jag hemma."

"Tack."

"Ska du verkligen ut och köra i mörkret nu, om du tror att den kommer tillbaka?"

"Jag tar risken."

Hon såg ut som om hon ville säga något mer, han väntade.

"Det här låter förstås helt galet för dig, men du ska helst undvika att titta i speglar tills vidare. Bara för säkerhets skull."

Om hon drev med honom var hon en fantastisk skådespelerska; hon gav snarare intryck av att vara saklig och engagerad. Han drog på sig skorna och jackan och klev ut i kylan. "Hej då", rök det ur munnen. När han fått fart på bilen såg han henne i backspegeln, hon stod på förstubron med armarna om sig och såg efter honom.

## 45

Redan när Ellen hjälpte henne av med täckjackan och tappade den på golvet märkte hon att något var galet med henne.

"Lilla söta Elvira Madigan, kom in, kom in."

Först trodde hon att det var någon av alla mediciner hon tog men när hon kom in i det lilla vardagsrummet såg hon flaskan på sidobordet med ett rejält vinglas av bordeauxmodell intill. Hon låtsades inte om den först, sneglade bara på etiketten: Camus V.S.O.P, hon hade fått den av Rickard för många år när han kom hem från en tjänsteresa för att hon sagt att hon tyckte om konjak. Bara bottenskylan kvar.

Hon såg sig omkring utan att sätta sig. Försökte att inte bry sig om hur det såg ut: ett sammelsurium av färger och stilar där ett diffust åttiotal dominerade. Trivdes hon verkligen i den här folkhemsmontern?

"Firar du att du har kommit hem?" ropade hon ut i köket och fick svar i form av ett våldsamt skrammel av porslin och något som lät som en svordom. När hon kom dit in höll Ellen på att sopa ihop vitt porslin nedtänkt med kaffe.

214

"Du börjar med konjaken först och tar kaffet sen," försökte Elvira igen. "Får jag den där, jag hjälper dig, Ellen."

Ellen satte sig tungt på en köksstol och lipade med tungan medan Elvira eliminerade spåren efter köksolyckan. Hon kunde inte minnas att hon någonsin sett Rickards mamma berusad, möjligen lätt tipsig på deras bröllop.

"Vill du ha konjak?"

"Nej, tack."

"Var tusan är den? Smakar som ättika och Desivon, vet du."

Hon var ju inte bara berusad, hon var full som ett troll. Elvira tänkte på Rickard. Här var hon nu, med hans plakata mamma som överlevt och kommit hem från sjukhuset. Hon hade inte kunnat vänta längre, känt att om hon gjorde det skulle det bara fortsätta att bli värre tills det gick ut över barnen. Men det hade varit sällsynt dålig tajming, det insåg hon. Hon skulle ha gjort det långt innan allt det här hände. Rickard hade stuckit. Men hon undrade om han egentligen inte tog sin karriärsdipp hårdare än att hans fru ville skiljas. Var gömde han sig förresten – satt han ute i båten och tryckte? Medan hon fick ta hand om Ofelia och huset, jobba och besöka hans mamma, konjaks-Ellen? Hon skar sig på en vass skärva och kände det varma blodet rinna över tummen. *Din själviske djävel.*

Hon virade hushållspapper runt tumgreppet som ett provisoriskt förband och höll upp handen i luften för att minska blodvitet.

"Kommer inte Rickard också?"

"Nej, Ellen, han kommer inte."

"Jobbar han?"

"Ja han jobbar."

"Man ska ta hand om sin man, vet du. Malcolm…jag ska visa dig hans kort."

Ellen tog sig upp på fötter och innan Elvira hann reagera hade hon försvunnit ut i sovrummet.

Hon låg i sängen och med ett tummat vykort i handen. Lådan till sängbordet var utdragen.

"Det sista meddelandet. Den…artonde maj nittonhundraåttiotvå."

Elvira kändes en oro röra sig i magen.

"Har något hänt, Ellen? Hur är det egentligen?"

Kvinnan på sängen gav henne ett ögonkast och log brett. *Förvirrad. Ganska kraftigt förvirrad.* Hon tog emot kortet, mjukt och solkigt i mellan tummen och pekfingret. Läste hastigt den överdrivet noggrant präntade handstilen hos någon som ville förmedla något viktigt.

*18/5-82*
*Kära Ellen,*
*här kommer ännu ett meddelande, det har gått ett år sen sist. Jag hoppas att du och pojkarna har det bra. Jag förstår att det inte är lätt, men du ska veta att jag tänker på er och har det bra. Längtar efter er, önskar varje dag att jag hade kunnat komma tillbaka.*

*Din M*

Hon vände på kortet. Två fiskare höll upp en väldig svärdfisk mellan sig, båda med tänder som lyste vita i de bruna ansiktena. I ena hörnet stod det "Marlin Adventure Tours" med knappt läsbara, små vita bokstäver.

"Får jag tillbaka det."

Ellen hade kämpat sig upp i sittande ställning och höll ut sin hand för att sen snappa till sig kortet ur Elviras hand.

"Jag fick inte visa de där. Så dum jag är."

"Men…nittonhundraåttiotvå? Då kan det väl inte vara från Malcolm? Det var ju någon gång på sjuttiotalet som han…" fick hon ur sig. Ellen log ett knipslugt leende.

"Jaså, inte?"

# 46

Katinka II var ännu ensammare i hamnen än på morgonen; de enda
två andra segelbåtarna vid bryggan måste ha tagits upp under dagen.
Den sparsamma bryggbelysningen räckte nätt och jämnt till för att
Rickard skulle kunna hitta låsspringan med nyckeln och låsa upp till
ruffen. Det hade hunnit bli midnatt och den isande vinden från
havet förstärktes genom den långa, trattformade viken. Om bara
någon månad skulle isen ha lagt sig. Under bilresan hem från
Rhonda Jansens stuga genom det ödsliga landskapet hade han hela
tiden varit beredd på att stanna om han skulle börja känna att *det*
var på väg, men det hade aldrig behövts. Men något annat obehag-
ligt hade hänt. Vid ett tillfälle, precis när han svängde ut mot Dalarö
och automatiskt kastade en snabb blick i backspegeln, hade han
kunnat svära på att han såg någon sitta i baksätet rakt bakom sig.
Han hade tvärbromsat och fått stopp på bilen på vägrenen med
hjärtat i galopp, vänt sig om och trevat över det tomma baksätet
medan motorn surrade för att övertyga sig om att det var tomt. Att
det inte hade smugit sig in någon i bilen och åkt med, en fripassage-
rare som tyst väntade i mörkret bakom hans rygg.

När Rickard lyfte av den övre mahognyluckan till ruffen kom
samma olustiga känsla tillbaka. Hans sinnen hade reagerat på något
som hjärnan undermedvetet kände igen. Något som inte stämde
med den här tiden, den här platsen. Han hejdade sig och spejade
omkring sig i mörkret med den kalla fukten från havet i ansiktet.

217

Vände blicken nedåt, in i den mörka ruffen. Något var det. En svag lukt som inte hade varit här i morse när han gett sig av till mötet på jobbet. *Nu får det vara nog.* Han sköt irriterat upp däcksluckan och trevade med foten efter den branta trappan. Det knakade till när han lade tyngden på ett trappsteg och svängde sitt andra ben genom öppningen. Trevade runt efter lysknappen, hittade den och knäppte på ljuset. Såg dem genast i ögonvrån och vred instinktivt på huvudet. *Det får inte vara sant.* De satt på soffan bredvid varandra i ytterkläderna, helt orörliga men deras huvuden hängde på ett onaturligt sätt. Ljuset från den infällda takbelysningen fick deras jackors vindbeständiga material att blänka obarmhärtigt och deras ansikten att vila i djup skugga. De satt där och väntade på honom. Elvira. Ofelia.

*Välkommen hem, älskling.* Under en svindlande sekund svävade han i total säkerhet: var det han själv som gjort det? Som fört hit sin egen fru och dotter, dödat dem och satt dem här att vänta. Hade den värsta av mardrömmar, den yttersta av fasor blivit verklighet?

Alltsammans var över på någon sekund men det var en lång sekund. Han famlade över Ofelias gula, stickade mössa, hennes gula fodrade jacka, vantarna, vindbyxorna. Nu såg han att hon inte hade något ansikte och när överkroppen tippade framlänges såg han den rosa kudden innanför kragen och slet av mössan. Drog av Elvira en vante: ingen hand. Vände upp huvudet: det fanns inget huvud. Bara kläder och kuddar. Kuddar och kläder. *Det är inte dem, de lever.* Men något annat steg i honom genom röran av sorg, rädsla och förvirring: ett kallt raseri. Han slog näven hårt i bordet, en gång, två gånger. Brydde sig inte om smärtan. Det var för sjukt för att begripa. Men en sak var säker: det här kunde inte bara bero på att han själv var rubbad. Det här var ingen hallucination. Någon av kött och blod måste ha tagit deras kläder, tagit sig in i ruffen och arrangerat den smaklösa välkomstkommittén. Någon som visste var de hade båten,

218

som visste att Rickard skulle komma hit. Någon som kunde dyrka upp ett Abloylås, eller snarare, när han tänkte vidare: som hade en nyckel.

Han vek ihop kläderna i två högar och kände att hjärtat långsamt började återfå en mer normal rytm. Andas. Tänk. Och han tänkte att det här kunde vara en rakt igenom sjuk handling och att det inte fanns något att förstå. Eller så var det ett slags budskap. En varning. Men en varning från vem? Och varför?

Han satte sig tungt och lät mobilen glida ned i handflatan. Handen darrade och att pekfingret hade svårt att träffa rätt namn på skärmen, men efter att ha öppnat kontakten bredvid två gånger lyckades fingertoppen få de ensliga signalerna att gå fram i natten. Tuuut. Tuuut. Tuuut. Det knäppte till: "Hej, du har inte kommit fram till Elvira Jolbrant utan till hennes röstbrevlåda. Säg något efter pipet."

## 47

"Elvira Jolbrant?"

Hon tänkte att det var en bra röst. Som en skolad teaterröst fast utan att vara teatral. Mörk och lugn, inte utan viss skärpa. Hon tryckte igång espressomaskinen som började skicka ut en mörkbrun rännil i koppen genom ett litet blåtonat ångmoln. Kaffe och grapefukt till frukost, hon skulle kanske vara hungrig ett par timmar före lunch, kostaterade hon nöjt. Hon fick inte förfalla nu bara för att...

"Det stämmer," svarade hon, en aning förväntansfull.

Rösten fortsatte med att presentera sig men namnet undgick henne, allt hon hörde var "stockholmspolisen."

Herregud, hon visste att något måste ha hänt.

"Vad är din relation till Sofie Nunez?"

Rakt på sak. Allvar.

Ofelia visade henne sammanbitet en teckning med något som påminde om en båt och så kom det, för tjugoelfte gången: "var är pappa?"

Elvira reste sig och vände ryggen till henne, lätt framåtböjd med sammandragna muskler. Handen höll på att krama sönder mobiltelefonen.

" Min...eh. Vi är väninnor, fast vi har inte träffat varandra på länge. Jag...har det hänt något" Onda, onda aningar. Mörkret som slöt sig tätt, tätt omkring henne.

"När kommer pappa?"

I ögonvrån i synfältets underkant såg hon pappersarket som hölls upp mot henne igen.

"Det är en rutincheck, Elvira. Vi kontaktar anhöriga och närstående."

"Närstående? Vi...närstående kanske är för mycket sagt."

"Din make, heter han Rickard Jolbrant?"

Hon sjönk ned på en av köksstolarna igen och viskade samtidigt automatiskt till Ofelia: "snart, gumman, han kommer snart."

"Förlåt?"

"Ursäkta, det är min dotter. Ja, det stämmer."

"Vi kollar upp alla namn, vi har hittat en väska med din makes namn och adress."

"En väska? Var då? Men vad har hänt?"

Hennes egen röst störde henne, den var inte bra. Den hade blivit gäll och skar sig mot den djupa barytonrösten. Polisrösten. Hon kände paniken stiga i kroppen som champagnebubblor som rusar mot ytan.

Polisen kunde inte dölja en lätt suck.

"Väskan hittades på golvet i Sofie Nunez lägenhet. Jag ville helst inte ta det här på telefon, men ni var ju tydligen inte närstående. Sofie

Nunez har tyvärr avlidit. Vi misstänker brott och hennes lägenhet undersöks just nu."

Elvira tryckte hastigt handflatorna mot ansiktet. Koncentrerade sig på andningen.

"Är Rickard Jolbrant hemma? Eller vet du var han är? Vi har inte kunnat få tag på honom."

Hon andades med mobilen tryckt till huvudet. Ut, räkna sakta: en, två tre. In: en, två, tre.

"Jag pratade med honom igår eftermiddag på telefon. Vi har inte setts på några dagar."

"Okej, tack så länge. Skulle ni få kontakt vill jag att du ber honom höra av sig till oss omgående. Och meddela oss för säkerhets skull. Det går bra att använda numret jag ringer från nu."

"Är han - är Rickard misstänkt för något?"

"Vi utesluter ingenting än. Det som har hänt är allvarligt, och jag vill vara öppen med att den eventuelle gärningsmannen kan vara mycket farlig."


När samtalet var slut stirrade hon på båten i blått, svart och grönt tusch. Nu såg hon att det satt någon i den, en liten figur som Ofelia placerat ordentligt i aktern vid rodret. När hon tog upp mobilen såg hon att den hade tagit emot ett samtal mitt i natten, 00.23. Rickard. Hon måste ha sovit tungt efter det tuffa träningspasset, mobilen brukade mot alla goda råd ligga på nattduksbordet. Hon ringde genast upp med stigande puls och fick hans röst i örat. Röstbrevlåderösten, professionell och säker. Hennes tummar fick ihop ett textmeddelande på två sekunder: "Ring mig genast. Polisen söker dig."

Prasslet i telefonluren, flämtningarna, det vidriga råa skrattet. Det hade inte varit Rickard. Eller hade det blivit för mycket? Slagit över fullständigt?

Hon såg Ellen framför sig: den gamla kvinnans glansiga blick, hur hon höll sig i stolen för att inte glida av och lipade mot henne med tungspetsen långt nere på hakan. Full och galen. Vykortet med den onaturligt stora svärdfisken. *Längtar efter er.*

Hon blundade och förstod absolut ingenting alls. Fick bara inte ihop det.

Vad är det som händer?

# Briggen Hermione, 8 december 1873

I höjd med Gotska Sandön är Stormen över dem.

En av skeppsgossarna, färske Tom Rickman som just mönstrat på i Plymouth, står midskepps i lovart och förste navigatör Björn Jost ser en brottsjö dränka honom i iskallt havsvatten. Han tappar fotfästet och flyter på rygg över till läsidan som en barkbåt och slår huvudet i relingen så att det vippar till. Båtsman, Mr Monday, fäster ett rep kring sin midja – det går åt säkert åt fyrtio tum - och tar sig steg för steg fram till gossen men Björn ser hur huvudet nickar i svallen som en trasdocka. Stormen tilltar omkring dem, det är som om havsodjuren är på väg i nattens svarta rymd och vinden ylar som svultna ryska ulvar. Riggen smattrar, rasslar och knarrar. Skrov och tågvirke brakar, kvider och råmar. Han hör Kapten Willington ge order om att fler segel ska revas och bara några få sekunder senare Mr Mondays barska stämma som meddelar vilka segel som ska ned först. Han har släppt den stackars skeppsgossen för att inte kastas omkull själv. Pojkens lealösa kropp buktar och slår som en fisk i slagvattnet. Hans ansikte är en blöt, vit oval skenet från skeppslyktornas men Björn ser ingen rädsla i det.

Han oroas över att han inte kan fastställa deras position. Någonstans framför dem ligger ett myller av grynnor, grundflak och vassa klippor och om de går på och sjunker kan de bara hoppas på ett snabbt slut i de iskalla, rasande brottsjöarna.

Björn är en av fem svenskar som mönstrat på Hermione. Hans lön är bättre än vanligt eftersom han följer med i egenskap av expert på de farliga vattnen i Stockolms skärgård. Meningen är att kapten inte ska behöva lägga skeppet helt i händerna på lotsen som ska möta dem utanför Svenska Högarna, deras last är alltför värdefull.

"Vi tar in vatten!" meddelas det och sen hörs ett upphetsat rop från en lättmatros som surrat sig själv i masten som utkik. En liten ljuspunkt börjar flacka där framme, den dyker upp då och då mellan de rykande svarta vågbergen som vältrar sig in mot fastlandet. Det måste vara eld. Båken på Svenska Högarna! Order går akteröver till rorsman att hålla kurs mot elden. Björn har – utan hänsyn till hans befattning som navigatör - satts i arbete med att bärga ett råsegel. Sjövattnet har redan styvnat i vackra vita och turkosa isskulpturer och isbark som gör det lika tungt som om det gjutits av bly. De är tre man på uppgiften och de mer anar än ser att väggen av vatten som är på väg. De tar spjärn, håller sig i rep och taljor och allt vad de kan med köldstyva, vitnande händer. Hermiones däck häver sig rätt upp under dem, högre och högre och Björn räknar tyst: ett, två, tre, fyr...

Ett ögonblick senare har han svårt att säga om han är kvar ombord eller förlorad till djupen och han förbereder sig på att nedstiga i sin kalla grav. Iskylan förlamar armar och ben. Allt är mörkt, allt han hör är det bräckta vattnet som strömmar omkring honom, bubblar, rycker och sliter i honom. Munnen fylls av det och när han drar ned det i lungorna är det slut. Käraste söta Sofia, han springer sin mor till mötes och lyfts upp, upp i hennes famn, snurras runt, runt så att hennes styva flätor står rätt ut.

Men när sjön drar sig undan ligger han där kvar på däck som en fisk, han och en matros vid namn James som han lärt känna ganska väl. Den tredje karlen är borta, den arme saten.

Ett rop skär genom vindens ylande: var är lotsen?

"Where´s the pilot?"

"I can´t see, Mr Monday! It´s just dark, Sir!"

Det börjar gå upp för oss alla att lotsen inte kommer att möta oss den här natten och det kommer från kapten själv:

"Mr Jost! Mr Jost, to the helm. To the helm!"

Han kryper, glider, faller over däck tills han håller sig i rorsman, en satt Walesare han glömt namnet på. Han letar reda på en tamp som inte helt stelnat av is och surrar fast sig. Det är dags att göra skäl för lönen.

Han fixerar elden på Svenska Högarna som växt en aning. Vår chans. Vårt enda hopp.

# 48

Den gryende dagen kunde bara anas som en ljusgrå strimma över den prydliga raden med hustak när Rickard svängde in på uppfarten till villan i Bromma. Samtidigt drog han ofrivilligt efter andan: hennes bil stod fortfarande kvar. Deras cyklar syntes inte till, men de kunde ju stå i garaget. På väg genom det trygga villaområdet hade han passerat boende som var på väg ut genom grinden eller backande ut sina vältvättade bilar och satte fart mot arbetsplatser, skolor och dagis. På andra sidan gatan satt en kvinna i en mörkgrå Volvo sedan av senaste modell och väntade på någon som skulle bli klar så att de kunde åka. Det var som om de allihop levde i en annan verklighet än han själv, ett parallellt universum.

Han hade somnat flera gånger i kojen på Katinka II men varje gång hade drömmarna ryckt tillbaka honom till den bistra verkligheten. De hade blivit värre och lämnade honom fysiskt illamående. Han såg på sina lyckliga grannar med sina skinnportföljer och ergonomiska ryggsäckar: där stod de torrskodda på sin ö av förnuft medan han själv drogs allt längre ned en malström av mörker och galen-

225

skap. De hade funnit med i varenda mardröm, Elvira och Ofelia, gång på gång. Blodigt vatten. Skrik. Så verkliga.

Och vem var det som...herregud.

Men han vägrade tänka de tankarna; deras kläder ombord på båten var beviset på att det måste vara någon annan, en främling, som var ute efter dem. Först nu märkte han att de hade blivit kvar ombord, han hade mosat ned dem i en stor bärkasse som han måste ha glömt att ta med. Han drog igen bildörren bakom sig och gick fram mot huset. Den vitmålade entrédörren var tillverkad på tjugotalet; de - eller rättare sagt Elvira - hade en gång ropat in den på auktion. Du får bara en chans att göra ett första intryck, hade hon sagt. Den chansen han hade försuttit för länge sen.

Dörren svängde upp och där var hon. Först lättnaden: de levde och var oskadda. Sen: hennes blick. Hon såg på honom som om han var en fullständig främling, han väntade sig nästan att hennes första ord skulle vara "vad du än säljer är jag inte intresserad."

Hon hade fuktigt hår och en tunn dunjacka på sig men inga skor än. Ofelias skolväska stod packad på golvet. Han lade märke till att hon var vacker trots morgonstressen. Hon gjorde ingen min av att vilja släppa in honom, men det hon sa var inte vad han väntat sig: "Fick du inte mitt meddelande?"

"Va? Nej. Batteriet tog slut för en timme sen. De har stängt av bryggelen."

"Vad är det som har hänt, Rick?"

Det var ingen lätt fråga att besvara på en minut. Han strök sig över håret och kände sig som ett fån. Elvira verkade tveka över något, han såg att hon var rädd, men till sist sa hon:

"Det är bäst att du kommer in."

Hon kastade en snabb blick över hans axel innan dörren gled igen. Han drog av sig kängorna medan han lyssnade efter Ofelia och Max. Hon gick före in till köket med de dröjande steg och halvt vridna huvud man har när man förväntar sig att någon vilken sekund som helst kommer att försöka koppla halsgrepp på en bakifrån. Ingen puss, inte ett "hej."

"Var är Ofelia?" frågade han precis innan hennes lätta steg hördes i trappan.

"Pappa!"

Hon rusade på honom, han tog emot henne, lyfte henne, kramade henne. Doften i hans näsborrar. Hjärtats extraslag, hans gamle trogna följeslagare dök upp: rädslan.

Ingenting får hända dig.

"Rickard. Nu måste du säga vad som händer. Polisen ringde och frågade efter dig. Sofie..."

Han släppte ned Ofelia och strök henne över håret. Max måste vara instängd i tvättstugan igen, annars skulle han ha skällt.

"Ja?"

Hon stod rak som en staty bredvid köksbordet. Väntade in honom. Granskande.

Det är någon annan här. Annars hade hon aldrig släppt in honom.

Han försökte le uppmuntrande men istället brast det för henne.

"Du var hos Sofie!" skrek hon. Hon kastade en blick på Ofelia som stod blickstilla och sög åt sig den konstiga stämningen som ett läskpapper. Försökte lugna ned sig.

"Vad snackar du om?"

Han drog ut en stol från bordet och sjönk ned på yttersta delen av sitsen. Han kände att han närmade sig en slags gräns. En liten blå låga fladdrade därinne, och det behövdes inte mycket för att den skulle tända sprängladdningen och då skulle det smälla, rejält den här gången.

"Ofelia, tar du på dig skorna och går ut så kommer jag en om en liten stund. Du vill väl inte komma för sent till skolan?"

"Men pappa...jag vill inte vara på fritis. Vet du, igår..."

"Ta på dig skorna."

De upprätthöll den tysta terrorbalansen tills ytterdörren smällde igen i protest.

Hon blinkade bort något.

"Sofie Nunez. Hon är död," sa hon och rösten skar sig och han såg ned på sina händer. Tvingade sig sen att se upp och fästa blicken i hennes ansikte där oron levde som ett väsen. Hade hon gråtit?

"Vad fan gjorde du hemma hos henne?"

Nu var hennes ögon svarta som kol, vrede med rädslan som bränsle.

Genom köksfönstret såg han att Volvon på andra sidan gatan stod kvar med föraren och att det nu satt en man bredvid henne i passagerarsätet med en mobiltelefon tryckt till örat. Han tvingade sig att tala överdrivet lugnt och långsamt: "Jag letade efter Mange. Han var inte där."

Sofie död? Det började sakta sjunka in.

"Vad...sa du död? Men hur..."

"Exakt. Det är det jag undrar."

Det kom tillbaka, flashade förbi under en lång sekund. Sofie i soffan, hennes blick som gled ut genom fönstret. Den spruckna, mörka rösten som bröt in från ingenstans med kraft och häftighet. En manisk rotvälska som fick honom att tänka på ett militärbefäl i gamla dagar som druckit i tjänsten och började utdela opassande order till sin trupp. Ord som knappt gick att urskilja eller förstå, men han mindes de två sista: "Gör *det...gööör det!*"

Det hade funnits något belåtet i dem.


Rickard tog ett djupt, skälvande andetag och stirrade på sina händer igen. Sofie. Hon hade inte reagerat, inte hört vad han hörde. Bara fortsatt att se ut genom det smutsiga fönsterglaset som om hon hoppades få se Mange stå och vinka i ett fönster på andra sidan gatan. De där ljuden hade bara varit i hans huvud. Och av det som hände sen mindes han ingenting, inte förrän han satt i bilen och kom ihåg att han skulle till John.

Han såg upp från sina händer och mötte Elviras blick och såg hur något kom till henne. En insikt. Såg hur hon bestämde sig, satte fart förbi honom och ut i hallen, hur hon ryckte upp den renoverade tjugotalsdörren så att den kyliga hösten slog emot henne. Han hörde henne snabbt dra på sig kängorna medan dörren stod vidöppen och på ett ben ropa med beundransvärt kontrollerad röst: "Ofelia älskling, jag kommer!"

Bildörrarna öppnades på andra sidan gatan och mannen och kvinnan var ute ur sin varma bil med en hastighet som förvånade Rickard. De var tre mot en. Han hade inget alibi och inga minnen från hur hans besök hos Sofie hade slutat. Det såg inte bra ut.

# 49

Rickard tog vardagsrumsvägen, halkade på en matta när han tog kurvan runt soffan och slet upp tvättstugedörren. Max hölls mycket riktigt i tukt och förmaning där inne, men nu när husse kom var allt glömt och förlåtet. Bulldoggen flög på honom med alla sina ivriga kilon och Rickard hörde sig mumla "hej, Max!" medan han försökte komma ur omfamningen. Det kom rop från gatusidan nära ytterdörren och han undrade om de hade förutsett hans flyktväg och skulle genskjuta honom. De hade väntat på den misstänkte gärningsmannen, förmodligen utan större förhoppningar, och nu var han deras som i en liten ask. Hans bil på uppfarten tillsammans med Elvira i den öppna dörren – de hade inte kunnat få en tydligare signal att ingripa. Det var bråttom. Rickard återfick balansen och trängde sig förbi Max, låste upp dörren och tumlade ut på altanen. Sprintade över de tryckimpregnerade bräderna, de kalla blöta höstlöven och genom det decimeterhöga, försummade gräset. Max var honom i hälarna med glada skall, äntligen fick han komma ut och leka. Han svor inom sig över att han inte hunnit få på sig skorna. Staketet var lågt men häcken till granntomten var ett värre hinder. Han tog sats och försökte floppa över som i höjdhoppstävlingarna i skolan. Han hade varit rätt bra i höjdhopp, i alla fall vad han kunde minnas.

"Rickard Jolbrant! Stanna! Stanna annars skjuter jag!"

Rösten lät som om den kom från tvättstugan, det måste vara den manliga polisen. Han räknade med att han hade ett varningsskott på sig. Bara det inte träffade Max. Han landade på sidan bland de hårda grenarna och smärtan sköt upp som blixtar från ländryggen. Tack och lov att han hade behållit jackan på.

"Stilla. Stilla!"

Häcken hade funnits här när de köpte huset, och med tiden hade den växt sig stark. Polisen behövde inte oroa sig: han satt fast. Grenklykorna klämde fast honom som jätteklor.

End-of-the-line.

Låt dem komma, han hade fått mer än nog. Han var precis på väg att sticka händerna i luften – åtminstone den fria handen – när han kände mobiltelefonen som pressades mot magen av en gren börja glida ur jackan. Reflexmässigt stack han handen i fickan för att hålla den kvar. Ett pistolskott brann av. Något gav vika med ett krasande ljud och när han tog spjärn med ena benet brakade han framlänges genom ett virrvarr av grenar. På andra sidan häcken togs han mjukt emot av en blöt hög hopkrattade löv. Det hade börjat ljusna men han hade fortfarande skydd av dunklet som omslöt granntomten. Han rullade upp till stående ställning och började springa längst häcken, hukande, med sikte på grannarnas gamla redskapsskjul. Fårorna i trädgårdslandet hade styvnat – det översta jordlagret måste ha frusit i natt. Han hörde rösten igen, den här gången snett bakom sig: lagens väktare måste ha kommit fram till häcken. Om

230

han hade haft ett dåligt *case* innan så var den här desperata flykten spiken i kistan. Han hörde svordomarna när hans förföljare försökte ta sig över muren av grenar och hoppas han skulle ge upp, inte vilja förstöra kläderna. Han drog med sig en bortglömd grästrimmer som stod lutad mot skjulet, pressade sig igenom den smala passagen mellan häck och vägg och hittade det han hade hoppats på: smitvägen. Högen med stenplattor låg fortfarande kvar precis intill häcken, precis där den liksom kommit av sig och inte hade velat växa. Ofelia hade en gång försvunnit när hon var fyra år och lekte med grannpojken Markus. När de efter en halvtimmes ångestfyllt letande hittade dem på en garageuppfart på andra sidan kvarteret och frågade hur i hela friden de hade kommit dit hade de visat dem smitvägen. Men grannarna hade aldrig gjort något åt den. Kanske hade de skjutit upp det och en vacker dag var barnen större och det kändes mindre angeläget. Det var lättare när man var fyra: jackan fastnade i de förbannade grenarna igen och han fick pressa sig igenom. Han for ut på andra sidan som en förlupen projektil, såg marken rusa mot sig och han tog emot sig med händerna. Iskall tjäle. Upp igen: han sneddade över den våta gräsrektangeln, kom utom synhåll bakom skjulet - hans förföljare kunde ha tagit sig över häcken – och saxade över ett vitmålat trästaket. Framför honom bredde en väldig, avlövad ek ut sina armar och fångade den första morgonsolen på sina utsträckta fingertoppar.

Rickard rundade trädet och lutade sig mot den skrovliga stammen med den kyliga morgonluften svidande i lungorna. Fötterna värkte i sina blöta strumpor efter terränglöpningen. Han tvingade sig att andas kontrollerat. Tänka. Ställa den oundvikliga frågan: vart skulle han ta vägen? Om han redan var efterspanad kunde en taxiresa avslöja honom, ja vilket kortköp som helst. Och Elvira - det högg till i bröstet - de skulle fråga henne var han kunde tänkas gömma sig. Hans ansvarsfulla käresta skulle tipsa dem om Katinka II om hon inte redan gjort det. Kanske hade redan ett bistert radarpar med eldhandvapen i hölstret poserat sig på marinan.

Han måste hålla sig undan, köpa sig tid och hade en idé om var han skulle kunna göra det. En båt, han behövde en båt. Kanske skulle han hinna före polisen till hamnen, och om de redan var där måste han få syn på dem först. Återstod tranporten dit. BMW:n var under polisbevakning. Han visste inte hur man stal en bil. Åka kommunalt? Det skulle ta för lång tid. Det fick bli taxi med överhängande risk att bli upptäckt eller...John. Polisen hade säkert bett John höra av sig om han tog kontakt med honom. Men John hans bror, vem skulle han annars kunna anförtro sig åt? Mobiltelefonen låg kvar i jackfickan, ett mindre mirakel. De skulle kanske kunna spåra samtalet men han tvekade inte. *Svara nu John. För en gångs skull.*

"Rick! Polisen har frågat efter dig. Vad har du nu ställt till med?"

"John, John, lyssna", avbröt han och märkte att han fortfarande var lätt andfådd. "Kan du hämta mig vid Brommaplan, kör mig till..."

"Vet du vad klockan är? En annan är på väg till ett möte här, vet du..."

"John, du måste komma nu."

En stund med brus, sen en bilmotor som varvade upp.

"Var är du?"

"Kom till infarten till Konradsberg, jag är där om fem-tio. Och du, ta med ett par skor. Jag förklarar sen."

"Okej, brorsan. Det här ska bli spännande. Pratade du förresten med den där spiritisten som Jenny tipsade om. Rhonda nånting?"

"Vi tar det i bilen. Måste sluta."


Inte en själ i sikte; parkeringen var tom sånär som på en ensam grön Peugeot. Ljuset från en kall, stigande höstsol sneddade över trädtopparna över dem men lämnade hamnen i skugga. John som antagligen meddelat sen ankomst till ett möte bar en öppen kashmirrock över kavaj och rosa skjorta till sina ständiga blåjeans. En kort kram,

John såg sliten ut, näsan glödde rödare än någonsin. Han flinade som vanligt men strax under ytan fanns ett allvar.

"Fan så du ser ut Rick. Du borde raka dig."

Bröderna avancerade ner till den taggtrådskrönta gallergrinden, Rickard lätt haltande i Johns träningsskor efter sin barfotaflykt. De spanade vaksamt längst huvudbryggan: det såg ut som om de hade hunnit före polisen. Rickard låste upp grinden. John hade inte frågat om besöket hos Sofie. Kanske ville han bara inte ställa frågan: var det du som gjorde det?

De hjälptes åt att göra loss, vant och effektivt. Däcket var blött och fullt av fastsvetsad måsskit, små bitar lossnade när de klev på däck och löstes upp i bruna ränder över de halkskyddade ytorna. Ingen tid att svabba däck.

Rickard hejdade sig innan han drog igång inombordaren: "Elvira, kan du prata med henne? Om det jag berättade. Hon vet ingenting."

"Varför ringer du henne inte bara?"

"Hon tror jag är en mördare."

John böjde sig för att lägga en förtamp på bryggan som han skjutit upp i en prydlig åtta.

"Visst, jag pratar med henne."

"Jag har den här känslan av att någon är ute efter dem...att någon vill dem illa. Och jag är rädd att det kan ha med mig att göra."

"Det där arrangemanget med deras kläder du berättade om?"

"Med mera."

"Och har du några idéer om vem? Och varför? Det låter lite..."

"Nej. Och visst, det låter helknäppt alltihop. Jag måste få fram lite svar innan jag kan prata med polisen. Just nu är jag rökt som en böckling."

"Det här nog ordna upp sig ska du se. Apropå helknäppt förresten: träffade du kloka gumman? Trodde hon att du var besatt?"

"Jo tack...vi tog ett snack. Hon hade sina teorier. Du, jag är ledsen
för igår kväll förresten, jag minns inte så mycket, det bara..."
John vände på huvudet: en bil körde in på parkeringen ovanför dem.
"Det är lugnt. Bäst du sticker nu. Stäng av mobilen, annars kan de
spåra dig. Vi messar när det behövs, håll dig i rörelse."
Dieselmotorn dunkade igång och de höjde armarna i en avskeds-
hälsning.

## 50

Ur "Briggen Hermiones förlisning. Tragedin som kunde ha slutat
med krig med England" av PA Sundblad, doktorand, 1967:

Påtryckningar från det brittiska hovet fick den svenske kungen att
försäkra sig om en skyndsam rättegång som skulle bringa klarhet i
den tragiska förlisningen. I protokollet står att läsa, att det enda
kända vittnet var navigatören Björn Jost. Han berättade att stormen
hade fått Hermione ur kurs och att styrman till sist inte hade kunnat
hålla undan för grynnorna. Skeppet hade till sist ränt på grund vid
en enslig klippö vid Skarvs skärgård. Blodbadet hade börjat redan i
vattnet där överlevande flöt omkring, fastklamrade på delar av rig-
gen, avdomnade av kylan. Det var den allmänna uppfattningen att
de fem gärningsmännen anfördes av ingen mindre än Simen Schur.
Att Björn Jost hade överlevt berodde på att han, sårad i axeln efter
ett djupt hugg, hade hamnat mellan kropparna av sin båtsman och
en matros och täckts av sjöskum som piskats upp av stormen. Han
berättade i rätten att han spelade död medan plundrarna gick runt

och tog sina offer av daga en efter en, däribland den tjugotreåriga Henrietta Banks, hennes tre barn och följe.

Rickard såg upp från avhandlingen med en gaffel lastad med vita bönor i tomatsås halvvägs till munnen. Han stack tillbaks den i burken och fyllde tacksamt lungorna med den kyliga luften. Han hade satt sig i sittbrunnen i solen för att försöka få i sig något. Den här PA Sundblad: hans avhandling hade inte gjort honom känd, inte ens i akademiska kretsar såvitt Richard förstod. Ändå fick han en känsla av att mannen som skildrat den här tragedin hade varit förvissad om att ha avslöjat något stort; en historisk, förbisedd hemlighet. Han kisade mot Östra Moholmens strand, en liten ö som inte utmärkt i *Naturhamnar på Ostkusten* eller någon annan av de vanliga fritidsbåtsguiderna. Inte mycket att se förutom några vilsekomna sjöfåglar. Hösten var en annan tid i skärgården: ensligare, mörkare och tystare. Han undrade hur många timmar han hade sovit de sista två dygnen. Efter en stund klättrade han ned i ruffen, stjälpte sin trötta kropp i sidokojen och lät sömnen komma. Det ömmade i hans vänstra lår och sida efter fallet genom häcken. Foten pulserade med en dov smärta, han måste ha trampat på något under flykten, men på det hela taget var han okej. Han levde. För en stund var det bara han och skärgården och precis innan han somnade fylldes han av en ren, blå känsla av frihet. Hur osannolikt det än var under rådande omständigheter, så drog ett stråk av välbefinnande genom honom. Här ute bland öar och skär kändes det som hänt inte längre verkligt, kanske hade det bara existerat i det förflutna. Han började känna igen något av sig själv som gått förlorat: killen som hade jagat tiondels knop i seglarklubben, långt från kometen på affärshimlen, kometen som hade kommit ur kurs och var på väg mot sin undergång. På sätt och vis var den där kometen någon annan, någon som inte angick honom.

## 51

En smutsig svart Audi bakom tutade utdraget och Elvira stack ett tydligt långfinger i luften som hon hoppades skulle synas genom bakfönstret. Hennes bil stod med motorn igång tätt intill trottoarkanten men blockerade tydligen ändå trafiken för somliga. Hon satt vänd mot Ofelia som för en gångs skull hade fått sitta i framsätet, även om det statistiskt sett var säkrare för en sjuåring att sitta i baksätet. Klockan var kvart i tio, Ofelia hade redan missat två lektioner och hon själv hade fått be Ingela rycka in och assistera Arvid Sarvo på morgonen. Rickard hade rört till det ännu mer genom att dyka upp och försvinna igen, men den jäveln skulle inte få förstöra mer. Hon hade låst huset, tackat poliserna och satt sig i bilen med Ofelia. Det var faktiskt skoldag och arbetsdag, livet skulle gå vidare. Illusionen att det här skulle bli en vanlig dag hade hållit ända fram till skolan. Ända tills hon insåg att det Ofelia just berättat för henne kunde vara sant.

Hon tvingade sig att stänga ute signalerna bakom sig och koncentrerade sig på Ofelias tonlösa, tunna röst.

"Du måste berätta för mig, Ofelia! Vem var det som pratade med dig på fritis?"

Hennes kropp nästan hoppade på sätet i frustration i efter den inställda morgonrundan på tio kilometer. Lugn nu. Lugn.

"Julias pappa."

"Julia, vem är det?"

"Hon går på skolan."

"Men inte i din klass?"

Föraren bakom tutade igen. *Idiot, skaffa ett liv.* Det kom inga bilar i det motsatta körfältet så det gick utmärkt att köra förbi. Hon tryckte ned sidorutan och vinkade fram Audin.

"Nej."

"Men du följde väl inte med honom från fritis, gumman? Du skojar väl nu?"

Hon rös. Det fanns inget skojigt alls med vad hon hade fått höra, inte ett dugg. Obehagskänslan växte för varje sekund.

"Nej," sa Ofelia med tunn röst och såg ned i sitt knä.

Elvira slog av motorn vilket fick Audin att svänga ut och accelerera tätt förbi dem på överdrivet högt varvtal.

"Du vet ju att du inte får följa med någon du inte känner."

Hennes röst gled upp och hon tvingade tillbaka paniken. Lugn, låt henne prata, visa att jag inte är arg utan intresserad.

"Jag är inte arg," lade hon till. "Men jag behöver veta vad som hände."

"Ingenting. Jag vet inte."

"Vart åkte ni? Hur såg det ut?"

Ofelia såg upp med stora ögon.

"Vi åkte ingenstans. Vi gick bara."

"Gick. Vart då?"

"Vet jag inte. Tillbaka till fritis."

"Vad sa Julias pappa?"

"Han var konstig. Men jag fick den här."

Hon drog något ur jackfickan utan att räcka det mot Elvira. Höll det bara hårt i handen, som om hon ångrade sig.

"Få se älskling."

Det kom inget ljud ur munnen men läpparna rörde sig: "Hemligt."

Elvira var tvungen att bända upp de små fingrarna. Det var en nött amulett i mörknat silver som antagligen hade suttit i en kedja eller rem; fästöglorna var kvar. Det såg ganska coolt ut, måste hon erkänna, och genuint på något sätt. Gammalt på riktigt. Två ålderdomligt snirkliga och kurviga bokstäver var ingraverade mitt på den ovala ytan: K.R.

Vem var K.R.? Hon föreställde sig en kvinna i forna dagar som fått smycket av sin man och bar det runt halsen varje dag fram till sin död.

## 52

Elvira lät mobilen glida ned i fickan och gick in i omklädningsrummet på KI för att byta om till vita mjukskor och labbrock. Peter Schild, pappa till Julia som gick en klass över Ofelia, hade låtit fullkomligt oförstående och samtidigt fullkomligt ärlig och – faktiskt – övertygande. Julias mamma hade hämtat henne direkt efter sista lektionen, innan hon i vanliga fall gick över till fritis, för att följa med henne till tandläkaren. Rutinkontroll, ja det hade inte varit några hål, annat var det på min tid. Vilken tandläkare? Frost någonting...ja just det. Vad jag gjorde? Jag hade undervisning efter lunch, mattelektion, sen fysik – ja, jag jobbar på Bromma gymnasium. Hur kunde Ofelia få för sig något sådant? Kan hon ha förväxlat mig med någon annan förälder?

Elvira kramade amuletten i fickan. *K.R.* Vem för bort en sjuåring från fritis och återlämnar henne en timme senare med ett oanvändbart smycke i fickan? Fanns det ett budskap i den gamla reliken som hon borde förstå? Hon hade pratat med Ofelias fröken innan hon gick. Hon hade bleknat och försäkrat Elvira om att de skulle följa upp hur det hade kunnat hända. *Något så allvarligt.* De skulle se till att ha extra uppsyn över barnen under dagen. Efteråt hade obehagskänslan suttit i. Hade incidenten något med Rickard att göra, eller var det en ren slump att all skit hände på samma gång? Elvira trodde lika lite på slumpen som hon trodde på ödet - det finns ingen slump,

238

bara händelser som människan har inte kan förutse för att orsakssambanden är för komplexa. Hon drog ett djupt andetag, föste upp den tunga dörren med axeln och svepte in i testrummet. Arvid Sarvo log mot henne och hälsade god morgon i ett tonfall som sa "är det dags att komma nu?"

"Precis i tid för förmiddagsfikat. Stressig morgon?"

Elvira log tillbaka medan hon noggrant knäppte sista knappen i sin vita bommullsrock.

"Ingen fara, jag fick lite att styra upp bara."

Hon noterade den misstrogna minen i kollegans ansikte.

"Allt under kontroll, " log hon medan hon drog på sig plasthandskarna. "Nu kör vi!"

# 53

På lunchen gick hon undan och ringde polisen med rösten. Han svarade efter första signalen, som om han bara hade väntat på samtalet. Elvira förklarade att hon hade ringt Rickard igen men att hans telefon verkade vara avstängd.

"Har ni fått tag på honom?"

"Vi letar fortfarande. Ert hus är under bevakning, hans bil står kvar. Vi har begränsade resurser men har precis avdelat två man som är på väg mot hamnen där ni har er båt. Gålö, eller hur?"

"Jag är faktiskt lite rädd för vad han kan göra...det låter hemskt att säga så om sin egen man. Han har nyligen haft problem med sitt arbete, gått in i väggen och i princip fått lämna sin tjänst. Han tog det väldigt hårt, bröt nästan ihop. Karriären är – var – liksom allt för honom."

Varför berättade hon det här för en främmande polis?

"Vi...vi hade faktiskt tänkt gå skilda vägar innan det här inträffade."

"Jag förstår. Får jag fråga om han någonsin använt våld? Mot dig eller barnen, förlåt er dotter?"

Han måste ha hört hur hon svalde. Hon lutade pannan mot fönster-rutan och synade fasaden på andra sida den lilla parken utanför. Den ljusa putsen glimmade och blänkte i den bleka solen.

"Nej...nej aldrig."

Hennes röst hade tappat sin vanliga energi.

"Du ska inte vara orolig, Elvira. Vi kommer att ta den som gjorde det."

Det lät som om någon släpade något tungt över golvet på våningen ovanför. Lunchrasten led mot sitt slut.

"Jag är ledsen för att behöva dra upp det här, men det är en sak jag tänkt på. När vi var hemma hos dig i morse så frågade jag om du märkt några tecken på att din man har, eller har haft, en relation med Sofie Nunez."

"Ja?" Hon blundade men de solbelysta fönstren på andra sidan dröjde sig kvar som en rad ljusa rektanglar innanför ögonlocken.

"Ja...har du kommit på något? Ibland kan minnet behöva lite betän-ketid."

Hon tvekade.

"Nej ingenting. Inte förrän idag. Varför frågar du? Misstänker ni något?"

"Nej, nej. Det är rutin. Som du säkert vet är svartsjuka ett av de vanligaste motiven till dråp och mord. Särskilt i ett sånt här fall."

Det hade inte undgått henne att kommissarien eller vad han nu hade presenterat sig som just hade bitit av sin egen mening, som om han hade sagt för mycket.

"Vad menar du? Varför i ett sånt här fall?"

Mannen med den djupa rösten harklade sig lätt.

"Jag kan tyvärr inte gå in på detaljerna. Jag kan bara säga att det mycket som tyder på att den som gjorde det kan ha agerat i affekt."


# 54


Kommissarien stirrade bistert på mobilen när samtalet med Elvira Jolbrant var över. Hans uppgift var att lugna, inte oroa. Han måste vara försiktigare: innan de avslutade samtalet hade kvinnan låtit väldigt spänd och frågat vilket polisskydd de kunde få. Framför allt dottern som tydligen förts bort av en okänd person från fritis igår, men tack och lov varit tillbaka oskadd i tid för hämtning.

Han hade varit tvungen att lova att återkomma till henne, fast han visste att de redan tillsatt mer resurser än de fick. Han skulle visserligen kunna anföra att det här var ett extremt fall eftersom gärningsmannen kunde förmodas vara mycket farlig. *Agerat i affekt.* Han hade förstås undvikit den polisiära benämningen, nämligen besinningslöst våld. Det var inte ofta teknikerna – även om det bara varit två - bildade kö till toaletten direkt efter ankomsten till den misstänkta brottsplatsen. "Ett vasst, långt föremål" var allt han hade fått av dem först. Som vad då, hade han undrat. Kom igen nu. "Som ett långt knivblad men ändå inte. Huggen var mycket djupa och nästan vinkelräta, det skulle ha varit för svårt att hålla en kniv så rakt och i driva den så långt in. Det kunde ha varit något i stil med en bajonett, fast det lät ju lite för fantastiskt. Sticksåren hade uppgått till femtiotvå stycken. Hon kunde mycket väl ha levt en bra stund, det var för tidigt att säga hur länge. Det berodde på vilka organ som träffats och vilken ordning. Kroppen vittnade inte bara om ett ursinne utan om något annat också, något som inte hade synts direkt.

Det var först över en lunch på ärtsoppa och pannkakor med sin assistent som han kom på vad det var: av blodspåren på golv och väggar kunde man sluta sig till att hon hade hunnit krypa omkring en hel del innan hon avled. Det var som om det hade funnits något dröjande i händelseförloppet, som om förövaren hade velat dra ut på det.

Han lutade sig mot brottsstatistiken. Rickard Jolbrants överraskande snabba flykt i morse kanske såg ut som ett solklart erkännande, men gärningsmannen var ofrånkomligen oftast en närstående, framför allt mannen i fråga. Och i det här fallet var även Sofie Nunez man försvunnen.

Det ringde och han såg på displayen att det var Jansson som ringde från Gålö. Hans rapport var lika kortfattad som vanligt: Rickard Jolbrants segelbåt hade saknats när de kom fram.

Han kunde inte ha fått något längre försprång men de fick inte tappa någon mer tid. Helikoptrarna var effektiva. De borde kunna gripa Jolbrant under eftermiddagen.


# 55


Den här gången hade Arvid Sarvo krävt en förklaring och hon hade berättat om Ofelia och om det som hade hänt dagen innan. Arvid hade bett om ursäkt – inte konstigt att hon hade blivit orolig. Varför hade hon inte sagt något?

Efter lunch började fasaden rämna och hon ringde fritids. En av fröknarna förklarade med överdrivet lugn att Ofelia som bäst satt och mumsade på en äppelpaj som hon varit med att göra. Vi har koll på våra barn, förstår du. Men hennes försäkringar hjälpte inte, något kändes fel. Klockan var tre – två timmar för tidigt – men hon slet av sig rocken, kastade den på en bänk utan att vika ihop den och lämnade KI småspringande. Känslan av yttre hot växte. Hon tänkte på att de omedvetna tankeprocesserna ofta är långt överlägsna de medvetna, det hade bevisats av en rad av forskare. En känsla ofta var ett budskap från det undermedvetna som visste något man inte ännu var medveten om. Hon hoppade in i bilen med hjärtat klappande i bröstet och rivstartade, oförmögen att tänka på annat än Ofelia och vad som skulle kunna hända en liten flicka i Storstockholm. Väl ute ur sjukhusområdet körde hon alldeles för fort och höll hon på att meja ned en cyklist vid Tranebergsbron som kom farande som en raket, kryssande mellan bilköerna. *Varför tror du det finns cykelbanor din idiot?*

Parkeringen utanför förskolan Kvittret var full och hon lämnade bilen till största delen på trottoaren. När hon rusade in i kapprummet var det första hon såg en pojke som höll på att ta på sig jackan, Alfred. Han såg livrädd ut.

"Hej Alfred, ska du gå ut?"

Hon försökte le. Han hade stelnat mitt i rörelsen, jackan hängde halvvägs ned på ryggen.

"Vet du var Ofelia är?"

Hon fortsatte in i rummet innanför och hörde Arvids röst bakom sig.

"Man får inte ha skorna på sig. Där är skogränsen."

Lättnaden sköljde genom henne. Först en hård kram, sen gick hon ned på knä och borrade ansiktet i Ofelias hår. Skrattade. En fröken, samma som hon pratat med på telefon, lutade sig mot en vägg med barnteckningar och betraktade henne med en skeptiskt min. Till sist släppte hon. Ofelia såg undrande på sin mamma med grädde i ansiktet.

"Vi gör rulltårta. Du kommer för tidigt."

"När vi kommer hem kan du få en mandelbiskvi, du vet en sån där chokladhatt, en sån du gillar."

"Jag vill inte åka hem."

Hon hjälpte henne på med jackan, full av lättnad och aningen förlägen för att ha överreagerat. Men just nu struntade hon blankt i vad fritidsfröknarna tänkte.

Det hade blivit mörkt när de kom ut på parkeringen utanför Kvittret. Ofelia satte sig i baksätet fast hon annars brukade tjata om att få sitta där framme. Elvira försökte få igång ett samtal, frågade vad hon hade gjort idag, vad hon ville äta till middag. Märkte sin glättiga ton och det gjorde antagligen Ofelia också för hon svarade enstavigt eller inte alls under resten av färden. Om polisen fortfarande höll uppsikt över deras villa så var de onekligen diskreta – varken bil eller människa syntes till på deras gata. De gled upp bredvid den svarta BMW:n som kvar på uppfarten där Rickard hade lämnat den. Hon gav lite extra gas och slirade på kopplingen som hon brukade sista decimetrarna tills bilen stod där hon ville ha den. Slog av motorn och drabbades av ett kompakt mörker. Vände sig mot det svarta baksätet med ett käckt: "Oj, vad mörkt det är."

Ofelia kunde bara anas som en tyst, svart liten skugga, stel som en pinne. Nu såg hon vad som hade hänt: gatlyktan närmast deras hus var trasig. Och ytterbelysningen som borde ha gått på automatiskt när det skymde var fortfarande släckt. Huset, uppfarten, trädgården runt omkring med sina snåriga häckar och knotiga äppelträd, allt vilade i ett uppslukande mörker.

Längre bort längst gatan, blänkande i skenet från nästa gatlykta, föll höstdiset mot marken som ett vårdslöst regn. Det syntes inga tecken på att grannarna runt omkring hade kommit hem än.

Hon slog upp den tunga bildörren och satt så i någon sekund och samlade kraft innan hon gick ut.

"Ofelia, ut med dig."

Elvira öppnade bakdörren åt skuggan i baksätet, gick fram till enté-dörren medan hon kände sig för med fötterna steg för steg. Fiskade upp nyckelknippan och kände den kalla metallen mot handflatan. Till hennes förvåning lyckades hon sticka den i låset på första försö-ket.

Skulle hon ringa kommissarien med rösten och fråga varför de inte bevakade huset längre? Böna och be om polisskydd? Ingenting nytt hade ju egentligen hänt, hon skulle väl bara framstå som ett hyste-riskt fruntimmer.

"Ofelia!" skrek hon argt.

Hon tog sats och sköt upp dörren till den mörka hallen, tog ett kliv rätt in i mörkret och trevade över väggen efter strömbrytaren. En obehaglig men på något sätt bekant lukt, från en annan plats för länge sen. Hon fick en bild i huvudet av bländande solljus som re-flekterades i vattnet där hon lekte i vågorna. Ett svindlande ögon-blick fick hon för sig att det var strömavbrott men sen hittade hon vippan i den runda strömbrytaren från villans originalår. Hon ba-dade med ens i ljuset från taklampan. Tack, snälla. Nu fick hon igång ytterbelysningen också, ljuset blänkte i bilens tak och kylare.

"Ofelia! Ska du sova i bilen i natt? Jag stänger dörren nu."

Hon iakttog det fallande höstdiset, mikroskopiska droppar, tätt tätt i luften mot biltaket, över stenplattorna.

Ingen reaktion. Vad var det med henne egentligen?

"God natt, nu stänger jag här!"

Hon gick irriterat ut och fortsatte fram till bilen, skuggan därinne satt blickstilla. Hon böjde sig in.

De små hörlurarna var på plats i öronen, sladden var inpluggad i mobilen. Något pågick därinne, musik, prat, ljud som stängde ute den tråkiga vuxenvärlden. Men hon protesterade inte när Elvira drog ut den ena öronpluggen och bad henne komma på en gång.

Hon drog igen ytterdörren och slogs av tystnaden. Varför skällde inte Max? Hon hade fått jaga honom i trädgården i fem minuter efter Rickards flykt men till sist fått in honom, rusig av upphetsning och glädje. Vart hade husse tagit vägen? Ja vart, det var frågan. Hans boots stod kvar på skohyllan. Hon skakade på huvudet, hängde upp sin jacka och plockade upp Ofelias från golvet. Såg sig omkring och fick syn på henne på tröskeln till det mörka köket. En gång mörkrädd. Elvira gick fram och strök henne mjukt över håret, trängde sig förbi och tände utan att ta av sig sina kängor. En del av ljuset föll genom öppningen till det mörka vardagsrummet, precis tillräckligt mycket ljus för att hon skulle uppfatta något som inte stämde. En främmande skuggform i ögonvrån som inte borde vara där. Kroppen frös till is och hon vågade inte vrida på huvudet: det satt någon därinne och väntade på dem.


# 56


Han rullade ut ur förpiken och stack in sitt sömndruckna huvud i salongen. På babords soffa satt en äldre man och betraktade honom. Först kände han inte igen honom. Håret var långt och gråblekt, han hade långt grått skägg, var brun som en nöt och rynkig i huden. Han strök sina långa, magra händer över låren fram och tillbaka på ett välbekant sätt och då såg han.

Pappa? Vad gammal du har blivit.

Det fårade ansiktet var uppmärksamt vänt mot Rickard och sprack upp i ett brett leende.

Du också.

Malcolms leende dog ut lika fort som det hade kommit och en mörk skugga växte fram i hans ansikte.

Lever du?

Händerna rörde sig över de smutsiga gamla jeansen men stannade plötsligt upp. Hans röst blev stark och levande trots att det här måste vara en dröm.

Ge dig av. Du är för nära.

Han stack en cigarett i mungipan och mumlande något.

Vad sa du? Pappa, vad menar du?

Den blekblå blicken blev överdrivet bedjande som om han vore en cirkusclown.

Förlåt mig.

Rickard slog upp ögonen och kände pulsen rusa. Han låg i babordskojen i salongen och skakade av köld; han andades häftigt och det såg ut att komma rök ur munnen. Utanför fönstren härskade mörkret. Båtvärmaren verkade ha slutat fungera, det var råkallt och luktade unket av fukt. Han fumlade efter mobilen för att se vad klockan var innan han kom ihåg att den var avstängd. Visst ja, polisen. Somliga var eftersökta av polisen.

Han började skratta högt för sig själv men kom snabbt av sig. Det var så vansinnet kom smygande. Man pratar för sig själv, skrattar för sig själv. Sluta med det, Rickard.

Håller du på att bli en dåre?

Han hävde sig upp ur kojen, satte fötterna på det lackade teakgolvet och ryckte till när kojen knakade till. Ljudet lät orimligt starkt i den kompakta tystnaden.

En stolle? Precis som din far?

Han väckte liv i mobilen, det fick bli som det blev om de hittade hans position, han måste för fan få veta vad klockan var. Att det var kolsvart utanför ventilerna var inte mycket att gå på, mörkret härskade under de flesta av dygnets timmar så här års. Han kunde inte stanna länge på samma ställe och han var säker på att han redan hade varit här för länge. Displayens rektangel lyste mot honom: halv sex. Han hade alltså sovit hela eftermiddagen. Drömmen dröjde sig kvar i honom, lika verklig som det han såg framför sig nu – ja, ännu verkligare. Pappa.

Ge dig av. Du är för nära.

För nära, för nära vad då? Det räckte ju med det här kryptiska snacket och gåtorna för att driva honom till vansinne. En tanke började ta form i utkanten av hans medvetande, precis utom räckhåll.

För nära.

Han kisade mot den lysande displayen igen och började scrolla med tummen. Hostade till och strök sömnen ur ansiktet. Där var det, det måste vara hennes nummer.

Signalerna gick fram och han insåg att hon kanske var på sitt arbete som annat anständigt folk.

"Rhonda Jensen."

Till hans förvåning lät hon yrvaken, hennes röst var dröjande och sömndrucken. Han trodde han var ensam om att ligga och sova sent på eftermiddagen. Hon verkade inte arg, även om hon förebrådde honom för att han inte hade kommit ut till henne igen som han lovat. Samtidigt verkade det vara precis vad hon hade väntat sig. Han försökte inte förklara sig utan gick rakt på sak.

"Det är något jag behöver veta. Den där negativa energin, eller anden, som kunde...få fäste i någon som besökte platsen där det den uppstod. Kan den följa med en hur långt som helst?"

Det var som om hon förstod att hennes svar kunde vara avgörande. Efter några sekunders tystnad bad hon att få konsultera någon med erfarenhet av liknade saker och ringa tillbaka. Imorgon, tänkte Rickard, men mobilen ringde redan efter en halvtimme.

Nu lät hon mindre självklar, formulerade sig dröjande och drog ut på orden.

"Jag kan inte ge dig ett tvärsäkert svar och det lär inte finnas något heller. Men det jag kan säga är att i såna här fall är den negativa energin alltid starkast på platsen där den uppkom. Om den avlidne förgiftar sinnet på någon...har den starkast inflytande på just den platsen, eller i närheten av den."

"Så hade din kollega någon egen erfarenhet av det här."

Han hörde sin egen misstänksamhet.

"Han kände till några enstaka fall där en person som trott sig vara besatt har rest bort och fortfarande lidit av samma olägenhet, men de var tydligen inte särskilt vederhäftiga. Det finns historier där andar i princip följer med sin värd jorden runt, men det kan vi nog betrakta som skrock och vidskepelse. Här har vi snarare att göra med mycket starkt negativ energi bunden till den här skärgårdsön du pratade om."

"Jaha."

Hon harklade sig.

"Så det är tydligen lite märkligt i ditt fall att den lyckats påverka dig så pass långt därifrån. Har du märkt av några mer ovanliga händelser sen vi träffades?"

"Jovars."

"Det *skulle* kunna vara efterverkningar du upplever."

"Va? Du menar att jag skulle lida av post-traumatisk stress syndrom?"

"Jag vet Rickard, det är ren spekulation, men det är tydligen rätt osannolikt att bli fjärrstyrd på det där sättet. Det är som om fjärrkontrollen till en radiostyrd leksaksbil skulle nå flera kilometer. Det skulle kräva en oerhört stark sändare."

Så det var han som var leksaken?

Snacka om att vara desperat, sitta här och prata med en new age-människa om leksaker.

"Tack ska du ha, Rhonda."

Det lät som om hon började säga något mer men Rickard tryckte av samtalet. Så var det med det. Han skulle inte kontakta henne igen.

# 57

Elvira försökte förgäves vrida huvudet mot den mörka rektangeln som ledde in till vardagsrummet. Den fanns där i ögonvrån: en svart, främmande form mot den svagt upplysta väggen och fönsterglaset bakom. Bakom sig kände hon hur Ofelia drog sig närmare som för att söka skydd. Förlamningen satt i hela vägen upp, ända ut i tungan och det var först när hon hörde Ofelia gny bakom sig som hon lyckades frambringa något slags ljud ur halsen. Det var ett ömkligt ljud, närmast ett hjälplöst kvidande och hon hatade det. Hon provade att forma ord med läpparna, först lydde de inte men när hon koncentrerade sig på uppgiften gick det bättre.

"Vem är det?"

Det kunde inte vara hennes röst, den lät vettskrämd, sprack och flöjtade uppåt utan kontroll. Men förlamningen måste ha släppt för nu lyckades hon vända sig mot den mörka dörröppningen och ta ett steg framåt. Hon kom inte längre, Ofelias lilla hand höll emot så att tyget i hennes tröja töjdes ut.

Figuren satt orörlig i skinnfåtöljen till vänster om soffan, den Rickard tyckte bäst om, som han ibland brukade sitta i och läsa arbetsdokument.

"Vem är du?"

Lite stadigare röst nu. Hon måste få ljus därinne men vågade inte sträcka sig in och känna efter ljusknappen på väggen till vänster om innanför dörren, hon ville inte släppa skuggan med blicken.

"Rickard?"

Det kunde inte vara en människa så stilla som den var, det måste vara inbillning. Något annat, något stort föremål, men vad?

"Mamma jag är rädd, " kom det som en skälvande viskning nedifrån. Den väntade in henne. Om hon vände sig om mot Ofelia nu skulle den komma och de skulle inte ha någon chans.

"Ta på dig skorna och jackan."

"Jag vågar inte."

"Nu, Ofelia!"

De små händerna släppte och hon hörde något dras omkull bakom henne men fortsatte hålla blicken stint framåtriktad.

"Tar du på dig?"

Hon hade accepterat att den spända, rädda rösten var hennes egen.

"Ja," kom det med en snyftning bakom henne.

Den var ännu orörlig men framträdde bättre nu: stort huvud direkt på breda axlar, bred kropp. Det var bara någon idiot, inte Rickard men en annan idiot. En knarkare som brutit sig genom ett fönster på baksidan i sin desperata jakt på något värdefullt att sälja. Hon såg sin far framför sig den där gången, hur han viftade bort den där A-lagaren och vände sig ned mot henne med hög röst: "alla kan göra något av sitt liv Elvira. Men en del är för lata och super ned sig. Det är bedrövligt."

En knarkare. Bara en jävla idiot.

"Du behöver inte vara rädd, jag tänder bara i taket så..." Ena foten på tröskeln, handen svepte över tapetens silkesrelief på jakt efter ljusknappen. Höll hon på att balla ur precis som Rickard? Om det verkligen var en oberäknelig inbrottstjuv, varför sprang hon inte bara?

Handen stötte i en tavelram, dörrfodret, kände ett litet hål efter en nedtagen tavla och så: bakelitknappen som fjädrande mot tummen. Nu du! Samtidigt som hon slog om strömbrytaren hördes en skarp knall. Hon blinkade mot det smärtsamt blåvita, skarpa ljuset som fyllde rummet under en sekund innan det slukades av mörkret igen. Det luktade bränt och hon försökte förvirrat ta in efterbilden på näthinnan: ögon djupt försänkta i mörka hålor som fräckt mötte hennes blick. Triumferande. Lystet. Ansiktet, något stämde inte med ansiktet. En mask? Eller hade det ingen hud eller kött? Hon måste ha vacklat till och tagit ett kliv in i rummet för att behålla balansen. Blixtljuset från den exploderade taklampan tonade sakta ut och ögonen började urskilja former i mörkret igen. Den svarta gestalten reste sig utan brådska tills den stod i sin fulla längd. Så började den röra sig mot Elvira. Hon kände halsmusklerna dras samman i en återhållen kräkning och hon fick en reflex att hålla för näsan: stanken som slog mot henne genom rummet var inte bara tånglukt, det var den sötaktiga lukten av härsket lik, luftpartiklar från gammalt dött kött.

Hon hörde ytterdörren öppnas och skrek: "Ofelia, spring till bilen! Nu!"

När varelsen var två meter från henne glimmade det till ovanför dess huvud och hon vek instinktivt överkroppen bakåt, en snabb rörelse som bara var möjlig genom starka magmuskler och gravitation. Det sved till i underarmen som hon fått upp som skydd framför sig. Hon fick fäste med foten mot tröskeln, kände energin från den inställda milen i kroppen och sköt fart genom köket, genom hallen där jackan fick hänga kvar på sin krok men tvärstannade i dörren: bilnyckeln låg i jackfickan.

Hon hörde den komma, tunga steg som smällde över köksgolvet som om hon förföljdes av en groteskt stor trädocka som fått liv: dock, dock, dock. Hon tog ett par snabba steg tillbaka och fiskade runt i jackfickorna: inte där. Inte där. Något mörkt började växa i synfältet snett framför henne men hon vägrade rikta blicken mot det. Så kände hon metallknippet. Efteråt hade hon i sitt stilla sinne undrat varför hon inte bara hade slitit åt sig jackan men hon hade väl fått hjärnsläpp. Hon snappade åt sig bilnycklarna och var ute vid bilen på två sekunder. Ofelia slog armarna om hennes midja. Det fanns inte tid, ingen tid alls. Hon nästan slet sig loss och knuffade in henne i baksätet medan ytterdörren svängde upp på vid gavel. Hallen lyste inbjudande mot henne som ett upplyst akvarium med färggranna fiskar omgivet av mörker: Ofelias röda jacka bredvid hennes egen svarta i relief mot den vitmålade träpanelen. Så började ljuset slukas av skuggan som växte där inne. Hon slog igen dörren till baksätet och kastade sig in på förarplatsen.

# 58

Elvira böjde sig bakåt för att hjälpa Ofelia på med bilbältet och sa sen ingenting på fem minuter. Hennes hud knottrade sig fortfarande, hon kände hur fjunen på armarna och i nacken stod rakt upp. En pulserande, olycksbådande smärta växte i högerarmen i takt med att adrenalinet avtog och hon förstod att det blöta som fyllde tröjärmen måste vara blod. Inkräktaren hade huggit mot henne med något vasst, kanske en kniv. Gång på gång såg hon skuggestalten komma emot sig i mörkret. Ännu värre var det hon sett i blixtskenet från den exploderande taklampan, en mardrömslik bild som hade bränt sig fast på näthinnan. Något av den obehagliga lukten hon känt måste ha satt sig i kläderna för det luktade konstigt.

Tystnaden i baksätet var kompakt och hon försökte se efter hur illa det var. Ofelias vita lilla ansikte i backspegeln fångade skenet från en gatlykta och försvann i skugga, fångade ljuset från nästa gatlykta och försvann igen, gång på gång som i ett stroboskop. Hennes ögon var vidöppna. När de kom ut på E18 lade hon i högsta växeln men lättade sen på gasen med en viljeansträngning. *Andas. Tänk.* Hon kunde inte bara köra och köra utan att veta vart de skulle ta vägen.

"Vad var det mamma?"

Den värsta chocken har släppt, tänkte Elvira. Nu kommer frågorna.

"Det är ingen fara gumman. Det var nog en tjuv...jag ska ringa polisen så att de kan ta fast honom."

"En tjuv! Såg du honom? Hur såg han ut?"

"Nej, gumman, det var så mörkt."

Hon sneglade i backspegeln för att se hur lögnen togs emot.

"Vart ska vi åka?"

Hon försökte komma på något att svara medan hon noterade att puls och andning hade börjat återgå till det normala. Tack och lov verkade Ofelia inte ha märkt att hennes mamma blödde trots att hennes tröjärm var tung av blod som började stelna. Som om den hade varit genomblöt och börjat frysa till is. Hon blev allt mer medveten om att hon mådde illa och frös så att hon skakade.

"Vart? Säg då!"

"To be...or not...to be..."

Räddad av Shakespeare.

Hennes mobil hade inte blivit kvar i jackfickan ändå, den måste ha hamnat i tröjans ena framficka. Ibland kunde man ha tur ändå.

"...that is the question!"

Hon trevade runt efter den med sin fria hand, hittade den men kände den halka ur sitt blodiga grepp. Den fortsatte att ringa som om det gällde något livsviktigt.

"To be...or not...to be..."

Hon fick tag i den igen och höll upp den utan att släppa vägen med blicken för att se vem det var.

"To be...or not..."

Det hade hon aldrig kunnat tro. Av alla människor.

# 59

Manges första tanke när medvetandet återvände var att han höll på att frysa ihjäl. Ryggen, armbågarna och handflatorna skickade signaler om en hård, skrovlig klippa som sluttade brant på hans högra sida. Han försökte se sig omkring men det högg till i nacken när han försökte röra huvudet. Allt han såg var dimmigt i kanterna, urblekt och sepiatonat som på ett gammalt fotografi. Skräcken var kvar i honom. Han tyckte sig höra det igen, det där skällande skrattet, och den här gången var det alldeles nära inpå. Någon han inte kunde se drog honom över kanten med ett ryck och han roterade nästan ett varv i luften innan han slog i vattnet. Iskylan började genast spränga i hans halvt avdomnade kropp men han försökte ändå få kraft i armarna för att slå sig upp till ytan. Förundrat såg han de stora bubblorna och insåg att de just hade lämnat hans mun som om han hade försökt skrika något. Eller som om han hade bett om nåd, en ohörbar bön som just hade kostat honom den sista luften i lungorna. I det svaga dagsljuset som trängde ned under vattenytan tyckte han sig för ett ögonblick skymta en figur däruppe med en mörk triangelform på huvudet: den påminde om en bredbrettad hatt som många hade burit förr i tiden. Det gick inte att simma mot ytan längre, kylan hade förlamat honom och när han reflexmässigt drog efter andan började han svälja havsvatten. I takt med att det fyllde hans mage blev hans rörelser allt mindre och han kände hur han sjönk allt snabbare när lungorna inte längre hade någon luft som höll honom uppe. Smärtan i nacken var som knivar utan nåd.

Den stora lättnaden kom utan förvarning och ett lugn spred sig genom kroppen. Kvällssolen värmde hans kinder medan han klättrade uppåt i eken på landet, vig som en apa, tills han nådde trädkojan som han och pappa just blivit klara och med hävde sig upp på brädgolvet. Han ropade åt de storögda pojkarna där nere i det vildvuxna sensommargräset att den som ville fick komma upp. Men så märkte han att han fortsatte att stiga som bubblor i sockerdricka, uppåt mot ljuset genom ekens väldiga skuggiga lövverk. Långt under sig såg han sin far ansluta sig till barnen, vända ansiktet uppåt och peka. Det hördes inga ljud längre och de små figurerna där nere blev mindre och mindre och till slut var alltsammans borta, uppslukade av ljuset.

# 60

"Tjenare Elvira Madigan, känner du någon som heter Rickard?"
"Jamen, hej John."
Hon lät så spänd, på gränsen till sammanbrott.
"Hur är det med dig? Har det hänt något? Något mer, menar jag."
"Det kan man säga. Men säg vad du ville först."
"Okej. Din karl var hemma hos mig igår, vet du. Ja, innan han blev efterspanad för mord."
"Vet du var han är, John?"
Ett torrt skratt.
Hur kan han hålla på så här, till och med nu? Bekoms han inte av någonting?
"Om jag säger det sätter du väl polisen på honom."
"Nej, jag..."

Hon var tvungen att köra åt sidan och stanna på vägrenen. Armen värkte och illamåendet sköljde över henne. Hon ville bara lägga sig ned, var som helst. Slut på adrenalin.

"Du kommer bara att skratta åt mig John. Du skrattar alltid åt mig."

Det var tyst några sekunder och när han tog till orda lät han samlad, nästan allvarlig.

"Vad menar du? Vad skulle jag skratta åt?"

"Jag har sett något riktigt konstigt. Du skulle tro att jag har blivit knäpp. Det var någon som väntade på mig och Ofelia därhemma."

"Vad fan säger du?"

"Javisst. Och en sak till. Ofelia berättade att hon följde med någon från fritis igår. Någon som sa till henne att han var pappa till en kompis...men när jag pratade med pappan var han som ett stort frågetecken, hade ingenting med det att göra. Ofelia hade varit borta i en timme innan hon dök upp igen med en mysko amulett i fickan."

Han svarade med ett misstroget ljud och sen ett dånande andetag nära mikrofonen, som om han försökte samla sig.

"Okej, det här är så skumt, så jävla konstigt. Ta det lugnt nu, men det verkar ju faktiskt som om någon är ute efter er. Vem tror du det kan vara? Brorsan eller?"

Han kraxade till i något som kunde ha varit ett skratt.

"Ja, inte vet jag, John."

Hon lät förvirrad och osäker.

"Nej...jag tror inte att det är Rick," la hon till.

"Sitter du i bilen, Elvira?"

"Jag...ja. Det är jag och Ofelia."

Hon kom att tänka på deras hastiga avfärd hemifrån.

"Jag blev skiträdd, John, vi bara stack. Huset står öppet och olåst...jag åker fan inte tillbaka dit. Skulle du inte kunna åka dit John, bara kolla..."

Hon hejdade sig, inte var det särskilt schysst att be John. Men han verkade inte ha tagit någon notis om hennes fråga.

"Lyssna nu. Kan du köra till Värmdö? Jag måste berätta något för dig om brorsan och det går inte så här. Stavsnäs, vet du var det ligger?"

"Jag tror det...längst ut där vägen tar slut, eller hur?"

"Ja, bara att följa skyltarna. När kan du vara där?"

Hon var tvungen att lita på någon, men John av alla människor?

"Trekvart kanske. Men varför så långt ut, det låter ju inte klokt?"

"Jag förklarar sen. Vi ses nere vid sjömacken i hamnen om trekvart."

# 61

Espen visste inte vad som hade fått honom att fördriva skymnings-timmen med att lyssna på båtradion nere i källaren. Det var länge sen han satt där, det hade varit ett slags sällskap när Susanna hade lämnat honom. Det hade fått honom att minnas sin tid som lots, alla åren på sjön, många goda minnen trots allt. Nu hade han gått ned och satt sig vid arbetsbänken, hukat sig fram över den gamla radion och torkat av det värsta dammet med en trasa. När han hade fått igång den hade han suttit där i ensam med rösterna från havet, läpp-jande på en utspädd whiskey i det torftiga skenet från den krom-oxidgröna skrivbordslampan i bucklig metall. Den bärnstensklara drycken hade börjat väcka liv i kroppen; varje klunk hettade i bröstet och han hade tänkt på det kalla höstmörkret på andra sidan källar-fönstret. Eller rättare sagt: det som fanns där ute.

Efter ett tag hade de börjat låta bekanta. De kom och gick, okända besättningsmedlemmar ombord på okända fartyg. Det var som att få kontakt med gamla vänner igen, även om de flesta var döda för

258

länge sen. Han hade suttit en bra stund och nästan, bara nästan, nickat till när han hörde den. Det hade aldrig rått någon tvekan; många forna kollegor hade vittnat om hans utmärkt hörselminne. Han brukade känna igen mistluren på Örholmen, eller St Görans dubbla dieselmotorer, och fått rätt varje gång. Han kunde se dem dyka upp ur den täta drypande dimman och se sin egen besättnings förvånade miner. Det var likadant den här gången: han kände igen rösten fast det måste ha varit trettio år sen. Samma röst. Samma båtradio också förresten, men den gången hade den suttit fastskruvad i ruffen på lotsbåten Hilma. Det var vad de hade brukat kalla en vit röst, en utsänd röst som genom ett radiotekniskt fenomen flätade in sig i en utsändning från ett annat fartyg. En hörselvilla, en röst som inte var där. Det hände att det vita ljudet var maskinljudet från ett fartyg, ibland var det mänskliga röster.

Espen tänkte på pojken. Han hade intalat sig själv att det varit för sent för Malcolm, men den här gången visste han i hela kroppen vad som höll på att hända. Det kom för honom att han inte kunde sitta här på arslet i sitt varma hus och bara låta det ske. Det fanns gott om ursäkter för en gammal gubbe som han, men ingen av dem dög. Inte den här gången.

Den vita rösten passerade som brottstycken, knastrig och metallisk men nu var Espen var säker på sin sak.

"...Katinka två, Katinka två."

Hans närminne brukade inte vara mycket att skryta med, men namnet fick honom att sträcka upp sin massiva kroppshydda i givakt så att den gamla trästolen jämrade sig i protest. Han inte bara kom ihåg vad Ellen hade sagt på sjukhuset, han kunde höra henne säga det: *Seglar gör de ju ändå precis som Malcolm, de har till och med gett båten samma namn som hans.*

Han hade lyssnat efter Rickards röst utan att våga trycka in sänd-knappen men det var den vita rösten som återkom:

"...Katinka två...vi går..."

Brus, knäppningar. Sen ingenting.

Espen hade slutit ögonen med pekfingret vilande på sändknappen och höll andan medan hans tunga tyst rörde sig mot gommen: nej, nej, nej--- Svaret kom genast:

"...vi går...mot Järnholmen."

Bruset tog vid och han satt stilla med en liten låga av rädsla fladdrande i magen ända tills lugnet bröts av ett anrop från en privat yacht. Någon ville uppmärksamma ett polskt lastfartyg på att de höll på att försvinna under deras höga stäv. Han kämpade sig upp på fötter och sträckte ut handen för att stänga av men sekunden innan radion dog uppfattade han något igen: samma ihåliga röst fast det inte gick att urskilja vad den sa. Han stod paralyserad och obeslutsam, det där sista hade inte lämnat honom någon ro. När han drog på sig allvädersjackan i hallen var han nästan helt säker på vad de sista, gåtfulla, stavelserna hade varit: "lämnat oss." Eller kanske var det: "de har lämnat oss."

Det var ord han inte begrep sig på, men de förebådade olycka.


## 62


Sjömacken i Stavsnäs vinterhamn låg öde och tillbommad. I den skogiga randen på andra sidan Norrvikens svarta vatten glimmade ensliga ljus bakom grenarna som gungade i den tilltagande vinden. Några av husen där måste vara bebodda året runt. Ett par hundra meter ut kom två gröna blixtar var sjätte sekund: Tegelhällan. Längst in vid betongkajen låg två vita färjor som tagits ur trafik och en orange båt från Sjöräddningen förtöjd, och lite längre ut i den lilla hamnen hade en stor, grå segelbåt utan mast lämnats till sitt öde.

Den stora parkeringsplatsen och de röda byggnaderna såg tomma ut. John tänkte på vilken häxkittel av båtfolk det brukade vara här på sommaren - det hade hänt att de gått in för att bunkra diesel och köpa sommartunna dagstidningar här. Det hade hänt att de var tvungna att cirkla runt tills de blev en lucka ledig att i all hast tråckla in båten i, men nu syntes inte en människa till.

John parkerade intill Elviras bil och satte sig på passagerarsidan. Han hade med sig varsin rykande pappmugg med kaffe men temperaturen i bilen föll hastigt och Elvira startade motorn igen och lät den gå på tomgång en stund. Hon hade till sin irritation börjat hacka tänder och kunde inte sluta. Ofelias snusade i baksätet. De sa ingenting på någon minut, som om de inte visste hur de skulle börja. Till sist fick John syn på hennes blodiga ärm och bröt tystnaden:
"Fan, du blöder ju. Har du första förband i bilen?"
"Det är ingen fara, bara ett ytligt sår. Först vill jag höra vad du skulle berätta om Rick."
Han insisterade på att ge henne sin jacka innan han började berätta. Hon noterade ett ovanligt uttryck av olust i hans ögon, hade det inte varit för det hade det här kunnat vara ett av hans *practical jokes*, ett sätt att prova hur lättlurad hon var. Men efter en stund orkade hon inte vara misstänksam längre och försökte bara ta in vad det var han sa. Det var inte det lättaste. Han berättade om Malcolm Jolbrants loggbok, Rickards seglarhelg och besök hos Sofie Nunez. Illamåendet började komma tillbaka. Han försökte beskriva vad som hade hänt när Rickard var hemma hos honom, hur han började se konstig ut och röra sig på ett besynnerligt sätt, liksom knyckigt och tungt. Sagt de mest obegripliga saker. Använt ord han inte hört honom använda förut, ord han aldrig hade trott skulle komma ur hans mun. Situationen hade blivit obehaglig och till sist hotfull.
"Jag kan för fan inte bli rädd för min egen bror, Elvira. Det fattar du väl."

John vände bort blicken när han sa det och stirrade stint ut i mörkret utanför vindrutan. Det märktes att han inte ville bli för specifik och hon vågade inte fråga.

"Jag skäms lite för det som hände sen. "

Skämdes? Det lät inte som John.

"Varför det?"

"Jag slog till honom. Ja, det var som om det var någon annan där och jag var tvungen att få stopp på det som hände. Det blev för jävligt på något sätt. Jag stod inte ut. Det fick honom att tuppa av och vara borta i någon timme - ja, det var nästan lika jävligt att vänta på att han skulle vakna upp. Hade han hjärnskakning, eller värre liksom? Men sen - ja sen var det ju samma gamla Rick igen. Han som låg där på soffan, som om inget hade hänt. Sa att han inte mindes ett skit av det där."

Elviras hade börjat andas tyngre, något vällde upp i bröstet och till sist exploderade hon:

"Men han måste ju vara sjuk, Rickard. Fattar du inte det?"

John fortsatte att stirra ut genom vindruta och först då la hon märket till att han luktade en aning sprit och att nästippen såg ut att vara doppad i hallonsaft.

"Han måste få hjälp, John," la hon till med lite lugnare röst. Hon förstod ännu mindre efter att allt hon fått veta under den senaste halvtimmen, men det stod klart att Rickard måste vara värre däran än hon hade kunnat föreställa sig.

"Det har varit väldigt mycket på en gång...först Ellen. Sen det här med jobbet, det betydde ju allt för honom."

Hon hade talat för sig själv, försökt resonera sig fram till en förklaring. Kanske hade John uppfattat bitterheten för han vände sig mot henne, men hon fortsatte snabbt: "Och om jag förstår vad du säger så fick han reda på att hans pappa…"

"Vår pappa menar du? Att det var något seriöst fel på honom?"

"Förlåt men ja, det var så det lät. Allt det där sjuka han skrivit i logg-boken."

"Ingen fara, det stämmer ju. Han var helt klart inte som han skulle på slutet. Man kan ju gissa på schizofreni kanske, utan att vara någon *shrink*."

Han hade lutat sig fram och hans andedräkt fick henne att hålla andan:

"Vet du att det går i släkten, det där? När pappa var barn…han gick sin egen väg. En galenpanna sa man. Klättrade upp i de högsta träden, försvann i dagar på egna expeditioner. En gång fick han för sig att han skulle simma till Danmark från Helsingör. Det blev problem med skolan förstås. De gav sig inte förrän han hade genomgått en psykiatrisk undersökning för barn. Rune, ja farfar, hade visat tecken på vanföreställningar, man misstänkte men kunde inte fastställa diagnosen schizofreni."

Elvira stirrade blankt tillbaka, hon kunde inte påminna sig att varken Rickard och Ellen någon gång hade pratat om Malcolms föräldrar, och väldigt sällan om hans barndom.

Helt utan förvarning slog John upp bildörren och hävde sig ut. Vinden sög igen dörren med en dov duns. Genom sidorutan såg hon honom krypa ihop med armarna över bröstet mot blåsten men hon var alltför omtumlad för att känna dåligt samvete för att hon satt med hans jacka på sig. Hon kände ilskan bubbla inom sig, hon kände sig förd bakom ljuset. Varför hade hon inte fått höra det här från Rickard? Och varför hade John fortfarande inte hade förklarat varför de hade träffats här ute vid vägs ände, där vad som helst skulle kunna hända utan att någon fick reda på det? Hon litade inte på honom. Just när hon började fundera över vad han höll på med därute förstod hon att han måste ha fått syn på något ute i sundet. Hon följde hans blick och upptäckte en vit och en röd ljusprick som sakta närmade sig från sydost: en topplanterna och en babordslanterna. Snart dök en grön prick upp också till vänster om den röda: en båt som girade in mot hamnen.

Klockan var kvart över sju och höjden på masten verkade stämma. John ryckte upp bildörren och stack in huvudet:
"Bara en kvart sen. Brorsan har alltid varit pålitlig."
Vinden fyllde den öppna kupén med höst.
"Han kan vara en mes ibland men pålitlig är han."
Hon blinkade och kände sig yr igen.
"Hur länge har han varit ute," fick hon fram.
"Han stack imorse, jag vinkade av honom på Gålö personligen. Hade visst något otalt med ordningsmakten som sagt."
Hon såg den tydligt framför sig i dunklet. Svart, stilla, väntande. Det hade bara varit ett par timmar sen. Amuletten i Ofelias hand.
"Julias pappa."
K.R.
Nej. Det kunde inte ha varit Rickard.


# 63


Rickard kastade över tamparna till John som vant slog dem i halvslag kring två pollare. Elvira stod lutad mot en lyktstolpe i Johns stora jacka, fladdrande i vinden. Han skymtade lättat Ofelia som ställt sig tätt bakom sin mamma som för att gömma sig. Han försökte komma ihåg när han rakat sig sist och drog handen genom håret som stod på ända, det måste vara värsta fågelboet. Sömnbristen och de senaste märkliga dagarna hade nog också ha satt sina spår. Tyckte hon att han hade förändrats? Att han hade blivit en främling? Deras blickar möttes utan att någon av dem sa något. Hon verkade inte vilja gå ombord utan stod där som en staty på kajen med armarna omkring sig, som om något i hennes hjärna hade gått i baklås. Hon som alltid var så kvick i kroppen och huvudet. Hon såg så liten och blek ut; för en gångs skull märktes det att hon mådde riktigt risigt. John viftade med armarna för att påkalla uppmärksamhet. Hopkurad med uppdragna axlar summerade han effektivt läget för Rickard, nästan ropande för att höras i vinden:

"Jag har berättat om dina eskapader, Rickard, precis som du ville. Men det har hänt grejer på hemmafronten också förstår du. Någon typ förde bort Ofelia, fast tack och lov kom hon oskadd tillrätta. Och sen blev de attackerade av någon som tagit sig in i ert hus. Elvira är skadad. Se nu för fan till att vi kommer ombord och får värma oss!"


De tinade sakta upp i Katinka II:s ruff. John hängde i trappen med armbågarna mot kanten på ruffluckan men vindbyarna skickade in kalla pustar och Rickard bad sin bror dra igen luckan. Ofelia låg i förpiken och läste i en gammal fuktskadad bamsetidning. Rickard satt på styrbordskojen, mittemot Elvira på babordskojen. Hon hade ett violett linne som hon hade haft på sig under tröjan. Ett rött, ungefär halv centimeter djupt sår löpte längst undersidan av hennes bleka underarm. Blodet hade koagulerat en bit från såret och i rännilarna ned i handen. Han värmde vattnet lite på gasolspisen och började tvätta, inte längre så säker i rörelserna; det här måste göra ont. När det började lösas upp märkte han att det fortfarande kom nytt blod. Avvärjningsskada, tänkte Rickard, var det inte det polisen brukade kalla det?

"Vad kan han ha använt. En kniv?" kom det från trappen där John nu satt i en akrobatisk ställning, som för att markera att han snart tänkte lämna dem.

Rickard fick en sugande känsla i magen, först nu började det verkligen gå upp för honom vad hade hänt. Hade någon försökt hugga Elvira med något vasst? I deras vardagsrum?

"Såg du något? Attacken kom väl rakt framifrån," fortsatte John envist.

Attacken. Elvira slöt ögonen.

"Nej. Jo, kanske, det kan ha blixtrat till." Hon andades ut häftigt och grimaserade när han baddade såret med sprit men gnällde inte. Hon var förändrad på något sätt. Chocken kanske helt enkelt satt kvar.

"Något var där men förstod inte vad det var. Jag måste ha kastat mig bakåt med överkroppen, så här", hon lutade sig bakåt.

John sökte sin brors blick.

"Det var en jäkla tur att du gjorde det, Elvira. Den där idioten fattade inte vem han gav sig på."

Rickard slog an sin lugna, nästan nonchalanta ton: "Berätta nu, Elvira. Börja med Ofelia."

"Okej, men då ska du svara på frågor sen."

Hon berättade. Han hade ingen anledning att betvivla det hon sa även om det lät overkligt. Ofelias tillfälliga försvinnande, inkräktaren, samtalen med polisen om Sofie. Någon där ute ville dem illa. Inte han, någon - det måste hon väl förstå?

Han fastnade med foten i något och drog fram kassen där han hade tryckt ned Ofelias och Elviras kläder. Det prasslade öronbedövande när han rev runt och fiskade upp Elviras jacka och kastade den på dynan bredvid henne.

"John, nu kan du få din jacka tillbaka."

De såg förvånat på honom.

"Men, där är ju Ofelias också."

"Jag förklarar sen."


När Elviras arm var tjockt omlindad med gasbinda hällde John upp hett kaffe åt dem. Rickard förstod vad som komma skulle, såg det i hennes blick: orolig och vaksam men sökande. Något av hennes vanliga beslutsamma min var tillbaka. Han visste att han aldrig skulle få dem med sig om hon inte blev övertygad, om han inte lyckades vinna någon slags förtroende tillbaka. Det drog ihop sig till husförhör och det spelade ingen roll att polisen kunde hitta honom vilken minut som helst. Med lite tur hade de inte hade fått resurser för att fortsätta avspana skärgården. Och kanske var han inte huvudmisstänkt för mordet på Sofie trots allt.

Elvira började med att be honom beskriva sina "minneluckor." Han svarade att det kunde han ju inte vilket utlöste ett råflabb från John. Att han aldrig kunde hålla käften.

"Ha, ha", sa hon utan att dra på munnen. "Före och efter då?"

Rickard undvek hennes blick. Han måste släppa garden. Han anade var det här skulle sluta men såg inga alternativ.

"Det har varit lite olika," fick han till sist ur sig. "Det brusar liksom, ibland är det en förvrängd röst. Som om någon…"

Elvira gjorde stora ögon, det kom helt naturligt och såg nästa komiskt ut.

"…ja, som om någon vill mig något. Något viktigt."

"Någon? Hörde du vad den där rösten sa?"

Hon sa *rösten* som om hon hade råkat bita i ett pepparkorn samtidigt.

"Kanske. Inget begripligt, inget jag minns i alla fall. Inga order och instruktioner om du tror det."

"Jaha du, vad ska jag tro då? Du säger att du hör *röster*, Rick. Du träffar Sofie och får en minneslucka stor som Hardangervidda. Sen ringer polisen mig och säger att hon…"

Han mötte hennes blå ögon, fundersamma men inte fientliga. Det där med minnesluckorna var inte helt sant. Han mindes saker men ville inte kännas vid dem, än mindre prata om dem.

"Jag vet, Elvira. Och nu vill du att jag söker professionell hjälp?"

Hans ord kom ut med en ironisk ton han inte velat ge dem. Hon blinkade till men behöll kontrollen.

"Det här med luckorna…när kom det sist? Hur är det just nu?"

"Faktiskt ingen riktig…lucka sen jag var hemma hos dig igår, John. Kanske håller det på att mattas av. Nu är det mer något krypande. Obehagligt."

Ibland tycker jag att jag ser saker som sen inte är där.

Hon höjde huvudet och såg rakt på honom, det var som om hon tog sats:

"Vad hände hos Sofie?"

"Det var som John sa. Jag letade efter Mange, jag hade just fått den första konstiga upplevelsen på kontoret. Hon berättade att han hade pratat för sig själv i badrummet, ja alltså när han kom tillbaka från vår seglats. Att han hade låtit riktigt konstig. Men sen hade han tydligen plötsligt varit som vanligt. De hade gått och lagt sig men när hon vaknade var han försvunnen."

"Men hur kom du därifrån då? Vad var det första du minns efteråt?"

Han kunde bara svara på den andra frågan och svaret var inte vad hon hoppade på.

"Att jag satt i bilen. Du, jag vet."

"Herregud, Rick." Hon kisade och sög in underläppen innan hon vände sig mot John: "Men det var något mer, något Sofie hade sagt. Något mer som hände."

"Hon sa att hon vaknat i sängen av att någon stod i rummet och tittade på henne."

Han försökte få det att låta som om det inte var något särskilt med det men det fungerade inget vidare.

"Herregud. Herregud. Såg hon vem det var?"

"Det var mörkt i rummet. Hon såg en stor, mörk - hon använde ordet varelse - som rörde sig på ett konstigt sätt. Slängigt, ryckigt liksom."

Han såg den mörka gestalten i sittbrunnen flimra förbi i sitt inre, hur den böjde sig ned och tittade in i ruffen.

"Som det ni såg vid Järnskäret."

Han nickade.

"Och som det jag såg hemma."

Hon satt en stund och snurrade upp en hårslinga på fingret som hon brukade göra när hon funderade eller såg en spännande film. Det slog honom att det kanske var år sen de hade pratat så här.

"Mange", sa hon sen. "Kan det ha varit Mange?"

Mange? Det här är inte klokt.

"Alltså, du: jag vet att han var uppe på däck samtidigt som jag såg den där. Jag hörde honom, såg honom."

"Och hos Sofie?"

"Men varför skulle Mange...ja, i så fall måste han ha kommit hem precis när jag hade gått."

"När han hade ihjäl henne ja. Och det skulle kunna ha varit han Sofie såg i sovrummet. Han var väl hemma när hon somnade?"

Rickard skakade på huvudet och såg Sofies ansikte framför sig.

"Sofie verkade helt säker på att det inte var Mange. Att det var någon annan."

"Men det var ju mörkt..."

"Hon hörde. Kände en främmande lukt. Såg ett ansikte."

"Va? Men...då borde hon ju ha kunnat..."

"Hon sa att det var förvrängt...otydligt. Grått och suddigt liksom."

Elvira stirrade på honom, ögonen var uppspärrade och väldiga: något hände i henne och sen fanns inget rationellt kvar i blicken.

"Vi måste bort", sa hon. "Bort härifrån. Nu."

Rickard kände musklerna i sitt ansikte slappna av i något som nästan kändes som ett leende.

"Exakt, min slutsats också."

Ljudet av bilmotorn nådde dem nätt och jämnt genom vinden där-ute, ett mjukt spinnande. Skärvor av stålkastarljus reflekterades i ruffens ventiler. John stack upp huvudet och rapporterade:

"Mina vänner, det kommer någon. Ingen brådska men vad tror ni om att ta båten…"

Skräcken som lyste i Elviras ögon överraskade honom, han kunde inte minnas att han sett henne så någon gång, i alla fall inte sen Ofelia försvann när lekte med grannpojken.

Hon minns något hon har sett.

Den främmande personbilen kunde bara anas som en svart form kanske hundra meter bort. Den hade körts ända ut på betongkajen och stod med motorn avslagen och strålkastarna på. John stod kvar på bryggan och såg efter dem som en mörk vertikal i strålkastarljuset bakifrån. Så vände han sig om och började gå tillbaka längs bryggan och skulle snart vara tvungen att passera den främmande bilen. Det kändes som om de lämnade honom i sticket.

# 64

Det verkade bli en blåsig natt. Vintern var på väg och det svarta lufthavet omkring dem var tömt på flyttfåglar som för länge sen dragit söderöver. Även farleder som brukade krylla av sjöfart som-martid låg övergivna. Katinka II stävade ensam på mot sitt öde.

Därinne i den varma ruffen snusade Ofelia som fastlimmad längst förpikens styrbordssida. Hennes sovande ansikte befann sig bara någon decimeter från bogsvallet som porlade och dånade mot stäven i mörkret utanför. En ljus lock hade klibbat fast i den släta pannan. Pulsen pickade i tinningen.

Den övriga besättningen ombord satt i sittbrunnen på i lovart, båda två rejält påpälsade i mössor, vantar och ylletröjor under jackorna. Rickard följde ljuskvastarna från fyrar och ljusbojar med blicken och höll emot med rorkulten när Katinka ville lova upp mot vinden i byarna. De hade satt segel på Nämdöfjärden och gått på kryss ned till Munkö. Det gick fortare än att gå för motor och dessutom visade bränsleklockan på kvarts tank diesel, drivmedel de kunde komma att behöva senare. GPS:n och fyrarna ledde dem rätt och loggen visade på mellan åtta och nio knop. Rickards plan var enkel och förmodligen naiv: att gå söderut på utsidan av Nämdö och sen segla hela natten för att komma så långt bort från Järnskäret som möjligt. Kanske skulle det räcka med Gotland som de borde kunna nå före lunchtid nästa dag. Utan att egentligen ha diskuterat det hade det blivit deras gemensamma plan. Rickard orkade inte tänka längre, bara han blev kvitt det främmande som kröp i honom. Han höll det för dig själv. Ibland tyckte han att något skymtade i ögonvrån och ibland var det som om någon satt precis bakom honom. En svart gestalt. Men det var sådant man kunde inbilla sig. Han sa det högt rätt ut i vinden: "Det är inbillning."

Elviras mun hade blivit till ett misstroget streck när han berättade om Järnskärets historia. Människor som spökade efter en våldsam död, inte köpte hon det, inte han själv heller egentligen. Men hur det än var med den saken så ville hon ta sig långt bort från den som följde efter dem, som hon uttryckte det. Det kanske låg bortom det rationella, kanske en logisk konsekvens av allt irrationellt som hänt. Tillsammans igen mot alla odds, tillfälligt enade av ett yttre hot.

Rickard drog in den mättade, fuktiga luften i ett djupt andetag. Illamåendet hade sakta växt inom honom, det var som om kroppen försökte göra sig av med något dåligt han ätit, stöta bort det. Hur varmt kunde det vara i det svarta vattnet de forsade fram genom? Fem, sex grader? I norra ishavet kunde det vara minusgrader i vattnet utan att det frös tack vare den höga salthalten. Hur länge skulle en människa klara sig som föll överbord här? Fem minuter? Han förundrades över hur lite som skulle behövas för att släcka ett liv härute. Drunkning skulle visst vara ett av de allra värsta sätten man kunde dö på. Det många inte vet är att den som håller på att drunkna för det mesta inte kan röra sig varken framåt eller bakåt utan förblir alldeles tysta och stilla. Kroppen blir snabbt trött och man orkar inte hålla huvudet över ytan, sjunker, får en kallsup och börjar svälja vatten. En sista, meningslös kamp i fullständig ensamhet. När vattnet når lungorna börjar man hosta och vid varje hostning kommer mer vatten in i kroppen. Magsäcken fylls, sen luftvägarna och till slut har kroppen samlat på sig så mycket vatten att kroppens densitet överstiger vattnets. Man sjunker sakta mot den mörka, dyiga bottnen långt därnere i djupet där inget annat liv finns än ålar och blinda havsvarelser. Den som befinner sig över vattenytan har fullkomlig makt över den som befinner sig under den, den ensamma själ som inser att bara smärtan och döden återstår.

De hade passerat Boskapsön. Elvira såg Rickard ställa sig upp vid rorkulten för att se konturerna av öar och skär framför dem.
"Vi går mellan Rönngrundet och Tärnsöarna."
Huvudet gick på honom och han bytte fot gång på gång. Vände kroppen än hit, än dit medan vindstället fladdrade och smattrade. Den där självsäkerheten, den där skärpan han brukade ha. Det fanns inte längre. Istället den här rastlösa oron och de märkliga historierna. Om han ändå hade skojat med henne, sagt att han var besatt av en ond ande för att se hur hon skulle reagera. Så där som han hade gjort ibland när de precis hade träffats för en evighet sen. Hon kände igenom fickorna igen. Den var inte där. Ropade att hon skulle leta

efter sin mobil och klättrade ned i ruffen. Kunde hon ha tappat den när hon satt på soffan? Hon visste att hon inte hade haft den i Johns jacka. Något sa henne att hon behövde en livlina.

## 65

Han lyssnade uppmärksamt medan luften från lungorna kom ut genom munnen i små oregelbundna stötar. Rösten i mobilen tillhörde en gammal man.

"John, mitt namn är Espen Sjöblom, minns du mig? På Blidö. Det var ett tag sen förstås…"

Han hörde den direkt: rädslan, han kunde inte dölja den. Mannen som talade var orolig och obehaglig till mods. En hostning och så fortsatte meddelandet:

"Jag tror att din bror är i fara, han är på sjön och jag tror jag vet vart han är på väg. Jag sticker ut själv så fort jag tankat och bytt en packning i motorn. Tar väl någon timme, om du vill följa med. "

Det blev tyst men det var inte slut än.

Tag all tid du behöver, gamle man. Jag väntar.

"Ring mig när du hör det här."

Han lät mobilen glida ned i en ficka och tog ett långt kliv över mannen på golvet. Han hade gått rakt i fällan. Kunde inte nöja sig med att stänga och låsa ytterdörren. Nej, du skulle förstås gå in och titta också. Se att allt var i sin ordning i huset. Och se hur det gick. De andra hade haft tur, men han skulle ta dem också. Han kunde känna deras rädsla, ja till och med nu. Deras rädsla och löjliga hoppfullhet; ingenting skulle ju kunna rädda dem.

På väg ut i hallen hejdade han sig och vände sig långsamt om. Gick tillbaka, satte sig på huk och började känna igenom den dödes fickor. Vädrade och uppfattade en svag lukt av brännvin. Slickade sig om läpparna. Där. Han höll upp bilnycklarna: en sträng av ännu varmt blod rann från dem och ritade ett smalt rött streck över golvbrädorna. Hans tankar dröjde vid den ensamma, rädda gamlingen.

# 66

Rickards hår fladdrade när han vände sig mot henne och ropade:
"Här ute ligger dom!"
Hon stirrade förbryllat på honom och kände hur det knöt sig i bröstet av obehag.
"Vad menar du?"
"Alla sjömän. Fiskare. Alla de som drunknat här. Hela botten är full av deras ben, femtio meter under oss. Vi har femtio meter vatten under oss."
Hon tog hem på förseglet medan hon försökte förstå vad han pratade om. Sen försökte hon komma på något vanligt och konkret att säga.
"Har du batteri kvar i din mobil, Rickard? Jag hittar inte min."
Han vände sig ut mot öster med fjärr blick.
"Det är slut...", resten av orden försvann i vinden som brusade i öronen.
"Va?"
"Jag sa, det är slut!"
"Men så jävla underbart."

Hon kände ilskan riva i kroppen. Där stod han, denne främling, och pratade om döda sjömän och i det läget var de avskurna från omvärlden.

"Vem ska du ringa?"

Hon fick för sig att han satt och flinade mot henne i mörkret, men påminde sig om att hjärnan ibland skapar felaktiga bilder av det ögonen tar in.

"Jag vet inte, vi kanske borde ringa polisen i alla fall."

"Vi måste bort härifrån. De skulle hålla oss kvar, det vet du."

"De kanske kan skydda oss, har du tänkt på det?"

Han skakade på huvudet.

"De kan inte göra något. Inte mot det här."

VHF-radion. Hon kunde anropa sjöräddningen eller något fartyg i närheten. Elvira förbannade att hon aldrig brukade använda båtradion själv när de var ute till sjöss. Det var längesen nu, innan Ofelia föddes, men det hade funnits en tid då hade de seglat mycket. Rickard hade varit en inbiten snedseglare och velat lära henne allt. Hon mindes hans händer på sina när han visade hur hon skulle hålla i rorkulten och hålla en rak kurs mot ett sjömärke.

"Ser du klippan bredvid holmen där framme, den som ser ut som en flodhäst som ligger och lurpassar i vattnet? Håll mot den!"

Hon hade njutit, älskat det, börjat känna sig duktig och sjövan. Vinden, glittret på fjärdarna. Men kommunikationsutrustningen ombord hade aldrig väckt hennes intresse och till radion hade hon aldrig riktigt kommit. Hon var biolog, inte tekniker. Det var i alla fall enkelt att få igång den, bara att vrida på en knapp och öka volymen så att det svaga bakgrundsbruset trädde fram. Hon hakade av mikrofonen och undersökte den. Tryckte in det hon misstänkte var sändknappen och satt en stund villrådigt funderande, lyssnande på radiovågornas brummande, vinande och knäppande.

Hon hade precis hängt upp mikrofonen och krupit halvvägs in i förpiken för att titta till Ofelia när en skrovlig mansröst bröt igenom.

"Här kallar Blenda, fem Sierra Yankee tre fem åtta femma. Katinka II, Blenda."

Hon vred på huvudet och stirrade lamslaget på radion. Hade hon hört rätt?

"Katinka II, över."

Elvira hasade sig tillbaka, kröp över salongskojen och tryckte in knappen på mikrofonen: "Ja det är Katinka II." Hennes ljusa röst lät spänd och nervös.

"Blenda Katinka. Är Rickard Jolbrant ombord? Över."

Hon tänkte precis svara när det dundrade till i trappan, han måste ha hört anropet och låst rodret. Han slet mikrofonen ur handen på henne.

"Katinka II, Blenda. Rickard här."

Bärvågen fick sällskap av ett rytmiskt knäppande ljud.

"Rickard! Espen här, Espen Sjöblom. Var är ni?" Den knarriga rösten fortsatte komma ur radions högtalare.

"Espen."

Rickard kämpade för att återfå andningen efter att nästan hoppat ned i ruffen. Hans svarade med en märklig fråga.

"Varför tror du att vi är på sjön, Espen? Över."

"Vad har ni för position?"

Rickard verkade tveka.

"Kan vi byta till en annan kanal?"

De kom överens om en egen kanal och hittade varandra igen på den nya frekvensen. Kanske för att Rickard misstänkte att polisen samarbetade med sjöräddningen och andra som avlyssnade kanal 16.

"Vi ligger en distans ost om Braka."

"Är det helt säkert det, Rickard?"

"Ja, varför skulle jag hitta på?"

"Var det frun din nyss…Elvira eller hur?"

"Det stämmer bra det. Det låter som om du också är ute och far."

"Vart är ni på väg, Rickard?"

Han verkade tveka igen.

"Söderut."

Rösten som tillhörde Espen mumlade något.

"Va?"

"Rickard, ni har någon mer ombord."

"Va? Ja, Ofelia, vår dotter."

"Det är någon annan där Rickard. Jag hörde det förut...det gick ut på kanal 16. Jag tror du vet vad jag menar."

Rickard mötte Elviras blick och höll kvar den medan han tryckte in knappen och svarade överdrivet långsamt:

"Det är bara vi tre ombord Espen. Över."

Knäppandet fortsatte och ett segel började slå våldsamt ovanför dem. Någon måste upp och ta rodret.

"Hör på mig nu! Gå i hamn så fort ni kan. Lämna båten och var försiktiga. Ni har någon ombord. Jag har hört honom."

"Måste ta rodret nu, Espen. Det är ingen mer här, men jag lovar att vi ska vara försiktiga. Klart slut."

Elvira försökte säga något men fick inte ur sig ett ord. Känslan av att hålla på att förlora förståndet sög till i huvudet. När Rickard försökte hänga tillbaka mikrofonen skakade hans händer så kraftigt han missade klykan två gånger. Utan att kasta en blick på Elvira strök han sig sen snabbt tre gånger över ansiktet och hävde sig tillbaka upp i sittbrunnen.

# 67

Espen Sjögren lossade förtöjningarna och kastade vant upp tamparna bryggan medan han svor omsorgsfullt. Klockan hade nästan

hunnit bli sex och höstvinden drog båten av och an och fick förtöj-
ningarna att knirka och dunka. Det var för sent, för kallt och för
mörkt. Dessutom var han för gammal. Det var ställt bortom alla
tvivel att han skulle få ångra det här. Susanna, tänkte han, jag sak-
nar dig. Hur det här än slutar ska vi snart vara tillsammans. Ett
ögonblick höjde han huvudet och kisade mot Sjögrens upplysta
köksfönster några hundra meter bort längs stranden. Han borde inte
ge sig ut ensam men det här var inget äventyr man med gott samvete
bjöd med sin granne på. Förresten skulle han aldrig kunna förklara
vad de skulle till sjöss att göra, han visste ju knappt själv.

Han kände i ena jackfickan och det prasslade till när fingrarna fann
det nästan tomma cigarettpaketet. Det var en slags trygghet att veta
att det låg där. Men whiskyn måste ha slutat verka för kroppen hutt-
rade och skakade när han sjönk ned på aktertoften och satte kurs
rakt mot sjön som rullade in från sydost. Utan att släppa horisonten
med blicken lutade han sig fram och sköt gasreglaget från sig tills
bogsvallet fräste och stänkte sig silvervitt i ljuset från topplanternan.

## 68

"Mayday mayday mayday."
Elvira hade avlöst honom strax efter midnatt men verkade inte ha
sovit något alls medan han hade rodret. Hon fick skylla sig själv om
hon höll sig vaken på hans vakt. Vinden låg på från sydväst och
skrovet knakade och knirrade i alla riktningar. Han stirrade på den
orörda smörgåsen i handen medan illamåendet kom och gick i vå-
gor. Han rätade på sig och vred huvudet mot ljudkällan. Ett nödan-

rop. Han övervägde att slå av radion innan präktiga Elvira hörde det därute. Det fanns något bekant hos den här rösten:

"This is sailing yacht Katinka. Katinka. Katinka. Mayday."

Det var förmodligen en dröm men han väntade tålmodigt på vad som skulle följa. Det blev en lång positionsangivelse på engelska. Han fick tag på en bläckpenna och lyckades få ned koordinaterna på baksidan av ett gammalt nummer av Segling när koordinaterna upprepades. Stack in handen i sjökortsfacket och drog upp de inplastade sjökorten för Arholma-Landsort men visste redan. *Järnholmen.*

Rösterna på andra sidan lät mycket avlägsna, de böljade, väste, förenade sig med svaga brummanden och knäppningar, kom och gick.

"...hjälp oss...vi sjunker..."

"...de har lämnat oss."

Rickard satt med rynkad panna. Han höll in sändknappen och öppnade munnen, han liksom ljudade men det kom inga ord.

"De har lämnat oss...."

"...de har lämnat oss."

Det var det sista som yttrades. Han hade skrivit ned alltsammans på Segling nr 5. Utifrån den halvt tillstängda rufföppningen hörde han Elvira ropa något. Termoskaffet tryckte på och han reste sig och tog till magstödet för att höras: "Jag ska bara gå på toa så kommer jag upp sen!"

Håll ut, pappa. Jag är ingen svikare.


Trots att båten krängde rejält lyckades nästan hålla strålen kvar i porslinsrundeln långt därnere ända tills han var klar, men han var tvungen att ta stöd mot väggen med pannan. Han vände sig mot det minimala handfatet, vred på kranen och hörde vattenpumpen slå igång och börja arbeta med sitt utdragna stön. Vred av och när han var på väg att öppna dörren fångades hans blick av ett vitt ansikte och hjärtat gjorde en kullerbytta i bröstet.

Handduken. Den är borta.

Han hade nästan glömt bort den rödvitrandiga kökshandduken. Han hade hängt den över toalettspegeln när han kom hem sent efter att ha träffat Rhonda Jensen. Det där hon hade sagt om att undvika speglar - herregud, han hade försökt komma underfund med om hon drev med honom eller verkligen trodde på vad hon sa. Förbannat löjligt, hade han tänkt, men ändå gjort det. Impulsen hade uppstått och han hade följt den. Efter ett tag hade han inte tänkt på att handduken satt där den satt, men Elvira hade förstås velat spegla sig det första hon gjorde.

Vattnet forsade förbi på skrovets utsida och han hörde rodret glappa: dunk, dunk, dunk. Det vita ansiktet vände sig sakta mot honom tills han betraktade det rakt framifrån. Det var groteskt: ögonen låg i djup skugga i sina hålor, det vita ljuset från lampan ovanför blänkte över panna och kinder som såg ut som omålad vax.

Det är bara min spegelbild för helvete. Vänd bort blicken och gå ut nu.

Han skulle bara titta lite närmare först. Se efter om han hade några ögon. Sen skulle han gå ut.

Han lutade sig längre fram och kände att det var på väg. Lite till, bara en dryg decimeter från spegeln nu.

Hans mun öppnades och han flämtade till så häftigt att en cirkel av imma spreds över glaset: det såg *fortfarande* ut som två gapande tomma hålor. Den öppna munnen, den raka näsan med sina porer. Rynkorna i pannan löpte som fåror i en frusen åker. Den kantiga hakan med sin mörkgröna skäggstubb. Men ögonen fanns inte, bara två svarta hål.

Vad i helvete. Sinnes. Det är sinnes.

Ja, just precis. Hans händer vitnade om handfatet.

Den är här.

Han tyckte att det glimmade till där inne under ögonbrynen och slagskuggan från dem kröp nedåt över kinderna.

Du har varit död länge.

Delar av den vita huden hade mörknat och som skinnet i ett gammalt läderförkläde och ur den svarta munnen pilade en rännil kallt vatten och fortsatte ned över hakan och halsen. För en bråkdels sekund tyckte han sig se ett par ögon fast ögonlocken saknades och de stirrande rakt in i honom.

Vad vill du? Vem är du?

Munnen drogs nedåt i en ironisk, hånfull grimas. Han visste att den försökte provocera honom, utmana honom. Kylan strömmade genom kroppen och fick armar och ben att skaka våldsamt. Det skramlade till när något som stått på handfatet ramlade i golvet. Sen en enda ynklig, skälvande snyftning: hans egen.

Inte rösten nu. Inte den förbannade rösten.

# Briggen Hermione, 8 december 1873

Eldskenet de hållit kurs mot är inte Svenska Högarna. Björn har fått skrika sig hes vid rodret för att få båtsmans uppmärksamhet i stormens larm.

"Are you sure, son?"

"Yes Mr. Monday, I am dead sure! We must be further up north!"

Han förbannar sig själv för att inte ha märkt det tidigare, nu är de väldigt nära *terra firma* och havet pressar på, trycker dem mot grynnorna och han vet med ens precis var de befinner sig. Han ser Mr Monday och skepparn vantroget kisa mot det flämtande eldskenet utan att veta hur illa det är ställt. De verkar inte ens säkra på om de ska tro på sin egen navigatör. Sjön är för stark för att rodret ska kunna hålla ut oss från grunden. Hans skinnflådda handflator värker, musklerna i överarmarna och ryggen värker. Mr Monday håller sig i däck och tampar för att ta sig fram och hjälpa honom hålla det stora trähjulet och dra det medurs, men båtsman kommer aldrig fram. Björn hinner bara ropa: "Rocks! Rocks ahead!"

Den där sekunden. Allt blir tyst, det är som om stormen stillnar för en ögonblick, som om tiden själv fryser och stannar upp. Sen går de på. Det känns som att stäven tuggar sig in i ett grundflak strax under vattenlinjen: ett dovt brak följt av ett utdraget krasande som vibrerar genom skrovet under dem och han ser matroser slungas handlöst över däck.

"Lord, have mercy on our souls. We´re going under!"

Det går så fort. Hermione har redan brant slagsida upp mot vinden, stormen, eller orkanen, ylar som vilda hundar och vågorna som tornar upp sig fyra, fem meter där bakom. Slagsidan hindrar dem från att skölja fritt över däck och det ger dem en chans att få dingyn i sjön. Men vattnet rusar in därnere. Timmermännen kastar i lösa brädor, delar av den nedstörtade riggen som de skurit loss, allt som är av trä, till de som kastat sig i det svarta vattnet i lä. De syns inte där de griper efter något att hålla sig i men han hör deras hemska rop i mörkret.

Den brittiska livvaktsstyrkan har lyckats få upp kvinnor och barn ur deras hytter dit de förvisats av besättningen som inte ville ha dem på däck i det usla vädret. De måste ha kräkts i timmar, det syns på dem där de stapplar eller kryper upp på det lutande däcket med vitbleka ansikten, stöder sig på soldaterna eller klamrar sig fast vid relingen. Den långa, lätt kutryggiga kvinnan som håller ett barn i varje hand är Mrs Arabella Plym. Björn minns hennes intresse för vad han gjorde ombord, hon hade frågat om han kunde navigera efter stjärnorna. Det hade gjort honom stolt och lätt andäktig, bara det att han stod och talade med sådant herrskapsfolk på engelska! Barnen är i sju-åtta årsåldern, klädda i små grå kostymer av yppersta kvalitet. Pojken gråter högljutt och flickan stirrar stelt framför sig. Hon vacklar till och faller men Arabella Plym håller ledigt henne uppe med ena handen, hon kan inte vara ett klent fruntimmer. Hennes väninna, Mrs Henrietta Banks, har en mörkblå vapenrock om axlarna. Det mörka håret faller över hennes nästan genomskinliga, självlysande ansikte. Det ser ut som om hennes sjösjuka bekommer henne betydligt mer än rädslan att drunkna. Hennes bastanta kokerska som Björn inte kom ihåg namnet på ser rädd ut och grälar ilsket på en av soldaterna. Tre man sliter med att få dingyn i sjön och göra sig redo att ta emot de betalande passagerarna.

Björn har försökt ta sig loss ur surrningen men rår inte på sina egna knopar, de har fryst till järn under ett pansar av is. Det känns nesligt alltsammans: ska han dö nu, surrad vid det här rodret? En rorsmans lott vore det, inte en navigatörs.

"Please. Please, cut me lose!"

Hans hör knappt sin egen spruckna, trasiga röst, den bär dåligt i den ylande vinden.

"Hjälp! Hjälp, skär loss mig då!"

Skräcken bränner i honom och får honom att övergå till svenska fast ingen förstår. Nu hörs spant, skott och master av kraftig ek krossas, de bryts och kollapsar så att det gnisslar och råmar omkring dem. Ska det sluta så här? Var har den förbannade rorsman tagit vägen?

Han försöker stänga ute ropen från karlar som klämts fast av nedfallna rår, bommar och master. Blundar för kropparna som ligger krossade och livlösa under röran, en del till hälften under en blandning av blod och vatten. Mrs Banks och hennes följe har gått i båten och nu går Hermione ned. Men en skeppsgosse på väg att kasta sig över relingen har hört honom och som genom ett mirakel vänt om.

"Please!" gnyr Björn med blicken låst vid skeppsgossen. Han lyckas hitta en yxa i bältet på liket från en av timmermännen, drar sig fram till navigatören i ett styvt rep och börjar hugga loss honom. När han är loss ber de fader vår tillsammans, Björn på svenska, hans räddare på engelska.

"Our father, that art in heaven…"

Rop, rosslingar och ångesttjut når oss från alla håll. Skeppsgossen ser inte ut att vara mer än sexton år, ett barn. Utan en blick bakom sig kastar de sig i och uppslukas av kyla, mörker och snabbt strömmande vatten.

# 69

När Rickard till sist löste av henne var hon genomfrusen. Hon frågade om han hade sovit, om han hade ätit något varmt, men fick inget svar.

Han rörde sig ryckigt och lite klumpigt och glodde tomt i luften utan att möta hennes blick. Men han tog pinnen, sjönk ned på bänken och kisade mot seglet som försvann upp i mörkret. Allt såg ut att flyta automatiskt, utan en tanke, en seglare med tusentals sjömil bakom sig gick på sin vakt i vargtimmen. Klockan måste närma sig fyra på natten, hundvakten gick mot sitt slut.

"Rick!"

Nu såg han på henne men det kändes inte bra. Något höll på att gå snett.

"Sover Ofelia?"

Hon hörde hur hon ansträngde sig att låta lugn och vardaglig, som om hon talade till ett barn.

Han såg ut i mörkret och vände sitt uttrycksösa ansikte mot henne igen. Olusten kröp i henne som nykläckta spindlar.

"Rick, vad är det med dig? Har det hänt nåt?"

Den där rörelsen igen: han förde sin fria hand till sin kind och gned den hastigt upp och ned.

Herregud, Ofelia.

Det kändes som att hon stukade foten på väg ned i trappan, det brände till men hon fortsatte haltade föröver och stack huvudet i förpiken. Lättnaden strömmade genom henne: hon låg som vanligt som en räka under täcket, fortfarande intill väggen. Kärleksungen. Hon sov djupt och reagerade inte när Elvira mjukt sa hennes namn. Vad hade hon trott? Hon kröp fram för att krama om henne men redan när hon sträckte ut handen visste hon.

Gode gud, låt det inte vara sant.

Det var så övertygande. Täcket hade skulpterats efter hennes lilla kropp, det hade sett ut precis som...hon slet upp det: tomt, ingenting, hon kastade täcket åt sidan och trevade med händerna över madrassen. Hon var inte där, bara hennes kroppsvärme som dröjde sig kvar i tyget. Ett ögonblick svartnade det och allt omkring henne sjönk.

Tänk. Hon kunde ha blivit kissnödig och gått på toaletten själv.

Nej. Det här får inte hända.

Hon kände den där hon där stod på alla fyra: närvaron. Någon stod alldeles bakom henne och på något sätt var det uppenbart att det inte kunde vara Rickard. Hon stelnade till och spände sig men gjorde ingen ansats att vända sig om. Sen small det.

# 70

Fuktigt, kompakt mörker. Den unkna, instängda lukten av gamla tampar, torkat sjögräs och olja. Smärtan pulserade i huvudet, armen gjorde däremot inte alls ont längre. Man kan inte ha mer än jätteont, summan av smärtorna är konstant, tänkte hon. När hon försökte sätta sig upp märkte hon att hennes händer var bundna på ryggen och hon fick något plastigt, lätt fjädrande i ansiktet: en fendert. Hon måste befinna sig i akterstuven. Skrovet rörde sig med små rörelser och hon fick intrycket av att de låg i hamn eller för ankar. Kluckandet mot utsidan och ljudet av förtöjningstampar som rycker i knap. Stanken från de gamla sura tamparna var så vidrig att hon började andas återhållet med munnen. Det kunde inte vara mer än några få plusgrader och hon var tacksam för att hon inte hunnit ta av sig jackan efter förra vakten. Tankarna började långsamt ta form, tröga som om de gick på sparlåga i kylan.

Det vände sig i magen: *Ofelia!* Hon måste ut. Började sparka och försökte sätta sig upp igen. Samlade luft för att instinktivt ropa hennes namn när hon hörde tunga steg på väg akterut mot henne. Luften stannade i lungorna och musklerna drog hastigt ihop sig. Hon försökte lugna sig, sammanfatta situationen. Någon måste ha slagit till henne så hårt att hon förlorade medvetandet, bundit hennes händer och burit ut henne till sittbrunnen. Där hade hon vräkts ned i akterstuven. Förmodligen samma någon som nu sakta var på väg över däck mot henne, som om den – han – hade känt av att hon var vid medvetande och omedelbart reagerat. Var det samma person som väntat på dem hemma i vardagsrummet? Som på något sätt hade gömt sig ombord och väntat på dem? Men skulle han ha hunnit ut till Stavsnäs och hur hade han kunnat ta sig in i båten utan att de märkte något? Hur hade han ens kunnat hitta dem? Det var ju helt orimligt. *Herregud, det kunde ju inte vara någon annan än Rickard däruppe.*

Stegen blev allt tyngre tills fötterna liksom demonstrativt började stampa för att till sist sättas ned på luckan några decimeter från hennes huvud så att glasfibern knakade. Hon andades knappt fast han förstås visste att hon låg här. Den därute stod stilla, vädrande, lyssnande och sen började det. Först lät det som om någon slog med näven i sittbänken, i sargen och sen hördes fotsteg igen, men nu var de snabba. Någon *sprang* föröver, hon kände hur stäven trycktes ned och skrovet sakta börja gunga. Sen springande korta steg akteröver igen, någon ryckte i stag och vant, det sjöng i de tvinnade stålvajrarna som höll masten på plats. Vad som än pågick där ute så var det sjukt.

Några snabba steg i sittbrunnen. Var det en hund ombord? Hon kämpade mot en skrattreflex: hon trodde sig ha hört något gny till. Så började stegen igen, sakta till en början, sen allt snabbare. Båten krängde lätt när de rörde sig över till styrbordsidan. Sen tillbaka till babordssidan, fram mot fören, tillbaka, hoppade ned i sittbrunnen så det dundrade. Sen hördes det igen. Det var som om en människa härmade en hund som gnydde och liknade ingenting hon hört. Det övergick till ett mörkt utdraget, gurglande strupljud som hade kunnat komma från en människa, om det hade varit mänskligt.

Det finns ingen hjälp att få, jag är övergiven i mörkret, långt ifrån alla andra människor. Vintern är på väg och de kommer aldrig att hitta mig och Ofelia.

Kylan spred sig inombords: det var bara en tidsfråga innan den som var därute otåligt skulle vräka upp luckan och sträcka sig ned efter henne och hennes värsta farhågor besannas. Den stod där tyst ovanför henne och hon började känna sig omkring för att hitta ett vapen. Bergskilarna låg under bråten av tampar, fendertar, segelkapell. Hon kunde ju försöka slå ihjäl honom med en fendert. Det var inte gryning än, för det ljusnade inte när luckan till stuvutrymmet slets upp.

## 71

Det var han.

Självklart var det Rickard och ingen annan som tyst mönstrade henne innan han böjde sig ned, precis som hon hade föreställt sig, och högg tag med ena handen under hennes ena jeansklädda lår och den andra runt ena överarmen.

"Rickard!" hann hon knappt skrika innan hon och slets uppåt med en hisnande kraft. Hon var en småväxt kvinna och vägde inte särskilt mycket, men det måste ha krävts avsevärd kraft att hiva upp henne i en enda enkel rörelse, som man lyfter en säck potatis ur en jordkällare. Axeln och höften tog emot den värsta smällen när hon damp ned i den kalla, nattfuktiga sittbrunnen. Ljusblixtar korsade hennes synfält.

"Var är hon?"

Hon försökte fixera den svarta gestalten med blicken, knappt urskiljbar mot den mörkgrå bakgrunden. *Snacka om att satsa på fel kille.*

"Svara då, var fan har du gjort av henne?"

Den intensiva vreden hon hörde i sin egen röst gav henne en strimma hopp och hon ryckte i repet som pressade ihop handlederna mot korsryggen. Den fuktiga kylan fick andedräkten att ryka ur munnen. Jackan och tröjan hade glidit upp och hon kände spillvattnet som dröjt sig kvar i sittbrunnen isa mot magen.

"Ofelia!"

Rösten sprack. Får inte börja gråta. Han hade stannat upp och tycktes bara vänta. Sen förde han hastigt upp handen till sin kind och drog pekfingret över den.

"Hooon...," började han och verkade komma av sig.

Men var det här Rickards? Den hade aldrig fått rysningar att jaga nedför ryggen och fjärilar av is att fladdra i bröstet. Han svajade till lite när Katinka tog en vindby på babords sida så förtöjningarna knakade och fortsatte sen, sakta och entonigt med tydlig artikulation som om han läste börsnoteringarna:

"Hon tillhör havet. Manskap och kvinnfolk nere i dyn. Fiskarna. Ålarna."

Det lät som om han skrockade till för sig själv. Elvira fick inte luft längre och hon kände vreden sakta rinna ur henne som spillvattnet ur sittbrunnen. Det lät som om han började gnola på en monoton, mollstämd visa. Från ett ögonblick till nästa blev hans rörelser flinka och han närmast sprang förbi henne och försvann ned genom ruffluckan. Hon kunde fortfarande höra hans sång, för nu lät det som han faktiskt sjöng med hes och sprucken röst. Den fick henne att tänka på en gammal sjömansvisa men det var inte någon hon kände igen. Katinka II:s lanternor var släckta men det svaga ljuset från ruföppningen gjorde det möjligt att orientera sig, men hon såg ingenting som kunde hjälpa henne att ta sig ur det som höll på att hända. Tvärtom.

Bajonett, så hette det. En sådan som soldater satte på sin musköt eller sitt gevär förr i tiden; hon hade sett dem i någon TV-serie om amerikanska inbördeskriget som Rickard en gång hade envisats med att se på TV. Det var på den tiden han hade tid med sådant tidsslöseri. Sen mindes hon fragment ur något program om Karl den tolftes fälthärjningar: bajonetter användes för närstrid, när fienden kommit nära inpå för att man skulle hinna ladda och sikta. Rickard hade aldrig gjort lumpen eller ägnat sig åt skytte vad hon visste, så hur kunde han hantera skjutvapnet som om han aldrig gjort annat? Han höll det ledigt i höfthöjd i vänster hand när han dök upp ur ruffen och kastade sen fram det med en knyck så att det fann sig tillrätta i ett skjutklart grepp. Men som om han ångrade sig bytte han sen lika hastigt till bajonettfattning utan att sakta av på stegen och fortsatte rakt mot henne. Elvira rullade undan och det långa stålbladet grävde sig ned teakdäcket där det skulle ha genomborrat hennes bröstkorg en halv sekund tidigare. Flisor följde med när han drog upp bladet och höjde det inför nästa hugg.

Hon undrade hur det finnas ett antikt skjutvapen ombord och kom på svaret i samma stund: John. Det måste vara Johns, hon kom ihåg att han hade haft en vurm för gamla vapen, svärd, knivar och annat för ett tiotal år sen. Varför inte ha något av dem på båten så att man kunde försvara sig mot sjörövare.

Hon tog spjärn mot sittbrunnsbänken och lyckades ta sig upp på fötterna utan att själv förstå hur det gick till. Rickards ljusgrå ansikte klövs i ett brett flin i dunklet – eller så var det också inbillning – innan han höjde geväret med bajonetten riktad mot hennes hals. De insydda reflexerna i hans seglarjacka blänkte i den begynnande gryningen. En vit mås tumlade förbi bakom honom i allt det svarta, buren på en osynlig luftström.

För ett ögonblick släppte hon taget och följde måsens flykt med blicken tills den försvann. Lät det bara ske, så skönt det skulle vara att bara låta slutet komma. Men sen kom det tillbaks: Ofelia. Hon kanske levde ändå, hon måste leva. Elvira skulle aldrig lämna henne ensam med den där flinande djävulen, vem det än var. Vad det än var. Ett kort ögonblick tyckte hon sig känna kraften från hundratals timmars rodd och löpning i lårmusklerna och tog ett par snabba, trevande bakåtsteg mot öppningen i akterpulpeten där bara en tunn vajer överdragen med vit plast skyddade besättningen att falla överbord. När nästa hugg kom gav hon allt hon hade och riktade en spark mot geväret. Ögonblicket efter förlorade hon balansen och föll utan att kunna ta emot sig med händerna. Det brann till i låret och hon kände hur hon tippade över vajern och föll ut över akterspegeln.

Kallt. Hon höll andan och försökte göra sig tung, sjunka till botten som en sten men det gick förstås inte. Det plaskade till i vattnet intill henne och hon anade något avlångt som stötte en gång, två gånger men hon kände ingenting, ingenting utom den förlamande kylan. Blodslöjan som böljade ut från det skadade benet löstes snabbt upp och försvann i det svarta vattnet. Ett högfrekvent undervattensljud dirrade i trumhinnorna, ett välbekant ljud som fortplantade sig genom vattnet: en båtmotor.

# 72

Han reste sig upp bakom styrpulpeten men lät gasreglaget vara. Båten dånade fram i maximal fart trots grynnorna som smög under vattenytan överallt. Ljuset från GPS-skärmen började få sällskap den kalla gryningsglöden som steg ur skärgårdshavet och gav klippön föröver form mot den mörkgrå himlen: den taggiga ryggen reste sig högre än något av skären omkring. *Hans ö.*
Intill den stack masten på en segelbåt upp, en inkräktare. När han hade rundat klipporna till den lilla viken såg han en man stå i aktern med ansiktet vänt mot motorljudet. I handen höll han något som såg ut som en bössa.
Han drog av gasen och såg fören niga djupt i bogsvallet när skovet planade ut. Han klev över gamlingens stora kropp och halkade till i vattnet på durken som tjocknat av blodet. När han kommit upp på däck började han utan brådska röra sig föröver utan att släppa in-

kräktaren med blicken. Nu höjde han bössan med bajonett och allt, redo för strid, redo att dö. *Han stinker av rädsla.* Det small till i stäven när skroven kolliderade och han högg tag i segelbåtens reling med båda nävarna. *Han är inte ensam, de är fler.*

"Var har du gjort av hustru och barn?"

Inkräktaren blinkade till och verkade förvånad. Han såg vilsen och svag ut.

"Mange?"

"Döden kommer till er allihop. Ingen kommer undan."

Inkräktaren höjde geväret och kramade avtryckaren.

"Jag är ledsen, Mange."

Klick.

Tråkigt med vapen som klickar när man behöver dem. Han hävde sig över till Katinka II men seglaren hade snabbt bytt grepp och lyckades ge honom ett hugg i högra skuldran.

Jag lever. Jag lever.

Han kände kraften strömmade till honom. På berget brann elden, på himlen brann stjärnorna i de rätta positionerna. En vild upprymdhet grep honom och han tog ett långt kliv mot människan med bössan. Den arme saten backade, darrande och full av förvirring, som om han var yrvaken och inte visste var han befann sig.

"Var är de Rickard? Din hora till hustru och lilla, lilla dottern. Var är de?"

"Backa Mange! Jag sticker dig igen!"

Inkräktaren högg mot honom med bajonetten, missade och högg igen. *Smärta och blod.* Han kikade ner mot mellangärdet för att inspektera skadan: spetsen hade tryckt in en bit av den gröna militärjackans tjocka tyg genom huden i hans sida men studsat på ett revben. Han kunde inte hålla inne ett skratt när han såg hur den spenslige karlen besviket betraktade sin blodiga bajonettspets.

"Stick mig bara. Stick. Stick!"

Under ett ögonblick drack han av skräcken i den dödsdömdes ögon. Den syntes i på hans byxor också. Han visste att hans tid var inne. Visste det.

"Nu kommer jag."

# 73

Det var som att bli påkörd av en gaffeltruck. Rickard hörde ett obehagligt knakande ljud nacken innan han slog huvudet i rorkulten och tumlade vidare ner mot durken tillsammans med geväret som glidit ur hans händer. Hans kände bakhuvudet smälla i den vaxade glasfibern. Förgäves spände han nackmusklerna för att kämpa sig upp men kraften var borta, som om den sugits ut honom. Han hade en stark förvissning av att någonting just hade lämnat honom.

Vad var det som pågick? Han försökte minnas. Han befann sig på Katinka. Var var Elvira? Ofelia? Han såg deras ansikten svepa förbi inom sig medan känslan av förtvivlan tilltog: nej, nej, det fick inte vara sant.

Mange, eller vem det nu var, böjde sig ned och tog upp geväret med sin högra hand. Det måste vara smällen när han slog huvudet i däcket som fick det grinande ansiktet att se grått och suddigt ut där det nyfiket hängde över honom. Det där var inte Mange. *Den mänskliga varelsen* vred och knyckte överkroppen och armarna än åt höger, än åt vänster som den försökte hitta en väg förbi ett hinder. Sen höjde den geväret och satte bajonettspetsen mot Rickards mun. Han blinkade för att se klarare och med ens var det uppenbart: det var samma ansikte han sett i spegeln. Samma ansikte som kikade in i ruffen den där natten på Järnskäret.

Han hoppades att det skulle gå fort. Bilderna vällde fram, de var åtminstone hans bilder och ingen annans. Hans minnen. De rörde sig från ljust till mörkt: först pappa som visade honom hur kompassen fungerade och lät honom hålla kursen över till Blidö. Stoltheten. Cigarettröken som böljade framför hans kisande, solbrända ansikte. Mamma som gjort för stark saft och gick tillbaks och spolade mer vatten i glaset. Sen den fuktiga daggmaskjorden i munnen, på alla fyra bakom skolhuset dit lärarna aldrig gick, sidan där det alltid var skuggigt och blött. Vissheten att han skulle drunkna i omklädningsrummets toalett. Ringen av pojkar som slöt sig allt tätare kring honom på skolgården som en löpsnara. Illviljan och föraktet i de små ansiktena.

Knivbladet tryckte inte längre mot hans mun, berett att köras ned tills det mötte däcket. Istället hörde han en ljus, dämpad röst som ropade något, utom sig av förtvivlan. Det lät som om den kom från ett trångt, instängt utrymme. När han slog upp ögonen såg han att Mange hade rätat på sig och stod helt stilla med lyft huvud medan han lyssnande uppmärksamt. Väntade. Vädrade.
"Mamma!"
Innan det blev svart for en tacksamhet genom honom och han hann tänka att det var hon, att han var helt säker. Hon levde.

# Briggen Hermione, 8 december 1873

De kommer nedför berg, klippor och hällar, de pulsar rätt ut genom den låga havtornen, ut på stranden och skyndar fram mot dem. Fem, sex, sju främmande män. De är upplysta bakifrån av elden som brinner på öns högsta punkt bakom dem och deras långa skuggor spelar över stranden. Björn skakar av köld och skräck, förlamad i sin skreva mellan ett klippblock och ett taggigt snår. Sjövattnet rinner ur honom och av honom, hans kropp är täckt av sjöskum som den rasande stormen piskat upp och fört i stora gulvita sjok som nu ligger och darrar, sjok som förskräckt håller sig kvar vid marken men ibland tappar taget och virvlar iväg upp mörkret som spöken.

Han häver sig upp för att se över klippan, försöker ropa på hjälp fast det är själviskt, det finns så många omkring honom som är närmare döden än han själv. Men något får honom att hejda sig. Den kungliga brittiska vaktstyrkan står med sänkta vapen och pratar med männen som kommit från ingenstans för att undsätta dem. Mannen i mitten, som de andra verkar följa som flugor följer en tjur vänder plötsligt ryggen mot dem och går fram till en mager kropp på som rör på stranden: han kan inte se vem det är men det ser ut som en ung man som mödosamt krälar upp ur vågorna kanske bara femton meter bort. Björn har en växande känsla av att det är något underligt med de här männen. Nu ser han att deras kläder är slitna och passar illa, som om de tillhör någon annan eller som om de har styrt ut sig för maskerad: flera bär slitna uniformer och en tjock karl släpar en alltför lång pälsrock i marken efter sig som om han spatserade i huvudstaden. Skäggen är vildvuxna och några håller hela tiden ena handen på något de bär vid bältet. Den vinande, brusande luften är fylld av ropen på hjälp från andra som ännu lever och som fått syn på sina räddare. Den ganska korte, kraftige mannen som måste vara männens ledare böjer sig ned och sträcker ut en handskklädd hand. Det blänker till och Björn tänker att det är en värja, en värja som dragits och svänger genom luften. Gud sig förbarme, han kan inte tro sina egna ögon. Den magre mannen vrålar till, ett kort, gurglande ljud av smärta som snabbt upphör medan det rycket i armar och ben. Sen ligger kroppen helt stilla. Ledaren drar ut något långt ur kroppen, svänger det blodiga bladet – det ser ut att vara ett gammalt svärd – över huvudet och männen faller in i hans vrål. Det låter som ett stridsvrål, men vem ska striden stå mot? Försvarslösa, drunknade, halvt medvetslösa kvinnor och barn som ännu klamrar sig kvar vid livet? Två av Henriettas väpnare hinner dra sina vapen innan de är över dem: den ena får halsen avskuren och den andra ett pistolskott i ansiktet från ett par meters håll. Gruppens ledare har vänt sig om igen och springer med ett vansinnesvrål rakt på de andra tre soldaterna. En av dem börjar vettskrämt springa längst stranden och tre skott avfyras efter honom, men Björn ser inte om de träffar. Den vita röken från de avlossade musköterna driver hastigt upp över land. Ett ljust skrik skär genom märg och ben, han tror det är flickan. Han minns att hon heter Julia. Hon skriker länge innan hon tystnar för att aldrig höras mer.

Vrakplundrare. Kustens avskum, de lägsta av de lägsta. Björn fryser inte längre, han skakar men av vrede. Så stor är den att det svartnar för ögonen ett tag och när han ser igen är alltsammans igång. Han hör en kvinnas förtvivlade röst, det låter som Henriettas väninna Arabella och sen är rösten ett skrik som stegras till något outhärdligt och han vill inte se mer, inte höra mer. Han sluter ögonen. Här

297

ligger han som en desertör och domnar bort i väntan på att någon av slaktarna ska upptäcka honom. Han vet vad de har att vänta, att ingen av dem kommer att överleva. Pirater lämnar inga vittnen. Besättningslistan räknade till etthundratjugo man och passagerarlistan till tio inklusive vaktstyrkans fem man, de tre kvinnorna och de två barnen.

Efter en liten stund öppnar han ändå ögonen och ser vrakplundrarna på väg rätt ut genom vågorna med svängande yxor, svärd och bajonettförsedda gevär. De sticker och hugger, sticker och hugger de som klamrar sig fast vid delar av riggen eller kryper på alla fyra för att ta sig upp ur vattnet innan de förlorar medvetandet. *Det här är en fest för dem.* Han hör ett uppsluppet bröl genom dånet från de brytande vågorna och sen en hes röst han kommer att minnas för alltid:

"Ingen nåd! Ingen nåd!"

Gryning. Ropen har tystnat. De har gått fram och tillbaka och letat efter överlevande. Då och då ett nytt skrik av smärta, en ny dödsrossling. Nu tror de sig ha hittat alla. Men Björn lever. Sjöskummet har byggts upp ännu mer och ligger som en vaggande sköld över honom, glänsande i det första morgonljuset. De har samlat ihop sitt byte metodiskt på stranden, säkert i triumf över Henriettas smyckesskrin och kilovis med silver. Ledaren som stått och vakat över skatten och ibland rutit order åt de andra håller nu blicken stint mot Björns skreva. Så började han gå med långa kliv rakt mot honom.

Han är stor, bred och svart och Björn hostar till och blinkar när han drar in hans fräna, sura lukt. Han har satt sig på huk alldeles intill honom och väser:

"Du lever pojk. Jag kan se det."

Ett sista försök: ta djävulen med dig i döden! Men kroppen är för kall, musklerna som gelé, tankarna domnar bort. Han lyckas vrida på huvudet och ser in i ett hånflinande läderansikte. Ett sjukt, förvridet ansikte. Men ögonen som stirrar in i hans glimmar till av förvåning och frågan kryper över Björns spruckna läppar: "Laurens?"

Det varar bara ett kort ögonblick innan en gevärsknall ekar över skäret och mannen faller framåt. Men han lyckas ta sig upp igen och vända sig mot sina män. Ett skott till – det är mannen med pälsrocken som skjuter - får honom att tappa geväret och gå ned på knä. De är sex mot en. Han har dragit fram en lång, krokig kniv som han gör utfall med när de närmar sig. Björn vågar knappt höja ett ögonlock, de måste tro att han är död.

"Simen! Nu ska du dö!"

De vrålar av upphetsning, allihop verkar gravt berusade. En av dem får in ett yxhugg i ryggen på sin hjälplösa ledare, en annan attackerar den liggande kroppen med ett svärd. De är som om de bara väntat på det här. Björn hör hur de släpar ned honom mot de rasande vattenvirvlarna. Han gör ett titthål i skummet med pekfingret och ser de sex männen tvinga ner sin sårade ledares huvud i vågorna. De får kämpa hårt och länge för att hålla det under ytan men till sist reser de sig en och en och vandrar sakta och andäktigt upp mot sitt byte.

Björn rycks återigen ur dvalan och ser det tidiga morgonljuset fånga en rökpelare i höjd med Skarv, en imposant parallell till den allt klenare rökslingan från elden på Järnskärets högsta punkt. Ett ångfartyg. Någon måste ha sett elden. Även om de minskar farten till ett par knop när de kommer in bland grunden kan det inte vara mer än tio minuter bort. Plundrarna verkade inte ens märka något. Gå inte på grund nu. Stormen håller på att bedarra och snart kommer de kunna ta sig in till stranden med en barkass och se bråten efter Hermiones undergång. Hennes ankomst måste vara känd av många och kanske anade man oråd redan när stormen drog in. Tankarna är allt mer ansträngande och töckniga, kylan håller på att ta honom

299

men vredens låga brinner, eller åtminstone glöder fortfarande i hans bröst. Om han överlever ska han göra allt som står i sin makt att rättvisa ska skipas. Han svär på det, med snäckskal och sjögräsrester i munnen, förbannar den obegripliga ondskan på jorden och svär igen. Kvinnorna, däribland Henrietta Banks kropp, ligger kvar som svarta bylten ett stycke från plundrarna som med yviga gester skrålar och bråkar om hennes arvegods. Han hör deras skrik inom sig och kniper ihop ögonen för att inte riskera att får syn på något av barnen.

Plötsligt hör han sin styvbrors röst i örat, lika klart som om han satt på knä intill. Han lät precis som när han var tio år: "Björn!"
Inget mer, bara detta enda ord. Det går en elektrisk stöt genom Björn och han letar runt med blicken som till sist fastnar på något nere i vattenbrynet: en lealös svart kropp som vaggar fram och åter i vågorna som håglöst sköljer in, berövade den rasande stormens kraft. Bara ryggen och stövlarna sticker upp. En märklig värme stiger i honom, en tomhet efter hans bror som försvann ur deras liv så tidigt. När han hade förts bort av länsman hade han varit borta för alltid. Inga underrättelser om vad som hände honom, hur det var på hospitalet, inte ens om han levde eller inte. Far och mor hade aldrig talat om honom och gjorde det fortfarande aldrig, det var som om han aldrig hade funnits. Han undrade när han hade slutade bära den där hiskliga trämasken. Ett lätt duggregn börjar falla och äter glupskt av det skälvande berget av guldvitt sjöskum. Det sista han ser innan allt blir svart är de söndertrasade, svarta molnresterna som jagar fram högt ute över havet, efterspelet till den grymma natt som tog etthundratjugonio människoliv.

# 74

Pappa hade varit så konstig när han väckte henne. Han hade varit konstig länge, förresten. Så när hon vaknade hade hon först blivit rädd, men sen hade han sagt att nu leker vi kurragömma. Vet du var ankarboxen är? Snart är det mammas tur att leta och där kommer hon aldrig att hitta dig. Hon hade fnissat åt honom för det var helt knäppt, det var ju mitt i natten. Ankarboxen är under luckan allra längst fram i fören, där man kan ha ett ankare och tampar att förtöja med. En vuxen skulle aldrig få plats. Du måste vara helt tyst, hade pappa sagt.

Men när hon hade klättrat ned och satt sig på de kalla fuktiga repen som luktade rutten tång hade hon blivit rädd igen. Han hade släppt ned däcksluckan med en smäll så att det blev kolsvart. Hon hade hört honom där uppe, fast han sa något jättekonstigt: "Om mamma hittar dig kan hon dö."

Nu blev det värre. Dunsar och smällar och röster som skrek. Hon kurade ihop sig med händerna för öronen tills hon blev till en liten tyst isbit som ingen kunde upptäcka. Kramade sitt halsband med amuletten som man skulle ha en bild av sin fästman i. Mamma hade inte tyckt om det och försökt ta det ifrån henne men den var ju hennes, det var hon som hade fått det. Hon hade pillat upp locket och satt in en liten lapp hon skrivit något på men det var hemligt. Efter en stund blev det tyst därute. Hon höll andan: någon började gå på däcket, stegen närmade sig och Ofelia spände hela kroppen. De stannade. Så slogs den trekantiga luckan ovanför henne upp men hon vågade inte titta. Men när ingenting hänt på en stund öppnade hon ögonen och vände försiktigt upp ansiktet: det måste vara pappa. Himlen var en mörkgrå triangel och mitt i såg hon en ljusgrå mask som tyst betraktade henne. Om det inte var en mask var det ett underligt ansikte med hål till ögon och en sned mun som liksom skrattade tyst. Men hon kände ändå igen vem det var, det var inte alls svårt.

Julias pappa.

# 75

Hon sjönk inte längre mot havets botten. Hon hade drivit eller sparkat sig över till babords sida och kände hur fötterna tog i något hårt. Katinka II måste ligga vid ett grundflak. Känseln hade övergett kroppen och snart skulle hon domna bort, men allt hon kunde tänka på var Ofelia. Vattnet var svart och ogenomträngligt och ibland gungade ett svagt grågrönt ljus genom det. Sjok av blåstång fastnade i hennes hår när det böljade ut som en gloria omkring henne. Ett kort steg, sätta ned foten, känna det skrovliga berget därnere, ett försiktigt steg till. Hon satte foten på ett stycke sjögräs och halkade. Värken i låret löstes upp i det förlamande kalla vattnet som fick rispan i armen att verka löjlig. Hon hade försökt kämpa sig utom räckhåll för Rickard men snart märkt att bajonetthuggen upphört och inga skott avlossades. Ljudet från motorbåten växte i styrka, den verkade närma sig från Katinkas andra sida. En gnista av hopp.

Hon halkade och föll framlänges, ryggmusklerna tog vid och lyckades undvika att hon tog emot sig med framtänderna. Sista biten kröp hon: förbi stäven, upp bland stenblocken på stranden där hon sjönk ihop utan att orka tänka eller röra sig.

Var det inbillning, någon slags hallucination i gränslandet mellan medvetslöshet och vakenhet? Hon tyckte sig uppfatta brottstycken av avlägsna röster. Manliga röster som steg och sjönk medan de växlade mellan rop, jämmer och klagan. Ibland lät det som en slags sång. Var det på riktigt, fanns det verkligen något där i bruset från vågor och vind? Medvetandet återvände sakta och hon konstaterade att hon fortfarande levde. Intill hennes huvud svävade den mörka, kalla skuggan från en stor sten; hon måste ha kravlat sig upp till klippblocket och sjunkit ned i en skreva intill som nätt och jämnt rymde henne. Vinden strömmade runt stenens sidor och hon var tacksam för den lilla lä den gav som kanske betydde skillnaden mellan att vakna upp igen eller inte. Dessutom skulle Rickards onda klon inte kunna se henne från Katinka där hon låg. Men hon fick ingen styr på tankarna längre. Vad skulle hon ta sig till? Inget att försvara sig med, bakbunden och skadad i benet. Framför allt kraftigt nedkyld, den energi hon hade kvar gick åt till att hålla sig vid liv. Hon kom att tänka på den gamla TV-serien från sextiotalet med den där beskäftiga flickan tutade i en låtsastrumpet och hojtade "slut i rutan!"

Så skönt det skulle vara att driva iväg och bara försvinna. Hon kände ingenting längre. Max fanns i drömmen, viftande på svansen när han mötte henne, snodde hit och dit i ren och skär lycka. Sen var hon på en strand, hon sprang över den, morgonljuset var gyllene och fartvinden i håret redan ljummen. Hon tog i, benen arbetade som pistonger och löpsteget satt perfekt. Men någon började skrika, ett överdrivet skräckslaget skrik, och allt var förstört.

Låt mig vara, det angår mig inte. Försvinn.

Men det bara fortsatte och med ens spändes varenda muskel i hennes bortdomnade kropp när hon registrerade vem det var som skrek: Ofelia.

# 76

Elvira vred sig förtvivlat för att se vad som hände. Tunga steg på däck och så kom det igen:

"Mamma! Hjälp mig!"

Hon skulle precis svara när Ofelia dök upp i synfältet och hon fylldes av både lättnad och ny frisk oro: den lilla välbekanta spinkiga figuren flydde över de våta klipporna som om hon just hade slitit sig loss från sin förföljare. Elvira hasade fram en bit till så att hon kunde kika runt kanten på stenen och fick syn på en ovanligt muskulös man som utan brådska hoppade ned från fören och landade tungt på en stenhäll. Det var inte Rickard. Mannen höjde armarna i en vad som såg ut som en slags segergest och såg sig omkring. Det var något bekant med honom men hon kunde inte se hans ansikte ordentligt, det var liksom suddigt, som när de pixlade till en naken kroppsdel eller registreringsskylt i amerikansk film. Hon blinkade för att se klarare.

Spring min lilla tjej, spring! Hon är sin mors dotter, ränner som en raket uppför berget.

Ofelia halkade till som om hon hört sin mammas tanke, vände sig snabbt om men kom på fötter igen och fortsatte mot öns taggiga krön.

Ett frustande ljud – var det någon som skrattade? Mannen med det otydliga, grå ansiktet lät för ett ögonblick som om han grät, men sen återkom det, ett slags råmande, teatraliskt skratt. Elvira hade hållit händerna för öronen om hon hade kunnat, någon som skrattar så är inte frisk. Som hon hatade dem: sjuka, sinnessjuka människor, alla jävla dårar i alla samhällen, de som förstör allting. Han började gå mot henne med tunga, ryckiga steg. Om han behöll riktningen skulle han passera hennes sten precis på andra sidan.

Helvete.

Skuggan som hade väntat på henne hemma i vardagsrummet. Det var därför han kändes bekant. Sättet att röra sig på. *Som om det bara var en kropp. En död kropp som inte gick att resonera med.*

"Ofelia!" Hon anade honom som en svart volym när han passerade på andra stenen. Den trasiga, mörka rösten på bara ett par meters håll fick henne att rycka till och börja kämpa mot en spya som trängde upp i halsen. Rädd. Hon var så rädd.

"Ofeeelia! Vart ska du ta vägen?"

Han måste ha passerat stenen, men inte sett henne.

"Nu kommer jag och tar dig!"

Hon hade dragit och slitit i det centimetertjocka repet kring handlederna men det satt där den satt. Och så hände det, miraklet. Hon hade praktiskt tagit legat på den där den stack upp mellan småstenarna i skrevan: en mörkgrön pilsnerflaska, avslagen på mitten och etikettlös efter år i väder och vind. Hon makade sig åt sidan tills hon kände den med händerna och lirkade in handlederna mot den taggiga kanten. Försökte få repet att ligga an. Hon hoppade att hon inte skulle skära upp handlederna och började dra tampen fram och tillbaka medan hon pressade den mot glaskanten. Den var sylvass och redan efter några tag kunde hon rulla över på rygg med ett stön och kasta ifrån sig tampen. Repstumpen var mindre än en meter lång och spretig i ena änden, antagligen hade någon skurit av en längre tamp. Axlarna värkte efter den onaturliga ställningen men benen var avdomnade av kyla så låret kändes knappt, hon gissade på ett rätt ytligt köttsår.

Ön var liten och kal utan naturliga gömställen. Det gav henne inte många minuter att hitta Ofelia innan han gjorde det. Hon väntade till att hon såg hans breda ryggtavla nå krönet innan hon började kämpa sig upp på fötter. Hon svajade till, fiskade upp den avslagna flaskhalsen från marken och började ostadigt gå längst stranden. Ansträngningen räckte för att få igång pulsen och efter ett tiotal meter började musklerna sticka och känseln återvända. Blodgenomströmningen fick det sårade benet att bulta så att hon måste stanna och bita sig i läppen för att inte skrika av smärta. Sen fortsatte hon framåt, haltande, steg för steg. När hon kastade en blick över axeln såg hon precis ett huvud försvinna bakom den gryningsvåta drakryggen. Om hon fortsatte ett halvt varv runt skäret var oddsen låga för att hon gick rakt på honom på andra sidan. Hon kastade ideligen blickar över axeln och upp mot krönet: om han dök upp måste hon upptäcka honom innan han upptäckte henne.

"Ofelia!"

Hon ropade med låg röst, väl medveten om risken att den kunde uppfattas av fel öron, men det var en risk hon måste ta.

"Ofelia! Kom till mamma!"

Hon spände öronen för att lyssna efter ett svar men beredde sig på det värsta: ett ljust, förtvivlat skrik från andra sidan skäret.

Men det var håret, det fina ljusa håret som avslöjade henne. Det lyfte i vinden som en brudslöja, annars hade hon inte synts där hon gömt sig mellan en stor sten och ett tätt snår. Elvira kände tårarna komma och hörde sig själv flämta: "Ofelia, kom!"

Flickan rörde sig inte ut fläcken men det syntes att hon darrade våldsamt av gråt eller köld. Elvira rev sig på grenarna men lyckades nå fram och slå armarna om den lilla ryggen utan att släppa flaskhalsen. Ofelia gav ifrån sig ett litet förskräckt rop.

"Förlåt, jag är alldeles blöt, gumman...kom, vi måste härifrån. Vi måste gå till båten."

Fort, fort. Ofelias hand i hennes, de följde vattenlinjen. Ingen skymt av främlingen. Kanske skulle det gå vägen. Snart skulle det vara helt ljust, de svarta formerna bli grå och fåglarna synas mot himlen. Hon kände igen konturen av det mörka granitblocket framför dem; när de rundade det skulle de se båten. Det kan inte vara mer än trettio meter kvar. Hon måste hinna göra loss förtamparna innan hon klättrade ombord. Motorn, tänk om hon inte kunde starta motorn, hon försökte se sig själv göra det: nyckeln, bara nyckel satt i. Så många saker som kunde gå fel.

Rickard. Hon visste inte om Rickard var kvar ombord, om han levde eller vad han skulle ta sig för om han levde. Var han också ute efter dem? Det här kunde vara det sämsta beslutet hon tog i sitt liv. Men vad hade de för val? Att försöka gömma sig på det lilla skäret var omöjligt, de skulle snart bli upptäckta.

"Mamma, jag är rädd."

Masten sköt upp ovanför stenen, lätt bakåtböjd, windexen i toppen pendlade i vinden. Tre meter kvar till stenen, två, en. De rundade den och fick en fri siktlinje till Katinka II. Fast inte helt fri: en del av skrovet skymdes av en mörk, orörlig form.


# 77


Hon kände hur Ofelia försöka rycka sig loss och springa tillbaks men höll kvar hennes lilla hand i ett hårt grepp. I sin andra hand höll hon den avslagna glasflaskan. Det fanns bara en väg härifrån. Men Ofelia gav sig inte, skräcken hade slagit klorna i henne. Elvira sjönk ned på huk och lyckades till sist fånga sin dotters stela blick.

Hon tvingade sig att tala med så lugn röst hon kunde, föreställde sig att hon läste godnattsagan.

"Älskling, gör som jag säger så ska det gå bra. Jag lovar."

"Men…"

"När jag säger till ska du springa till båten, ditt allra fortaste, och klättra ombord. Okej?"

Nickningen uteblev. Hennes mamma var inte som vanligt, det här var inte som vanligt. Elviras hackade tänder och kroppen skakade vilt och hon kunde inte göra något åt det. Det var så kallt nu och hon kände att ett stort mörker var på väg. Någonting inom henne viskade att hon inte orkade längre, att det enda hon ville var att få av sig kläderna och värma sig. Ofelia var inte kontaktbar. Hon kände tårarna stiga medan hon kramade henne och gjorde ett nytt försök.

"Gu-humman. Nä-när jag ropar att du ska springa så springer du till båten. Pappa väntar där. Det kommer att bli b-bra."

Nu fick hon ögonkontakt. Det var som om något låstes upp i de stora blå ögonen, som om hon återfick medvetandet.

"Pappa var så konstig. Han ville att jag skulle leka kurragömma och sa att du kunde dö om du hittade mig."

Hennes röst var entonig men det var mycket bättre än ingenting. I ögonvrån såg hon den mörka figuren stå kvar, orörlig.

"Pa-pappa är sjuk men han är bättre nu, jag l-lovar," huttrade Elvira.

Ofelia rynkade pannan som hon brukade när hon tänkte efter.

"Okej, jag ska springa."

Elvira kramade henne igen, medveten om att hon kylde ned sitt barn med sin iskalla, blöta famn.

"Okej, då går vi. Bry dig inte om gubben på stranden, han kan inte göra oss något."

"Är han inte på riktigt?"

"Nej älskling, han är inte på riktigt."

Hon undrade om hon kände igen Mange, men det var länge sen de hade umgåtts och Elvira hade varit så liten. Hon reste sig och för-

308

sökte hålla flaskan så att den doldes under armen i hopp om att den inte skulle synas. Sen tog hon Ofelias hand och började gå mot främlingen. Han hade lagt huvudet lite på sned, det fanns förväntan i luften.

"Titta inte på honom," sa hon med låg röst.

När de kom närmare var det som att gå mot en jätte. Hon kom ihåg Mange som något av en kroppsbyggare. Hans svarta jacka och ena byxbenet glänste av något som kunde vara färskt blod. Från hans ena hand dinglade bajonetten som han måste ha tagit loss från Johns gamla gevär. Hon undvek att se direkt på det gråvita ansiktet; det gav henne kväljningar. Hon kunde inte bli klok på om det var en mask eller --- hon greps av en häftig, absurd önskan att springa fram och omfamna honom. Sensationen var över lika fort som den kommit.

Platser där fruktansvärda saker hänt kan påverka människor som befinner sig där långt senare. De har upplevt att de själva eller någon i deras närhet har förändrats, ofta utan att känna till platsens tragiska förflutna.

Fem meter kvar. Hon började gå åt sidan som om hon tänkte passera honom på höger sida. Han stod fortfarande kvar. *Nu.*

"Spring, Ofelia!"

Hon släppte handen och Ofelia satte fart, trampade snett men fick ordning på fötterna igen och passerade Mange på ett par meters håll. Duktig tjej. När hon kommit förbi tog hon ett djupt andetag och vände upp blicken mot främlingens ansikte.

Det var ingen mask eller suddig ansiktslös form, det var ett ansikte, ett härjat, sårigt ansikte hon tyckte hon kände igen. *Mange?* Uttrycket i det var så groteskt att hon hade svårt att tro det: munnen stod på halv gavel, tungan stack ut, ögonen var öppna men ändå oseende. Hade han inte stått upp hade hon utgått från att det var ett lik hon såg. Det nöp till i näsan av lukten, något ruttet och surt. *Mange, är det du?*

Det var som om hon fastnade, höll på att sjunka ihop, tappa greppet. Illamåendet växte och en tät skugga lade sig över tankarna. Det var helt irrationellt förstås, men hon hade känt på sig det här, att det var farligt att se honom i ansiktet. Hon bröt loss blicken med en viljeansträngning och började springa samma väg som Ofelia, hon var snabb och skulle kunna ta sig förbi honom. Springa ifrån honom och åtminstone hinna ombord innan han kom. Men främlingen följde med i hennes rörelse och flyttade sig snabbt i sidled med ett par långa sidosprång. Han bredde ut sina långa armar som en fotbollsmålvakt och hon tvärstannade bara ett par meter ifrån honom. Hon hörde svischet i luften och hoppade reflexmässigt åt sidan. Vilken räckvidd. Han höll bajonetten i axelhöjd, redo att sticka igen och även om han var stum kunde hon tydligt höra hans ord inom sig.

Först spetsar jag dig, sen ungen.

Hon var för liten, hur skulle hon kunna nå huvudet eller halsen med flaskan? Till sist lät hon reptilhjärnan ta över. Vid nästa utfall kastade hon sig nedåt och framåt och högg den taggiga, vassa änden av flaskan i hans lår med all sin kraft så att den blev sittande. Det borde ha gjort fruktansvärt ont. Han borde inte ha reagerat med att skratta, även om det lät som en parodi på ett skratt.

Det kanske fanns ett öde ändå, kanske var det här hennes. Det skulle ske en hemsk olycka här ute. En mor, labbråtta och träningsnarkoman skulle dö på ett ödsligt skär långt ute i havsbandet. En ström av bilder av hennes familj, vänner och allt hon hade velat göra i sitt liv strömmade igenom huvudet medan hon försökte resa sig för att parera nästa hugg. Han kastade bajonetten ifrån sig och sen kände Elvira hur hon lyftes uppåt, uppåt tills hon sparkade i fria luften. Hon hängde där som en trasdocka och när hon inte fick luft satte paniken in. Händerna slöt sig runt hennes smala hals och nacke,

310

hans ansikte kom mycket tätt intill och i de döda ögonen glödde något lystet och uppmärksamt. Han klämde åt och allt svartnade när blodflödet till hjärnan stängdes av. Hon var rätt säker på att ett blodkärl sprängdes någonstans.

Vad den vill är att se henne dö.

# 78

Rött. Ett plötsligt uppflammande, intensivt ljussken trängde igenom ögonlocken. Det sprakade och fräste och när hon öppnade ögonen såg hon att det inte bara var blodet i ögonlocken som var rött; allt var rött, hela stranden var röd. Bländad knep hon igen ögonen igen samtidigt som det small till precis intill hennes huvud och hon föll handlöst mot marken. Mange hade instinktivt fört ena handen till sitt bakhuvud så att hennes hals gled ut den andra handens grepp. Hon landade som en trasa bland de kalla fuktiga stenarna. Manges sargade kropp tornade upp sig över henne, men det var också det enda som påminde om honom. Varelsen började skaka våldsamt. Armar, överkropp, axlar och huvud riste som i besinningslöst ursinne och hon önskade att hon hade kunnat stänga ute det dova, skällande ljud som trängde in i hennes hörselgångar. Han böjde sig fram mot henne medan hon trevade med stela fingrar över marken, förlamade av köld och rädsla. I ögonvrån såg hon att hans mun var vidöppen, liksom på väg att ta ett bett ur henne.

Där. Hon fann ett grepp om bajonettens kalla metall men hans kraftiga nävar sökte sig redan mot hennes hals. Det var som att ha en maskin, ett levande lik efter sig. Stanken var kväljande. Hon svepte uppåt på måfå med bladet och måste ha snittat upp hans ena hand för han drog den instinktivt till sig. För en bråkdels sekund öppnades ett litet utrymme att röra sig i, hennes sista chans. Hennes arm sköt fram och hon kände bajonettens blad gå igenom muskler och brosk och stöta i något benhårt, kanske nackkotorna. Den väldiga kroppen föll tungt mot henne men hon orkade inte rulla undan innan hon slocknade.

Glimtar av medvetande. Lukten. Rickard som kämpade med få loss henne där hon låg fastklämd under den stora, livlösa kroppen. Hon själv som svajande stod och betraktade sörjan som varit främlingens bakhuvud. Allt hon tänkte var att det var ett riktigt bra skott. På en tångruska ett hundratal meter bort låg en orange pistol slängd. Katinka II:s signalpistol, den man sköt upp nödraketer med. Ett riktigt bra skott.

# 79

Prick tre på eftermiddagen pekade Rickard ut Gotska Sandön som sakta kröp över horisonten. Den smala remsan mellan himmel och hav delades i två ännu smalare strimmor, en mörk ovanpå en ljus. En skogsbevuxen sandplätt mitt på det öppna havet. Dyningarna de red fram på var som flytande bly och den bistra himlen gav redan en föraning om att skymningen var på väg.

De hade tagit farbror Espens gamla motorbåt på släp och släppt den några sjömil ut till havs. Han skulle inte behöva den längre. Rickard hade inte velat lämna kvar den vid Järnskäret även om det inte borde finnas någon eller något där som kunde följa efter dem. De hade fortsatt rakt ut mot öppet hav utan att lämna något levande efter sig. Men han hade kastat en blick över axeln och fått för sig att han såg ett ljussken från skärets högsta punkt. En eld. I samma ögonblick hade vinden kantrat och han hade varit tvungen att snabbt justera kurs och skotning, och när han sen hade kisat mot Järnskäret igen hade den varit borta. Ingenting att se utom den mörkgrå klippan som tonade bort i den disiga morgonen. Vad som än hände skulle han aldrig någonsin se den igen.

Elvira hade bytt om till torra kläder och legat som en ispinne intill Ofelia i salongskojen med dieselvärmaren på högsta effekt. Det hade snart blivit varmt som i en bastu därinne men när hon vaknade till många timmar senare hade hon fortfarande huttrat så att hon skallrade tänder när han var nere för att se till henne och Ofelia. Kylan verkar bokstavligen ha satt sig i märg och ben. Rickard klämde åt om rorkulten hårt, släppte och klämde åt igen medan han parerade de tunga dyningarna som gick in på styrbordssida. Han försökte hålla upp mot vågbergen när de mötte dem och höll blicken stint mot horisonten framför dem; den bredde ut sig trehundrasextio grader omkring dem, obruten förutom av Gotska Sandön, det första land de sett på länge.

Hon hade vägrat komma ut och sätta sig i sittbrunnen och han förstod att hon drog sig undan för att hon var rädd för honom. Nu låg hon därinne men hon höll sig säkert vaken trots att hon måste vara helt utmattad. Det fanns saker att säga men hon höll dem tillbaks. Saker som hänt. Utan att kunna få fatt i vad det var blev han inte kvitt skamkänslan inombords blandad med en känsla av overklighet. Han kom bara inte ihåg. De hade försökt tala om det, trevande, men hon hade inte kunnat fortsätta utan ursäktat sig som om han var en främling och dragit sig undan. Han fick inte ordning på minnesbilderna, de var en härva av fragmentariska sinnesintryck fram till att det hade klarnat omkring honom. Det första som kändes klart var när han plötsligt såg Mange på väg att äntra Katinka II. Det hade varit något allvarligt fel på honom. Han mindes hur de hade slagits på liv och död och någonstans hade han hört Ofelia ropa på hjälp innan allt blev svart.

# 80

Han måste ha nickat till. Han rätade på sin värkande nacke och undrade hur länge hon hade stått där i ruffnedgången och sett på honom. Storseglet bröstade upp sig och Katinka II forsade fram i god fart, han gissade på nio knop. Skymningen var på väg.

"Sover hon?"

Elvira nickade. Hennes läppar särades för ett ögonblick som om hon tänkte säga något men hon förblev tyst. Han var tvungen att säga något.

"Jag skulle aldrig kunna göra er illa. Det vet du väl?"

Det var en idiotisk sak att säga och hon fortsatte bara betrakta honom. När hon förde undan en hårslinga i pannan såg han att hon inte tagit på sig handskarna, hennes händer måste redan vara kalla.

"Fast du gjorde det."

Hennes röst var lite hes men det bodde ett slags lugn i den. Hur skulle han kunna förklara? Det gick inte med ord. Allt var med ens här och nu, ingenting annat fick betyda något. Livet var en fladdrande låga.

"Den som gjorde det är borta nu. Jag vet att han är borta."

Katinka stävande fram över det väldiga havet, vid rodret satt Malcolm hopkurad av kyla och ensamhet. Mer än tre årtionden skilde dem åt, men just här delade de koordinater. Det var som en klar-dröm fast han var vaken: hans långa hår fladdrade i vinden under den svarta toppluvan. Ögonen kisade mot kanten där havet viker av och mot något bortom den.